크로네티아 왕국

몬테야

젤코 산맥

바다

트렌실바

◉ 싸일렉스

◉ 듀레스트

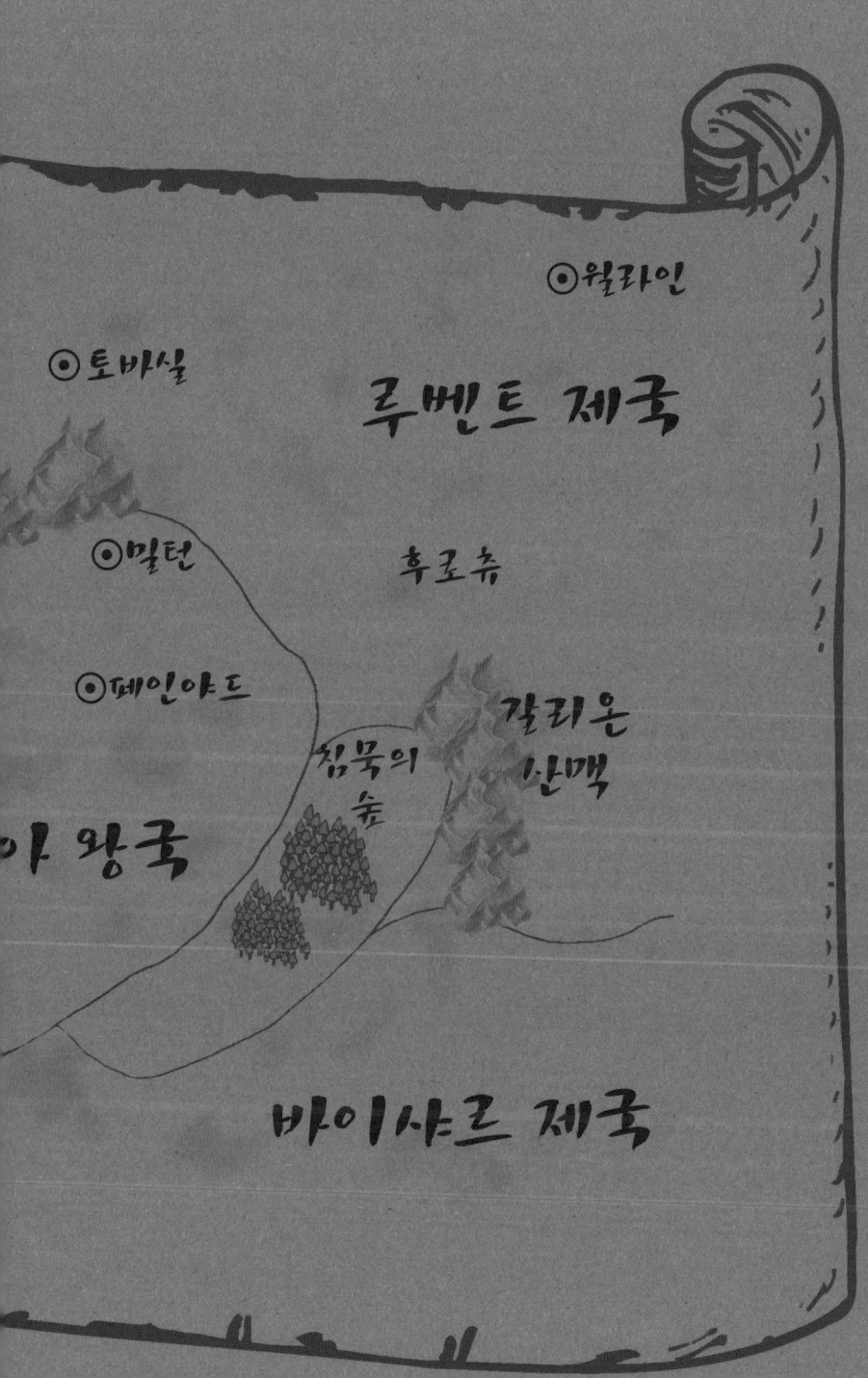

드래곤 체이서
9

드래곤 체이서 9
최영채 판타지 장편 소설

초판 1쇄 찍은 날 § 2001년 10월 8일
초판 1쇄 펴낸 날 § 2001년 10월 15일

지은이 § 최영채
펴낸이 § 서경석
펴낸곳 § 도서출판 청어람
편집 § 문혜영 · 허경란 · 박영주 · 김희정 · 권민정 · 장상수
마케팅 § 정필 · 강양원 · 김규진

등록번호 § 제1081-1-89호
등록일자 § 1999. 5. 31
어람번호 § 제1-0154호

주소 § 경기도 부천시 원미구 심곡1동 350-1 남성B/D 3F (우) 420-011
전화 § 032-656-4452   팩스 § 032-656-4453

ⓒ 최영채, 2000

값 7,500원

※ 잘못된 책은 바꿔드립니다.
※ 저자와 협의하여 인지를 붙이지 않습니다.

ISBN 89-88818-93-8 (SET) / ISBN 89-5505-0176-X 04810

최영채 판타지 장편 소설

드래곤 체이서

2부
9

다시 뮤란 대륙으로

목 차

제21장 괴물 / 7

제22장 영혼의 구속 / 37

제23장 멸신교의 지단 / 65

제24장 지옥으로부터의 부활 / 95

제25장 다시 뮤란 대륙으로 / 125

제26장 아르파이넨 캐슬 / 155

제27장 또 한 번의 Comeback Home / 185

제28장 새보운 만남 / 215

제29장 히그리안 성 / 243

제30장 마브렌시아의 굴복 / 271

제21장
괴물

　데미안 일행과 마을 사람들은 가옥을 부수며 나타난 괴물의 모습에 벌린 입을 다물지 못했다.
　어마 무지하게 거대한 그 몸집에 질려 버린 것이다.
　원통형의 거대한 몸통에 그것을 받치고 있는 신전의 기둥을 연상케 하는 여섯 개의 다리, 그리고 보는 사람의 얼을 빠지게 만들기에 충분한 엄청나게 큰 머리.
　우선 머리만 해도 그렇다.
　입에 두 개, 콧등에 하나, 이마에 둘, 귀 옆에 두 개씩 거대한 뿔이 돋아 있었다. 가장 짧은 콧등의 뿔이 2미터는 족히 되어 보였고, 가장 긴 이마의 뿔은 4미터는 넘어 보였다. 흰자위뿐인 두 개의 눈은 눈동자가 없음에도 불구하고 정확하게 데미안 일행을 노려보고 있었다.
　거무튀튀한 색을 띠고 있는 몸통은 마치 강철로 이루어진 듯 보였다. 게다가 우둘투둘해 보이는 가죽은 도저히 자신들의 무기로 손상을 입힐 수 없을 것만 같았다. 또 몸통을 받치고 있는 다리의 둘레는 어른 셋이 팔을 끝까지 벌려야 겨우 닿을 정도로 굵었다. 만약 그 발에 누군가가 밟힌다면 형체도 알아볼 수 없을 정도로 납작하게 변해 버릴 것이 확실했다.

마을 사람들의 대부분은 투명 마법진에 의해 보호가 되고 있어 그들의 모습은 보이지 않았지만, 괴물의 모습을 보고 놀란 사람들의 비명 같은 신음 소리가 끊이지 않고 마법진에서 들려왔다.

어깨까지의 높이만 10여 미터.

대체 이 괴물을 어떻게 상대해야 할지 대책이 서지 않았다.

데미안 일행들이 잠시 멍해 있는 사이 괴물은 일렬로 늘어서서 자신을 바라보고 있는 일행들을 내려다보고 있었다.

괴물이 지나온 길에 있던 가옥들은 남김없이 파괴되었고, 마을을 밝히기 위해 붙여두었던 불이 부서진 가옥으로 옮겨 붙어 마을에는 화광(火光)이 충천하고 있었다.

일렁이는 불빛을 받고 서 있는 괴물의 모습은 무시무시하기 이를 데 없었다.

"대체 저게 뭐야?"

데미안이 고개도 돌리지 않은 채 질문을 던졌지만 아무도 대답하는 사람이 없었다.

"차이렌, 몰라?"

"제기랄, 나도 난생처음 보는 괴물이란 말이야. 제발 내가 아는 걸 좀 물어봐라."

"그럼 저게 어디서 나타났다는 거야?"

"빌어먹을, 한 가지 분명한 것은 어떤 자식이 저걸 지옥에서부터 소환해 냈다는 거야."

차이렌의 말에 일행들은 자신도 모르게 침을 꿀꺽 삼켰다.

"저걸 지옥에서 소환했다고?"

데보라는 아로네아를 움켜잡고는 자신도 모르게 중얼거렸다. 이제껏 싸워온 어떤 마물과도 분위기가 달랐다. 도저히 자신들의 능력으로는 상대를 할 수 없을 것만 같았다.

"로빈과 강 대협, 이 대협은 마을에 남아 마을 사람들을 지켜주십시오. 내 생각에 저 괴물은 우리를 노리고 나타난 것 같으니까요. 그리고 나머지 사람들은 일단 마을을 벗어나서 저놈을 상대하는 것이 좋을 것 같아. 그렇지 않으면 이 마을 전체가 쑥밭이 될 테니까."

데미안의 말에 일행들은 고개를 끄덕였다.

확실히 저런 덩치가 움직인다면 마을이 파괴되는 것은 시간문제일 것이다.

데미안과 일행 다섯은 황급히 비교적 가옥이 적은 북쪽을 향해 달려갔고, 로빈과 강찬휘, 그리고 이세문은 마을 사람들이 몸을 숨기고 있는 투명 마법진으로 다가갔다.

잠시 그런 일행들의 움직임을 보던 괴물은 곧 데미안 일행의 뒤를 쫓기 시작했다.

쾅쾅— 콰르르르—!

괴물은 자신의 앞을 가로막는 서너 채의 집을 들이받으며 마을 외곽을 향해 달려갔다. 대체 괴물의 몸집이 무엇으로 이루어졌는지는 모르지만 괴물과 부딪친 집들은 마치 수수깡으로 만들어진 건물처럼 허무하다고 할 정도로 맥없이 허물어졌다. 그 모습을 지켜보던 마을 사람들은 공포로 몸서리를 치면서 자신들이 살던 가옥이 허물어져 가는 모습을 멍하니 지켜봐야만 했다.

괴물이 지나간 자리는 폭이 10미터가 넘었고, 일직선으로 마을 외곽으로 향하고 있었다.

마을 외곽을 향해 달려가던 데미안은 어떻게 상대를 해야 할지 여러 가지를 생각해 보았지만 도저히 그 방법을 찾을 수 없었다. 다른 사람들에게도 괴물을 퇴치할 수 있는 방법을 물었지만 그들 역시 방법이 없기는 마찬가지였다.

태어나서 한 번도 본 적도 없는 괴물이니 상대할 수 있는 방법이 있을 리 만무했다.

그들이 비교적 넓은 공터에 도착했을 때 그들의 귓전을 울리는 소리와 함께 괴물이 달려왔다.

쿠쿠쿠쿵—

지축을 흔들며 나타난 괴물은 데미안 일행 앞에 섰다.

일행들은 각자 무기를 든 채 괴물과 대치하고 있었지만 대책이 없다는 표정이 역력했다.

자신들의 몇십 배가 넘는 난생처음 보는 괴물. 보기만 해도 질리는 느낌이었다.

그러는 가운데 일행들을 노려보던 괴물의 뿔이 조금씩 색이 변하기 시작했지만 일행들 가운데 어느 누구도 그러한 사실을 발견하지 못했다.

일행들이 잠시 머뭇거리는 사이 괴물의 뿔이 새하얗게 변했고, 그런 사실을 일행들이 깨달았을 땐 그들을 향해 수십 줄기의 번개가 내리꽂히고 있었다.

쾅쾅쾅!

데미안과 라일, 그리고 레오는 재빨리 피할 수 있었지만 헥터와 데보라는 미처 피하지 못하고 번개에 직격당했다.

"데보라!"

데미안이 깜짝 놀라 데보라의 이름을 불렀지만 그녀와 헥터의 모습은 허공에 자욱하게 뿌려진 흙먼지에 가려 보이지 않았다. 데미안이 그녀 쪽으로 달려가려고 할 때 괴물의 두 번째 공격이 일행들에게 쏟아졌다.

번쩍— 쾅! 콰르르르—

섬광과 함께 주위 10여 미터 범위 내의 지면이 터져 허공으로 치솟았다.

데미안은 돌풍에 휘말려 사정없이 지면에 나뒹굴어야 했다. 잠시 후 재빨리 일어서 주위를 돌아보니 돌풍에 휘말린 흙먼지 때문에 주위 사물을 확인할 수 없었다.

데보라와 일행들의 안전에 조급함을 느낀 데미안은 지체없이 비행 마법의 스펠을 캐스팅했다.

"레비테이션!"

순간 데미안의 몸은 허공 20미터 높이로 치솟았지만 자욱하게 일어난 흙먼지 때문에 일행들의 모습은 전혀 보이지 않았다. 하지만 흙먼지 속에서 움직이는 기대한 물체는 분명히 확인할 수 있었다.

"블러드 라이트닝!"

번쩍— 쾅!

미디아에서 터져 나온 붉은 광선은 번쩍— 하는 순간 눈 깜짝할 사이 괴물의 몸통에 작렬했다. 그 순간 생긴 돌풍에 주위의 흙먼지가 휘말려 허공으로 치솟고서야 겨우 주위를 확인할 수 있었다.

괴물 13

괴물도 데미안의 공격에는 어쩔 수 없었는지 몇 걸음 뒤로 물러섰다. 물론 전력을 다한 공격은 아니었지만 어디에도 상처를 입은 곳은 찾아볼 수 없었다. 이제껏 데미안이 블러드 라이트닝으로 상대를 공격해 상처를 입히지 못한 것은 이번이 처음이었다.

재빨리 지면에 내려온 데미안은 일행들을 살폈다. 다행히 큰 부상을 입은 사람은 없는 듯했다. 데보라도 헥터가 방패로 보호를 해서 큰 부상은 입지 않은 듯 보였다.

다시 괴물에게 눈을 돌린 데미안은 괴물의 멀쩡한 모습에 저절로 한숨이 흘러나왔다. 파괴력이 강한 블러드 라이트닝으로도 아무런 상처를 입히지 못했다면 괴물을 공격할 다른 방법이 없었다. 무리를 한다면 앞으로 세 번 정도의 블러드 라이트닝을 사용할 수 있지만 그것으로 괴물을 물리칠 수 있다고 확신할 수 없으니 그야말로 속수무책이었다.

데미안과 일행들이 난감함을 이기지 못하고 있을 때 헥터가 차이렌과 뭔가를 상의하고 있었다.

"좋아, 한번 해보지. 지금 그것보다 더 좋은 방법은 없을 듯하니까."

차이렌이 대답과 함께 뒤로 물러섰고, 일행들에게 고개를 돌린 헥터가 외쳤다.

"잠시 저 괴물의 시선을 끌어주십시오!"

그 말에 일행들은 빠른 속도로 주위로 흩어졌다. 그리고는 괴물을 향해 자신이 알고 있는 모든 공격 주문을 퍼부었다.

뒤로 물러서 그 모습을 보고 있던 차이렌은 이미 깨어 있던 뮤렐에게 입을 열었다.

"이미 마법진을 설치하는 방법은 네가 알고 있으니 더 이상은 말하지 않겠다. 나 역시 이제껏 한 번도 해보지 않은 방법이라 성공할지 장담할 수는 없지만 지금 이 방법 말고 다른 방법은 없다는 것을 잊지 마라."

"명심하고 있습니다, 차이렌님."

뮤렐이 대답을 하자 차이렌은 스스로 잠 속에 빠져들었다. 차이렌이 완전히 잠 속에 빠져들었다는 것을 확인한 뮤렐은 누바케인을 뽑아 들었다.

누바케인의 검신이 모습을 드러내는 순간 주위의 공기가 단숨에 달구어졌다. 1미터 20센티쯤 되는 검신은 마치 화로(火爐)에서 금방 꺼낸 듯 백열(白熱)되어 있었고, 누바케인에게서 피어난 아지랑이가 흡사 불꽃처럼 보였다. 두 손으로 누바케인의 손잡이를 움켜쥔 뮤렐은 괴물을 노려보며 나직하게 중얼거리기 시작했다.

그사이 일행들은 괴물을 향해 사정없이 공격을 퍼붓고 있었지만 어느 누구의 공격도 괴물에게 타격을 줄 수 없었다.

누바케인에서 뿜어져 나온 열기는 두 개의 원반형 불꽃으로 변했고, 뮤렐의 손짓에 따라 천천히 움직이기 시작했다. 괴물의 양쪽으로 날아간 불꽃 원반은 괴물을 중심으로 움직이기 시작했다. 하지만 괴물은 일행들의 공격을 받고 있어 미처 불꽃 원반의 움직임을 깨닫지 못했다.

분명 지면은 아무것도 탈 만한 것이 없었지만 가는 불길이 이어져 두 개의 거대한 원을 그리고 있었다. 중복된 두 개의 동심원이 완성되는 순간 뮤렐은 쳐들었던 누바케인을 내려치며 힘차게 외쳤다.

"파이어 월Fire Wall—!"

뮤렐의 외침과 동시에 동심원의 내부에 몇 개의 선과 기하학적인 무늬가 생기며 엄청난 불길이 허공으로 치솟았다. 때를 같이 해 헥터도 블레이즈를 앞으로 내밀어 괴물을 겨냥하고는 공격 주문을 영창했다.

"타링 빔!"

블레이즈에서 눈부신 광선이 방금 만들어진 마법진의 한곳으로 향하자 마법진의 형태를 이루며 타오르던 불꽃 전체가 새하얗게 변하며 무시무시한 열기를 토해내기 시작했다.

황급히 열기를 피해 뒤로 물러서려고 했지만 일행들 대부분은 머리를 그슬리고 말았다.

괴물은 마법진에서 벗어나려고 몸부림을 쳤지만 그때마다 마법진이 가진 결계의 벽을 깨지 못하고 물러서야 했다.

그 모습에 안도의 한숨을 쉰 뮤렐은 데보라 곁으로 다가가서 낮은 음성으로 무엇인가를 소곤거렸다.

마법진으로 블레이즈가 가진 신성력과 자신의 마나를 보내던 헥터의 얼굴에 엄청난 양의 땀과 함께 지친 표정이 역력해졌다. 뮤렐은 그 모습을 발견하지 못한 것은 아니었지만 괴물의 무시무시한 모습이 머리에서 떠나지 않아 그만두라는 말을 할 수가 없었다.

그것도 잠시, 헥터는 10분도 지나지 않아 완전히 탈진해 그 자리에 주저앉고 말았다. 뮤렐은 재빨리 데보라에게 눈짓을 하며 마법진을 해체했다.

"앱솔루트 프리즈Absolute Freeze!"

데보라가 든 아로네아가 괴물에게 향하는 순간 아로네아의 창끝에서 새하얀 연기 같은 것이 쏟아져 나왔다.

마치 굵은 소나기가 내리듯 괴물에게 쏟아지던 연기는 새하얀게 백열된 괴물의 몸과 부딪치는 순간 엄청난 수증기를 만들어내며 순식간에 주위를 짙은 안개 지대로 만들었다. 하지만 아로네아에서 쏟아지는 냉기가 워낙 엄청나 수증기는 다시 작은 얼음 조각으로 변해 괴물의 몸으로 떨어졌다.

살갗을 익혀 버릴 것 같은 열기와 폐까지 얼어버릴 것 같은 냉기가 주위에 휘몰아쳤다.

이미 데미안은 데보라에게 자신이 가진 모든 마나를 쏟아 붓고 있었고, 두 사람이 가진 마나와 신성력은 아로네아를 통해 가공할 냉기로 변해 괴물에게 공격했다. 괴물의 몸은 순식간에 거대한 얼음 덩어리로 변했지만 아로네아에서 쏟아지는 냉기는 그칠 줄 몰랐다.

데미안과 데보라, 두 사람이 그 자리에 겨우 서 있게 되었을 때 이상한 소리가 주위에 퍼졌다.

쩌쩌쩌쩍—

일행들의 눈이 괴물로 향할 때 라일과 레오의 공격이 이어졌다.

"크로스 포스 오브 소드!"

"블라스트 미사일Blast missile!"

라일의 공격에 커다란 십자형의 틈이 괴물의 몸을 둘러싸고 있는 얼음에 생겼고, 그 한가운데에 다시 레오의 공격이 파고들었다.

일행들이 초조한 눈으로 괴물을 바라보고 있을 때 괴물의 몸이 부르르 떨리는 것 같은 움직임이 있었다. 그러자 그때까지 괴물의 몸을 꼼짝도 하지 못하게 만들었던 얼음이 조각조각 떨어지기 시작했고, 곧 이어 괴물의 모습이 다시 일행들의 눈에 보였다.

너무나 멀쩡한 모습에 일행들은 힘이 빠졌다.

여섯 사람이 총공세를 퍼부었음에도 불구하고 괴물에게 상처조차 입히지 못했다니……. 하지만 이런 괴물조차 물리치지 못하고서야 어찌 마신과 싸움을 할 수 있단 말인가?

데미안은 지친 몸을 일으켜 미디아를 쳐들었다. 하지만 지금 자신의 몸 상태로는 블러드 라이트닝이나 헬 버스트 같은 공격은 도저히 불가능했다. 남아 있는 마나를 미디아에 집어넣고는 힘껏 휘둘렀다.

"윌 오브 블러드!"

최대 서른여섯 개까지 뿜어내던 붉은 환들이 겨우 열두 개밖에 생기지 않았다. 붉은 환들은 데미안의 의도에 따라 사방에서 괴물을 덮쳤다. 하지만 괴물은 그런 데미안의 공세를 우습게 보았는지 피하지도 않았다.

파파팍—

작은 소음을 내며 붉은 환들이 괴물의 몸으로 파고들었다. 뜻하지 않은 모습에 일행들의 눈이 휘둥그레졌을 때 괴물의 몸이 변화를 보였다.

챙! 쩌쩌쩌쩍—

날카로운 금속음과 함께 괴물의 몸 전체에 가느다랗게 금이 가기 시작하더니 요란한 소리와 함께 무너져 내리기 시작한 것이다.

쿵— 쿵— 쿵—

요란한 소리와 함께 괴물의 몸은 산산조각이 나 지면으로 떨어졌고, 그때마다 지면은 움푹 패여 마치 구덩이를 연상케 했다.

그리고 일행들은 그런 괴물의 최후를 멍하니 바라보고만 있을 뿐이었다.

* * *

철갑존자의 뒤를 쫓던 마브렌시아는 감쪽같이 사라진 철갑존자를 찾기에 여념이 없었다. 그의 흔적을 최종적으로 확인한 곳은 그리 작지 않은 도시의 입구였다.

도시를 발견한 마브렌시아는 재빨리 인간으로 변신을 해서 도시 안으로 들어섰다. 이번엔 마브렌시아도 사람들의 눈길을 끌지 않으려고 노력(?)을 했는지 일반적으로 젊은 여성이 입는 경장(輕裝)을 입었다.

하지만 그건 마브렌시아의 생각일 뿐 붉은 머리를 가진 대단한 미녀가 붉은 경장에 엄청나게 커다란 검을 메고 있었으니, 사람들의 시선을 끌지 못할 이유가 하나도 없었다.

사람들은 갑자기 모습을 드러낸 대단한 미녀의 모습을 발견하고는 그 자리에 멈춰 서서 하염없이 그녀의 얼굴을 바라보았다. 물론 그런 사내들 곁에 서 있던 여인들은 살기에 가까운 질투심을 보였지만 말이다.

마브렌시아는 그런 사람들의 눈길을 아는지 모르는지 철갑존자의 모습을 찾기에 여념이 없었다. 하지만 어디에도 그의 흔적은 찾을 수 없었다.

마브렌시아는 조바심이 생기는 것을 느꼈다. 확실히 이스턴 대륙에 도착한 후부터 이전엔 느껴보지 못했던 이상한 감정을 많이 느꼈다. 만약 지금 철갑존자를 처치하지 못한다면 앞으로 영원히 기회가 없을 것 같았다. 게다가 멸신교에는 그에 못잖은 능력을 가진 인간 같지 않은 작자들이 아직 몇 명이나 남아 있지 않은가?

결국 철갑존자의 존재를 찾는 데 실패한 마브렌시아의 눈에 이상한 것이 보였다. 이 도시의 상공에도 수국의 수도인 광양에서 보았던 것과 마찬가지로 육안으로 식별하기 힘들 정도로 엷기는 했지만 분명히 검은 기운을 가진 구름이 가득 하늘을 뒤덮고 있었던 것이다.

그것을 발견한 마브렌시아의 뇌리에 한 가지 생각이 떠올랐다. 사실을 확인하기 위해 조금 떨어진 곳에서 자신의 얼굴을 바라보며 멍청한 표정을 짓고 있던 한 젊은 사내에게 다가갔다. 그리고는 아주 사근사근한 음성으로 물었다.

"저어, 이 도시에 사는 분이신가요?"

"그렇습니다."

"그럼 혹시 이 도시에 멸신교의 교단이 어디에 있는지 아시나요?"

"아! 낭자께서는 멸신교를 찾고 계셨습니까?"

"그래요."

"하하하, 그렇다면 진작 말씀을 하시지… 제가 기꺼이 그곳까지 안내해 드리겠습니다."

젊은 사내는 마브렌시아가 자신에게 말을 건네는 것을 부러운 듯 바라보는 사람들에게 어깨를 한번 으쓱해 보이고는 그녀를 멸신교로 안내했다.

사내는 재빨리 마차를 불러 마브렌시아는 태웠다. 마차는 도시의 중심을 가로질러 외곽으로 향했고, 광양에서 보았던 모습과 비슷한 모양을 한 수십 채의 건물이 산의 중턱에 서 있는 것을 발견했다.

젊은 사내는 자신이 멸신교 문 앞까지 안내해 주겠다고 제의했지만 마브렌시아는 들은 척도 하지 않았다. 사내가 계속 자신에게 껄떡대자 슬립Sleep 마법으로 강제로 재워 버린 후 멸신교의 정문에 이르러 노려보았다.

 물론 크기는 비교가 되지 않았지만 많은 신도들과 환자들로 북적이기는 마찬가지였다. 얼굴에 미소를 지으며 멸신교를 찾아온 신도를 맞이하는 사제들을 잠시 노려보던 마브렌시아는 천천히 담 옆으로 이동했다. 그리고는 사람들의 시선이 잠시 자신에게 떨어지는 순간 블링크 마법을 이용해 멸신교 내부로 들어섰다.

 모든 것이 멸신교의 총단과 똑같았다.

 오가는 사람들의 모습은 여전히 찾아볼 수 없었고, 주위는 적막하다고 느낄 정도로 조용했다.

 "디텍트 낙쉬스 포스Detect Noxious Force."

 마브렌시아는 붉은 기운이 어린 눈으로 주위를 둘러보았다. 그리고 그런 그녀의 눈에 검은 기류가 뭉쳐 있는 듯 보이는 두 개의 물체가 보였다. 하나는 안정된 모습을 유지한 상태였고, 또 하나는 불안정한 모습이었다.

 아마도 불안정한 모습을 한 쪽이 철갑존자가 분명할 것이다.

 "디바인드 셀프!"

 마브렌시아의 외침과 동시에 그녀의 몸은 셋으로 나누어졌다. 머리끝에서 발끝까지, 하다못해 메고 있는 투 핸드 소드나 오른손에 끼고 있는 반지 쿠로얀까지 똑같았다.

 그들 가운데 선 마브렌시아가 뭐라고 하자 나머지 둘은 고개를 끄덕였고, 두 여자들의 모습은 순식간에 그 자리에서 사라졌다. 그녀들이 사라진 것을 확인한 마브렌시아는 천천히 자신이 발견한 물체가 있는 곳을 향해 발걸음을 옮겼다.

 그녀가 도착한 곳은 이상한 양식의 커다란 건물이 서 있는 곳이었다. 지붕 위에 집이, 또 그 위에 집이 올라가 있는 듯 보이는 괴상한 모양의 구조를 한 건물이었는데 워낙 커서 주위의 건물과 확연히 구별되었다. 게다가 건물의 크기도 크기였지만, 마치 건물을 수호하듯 건물 앞에 늘어서 있는 조각상 때문에 더욱 인상적이었다.

갖가지 무기로 중무장한 괴물들의 모습이었다.

뮤란 대륙의 레이미어처럼 하반신이 뱀을 닮은 괴물이나 커다란 배틀 엑스를 들고 있는 오거를 닮은 괴물뿐만 아니라 거미를 백 배쯤 증폭시킨 듯한 모습을 한 괴물도 있었다.

물론 마브렌시아가 그런 괴물의 모습에 겁을 먹을 리 만무했다. 그녀는 재빨리 스펠을 캐스팅하고는 건물을 향해 손을 뻗었다.

"파이어 익스플루젼Fire Explosion!"

마브렌시아의 양손에서 뻗어져 나간 불꽃이 건물에 닿는 순간 폭발음과 함께 건물은 당장 화염에 휩싸였다.

쾅! 화르르르—

기름도 뿌리지 않았건만 화염은 순식간에 건물을 휘감았고, 마치 연속적으로 파이어 볼을 시전한 것처럼 연이어 폭발음이 들렸다. 그 모습을 지켜보던 마브렌시아는 건물 안에서 빠르게 빠져나오는 두 개의 물체가 있음을 확인하고는 재빨리 뒤로 물러섰다.

불길에 휩싸인 7층 전각(殿閣)은 곧 무너졌고, 마브렌시아는 금세 몰려온 수많은 사제들에게 포위된 상태였다. 그리고 무너진 건물 앞에서 그녀를 노려보는 두 사람이 있었다.

한 사람은 그녀가 추적해 온 철갑존자였고, 그 곁에 서 있는 자는 70대로 보이는 노인이었다. 붉은 안색에 푸근한 미소를 지닌 노인은 수많은 사제들에게 포위가 되었음에도 불구하고 당당하게 서 있는 마브렌시아의 모습을 유심히 살피고 있었다.

"저 여자가 존자께서 말씀하신 그 드래곤이란 괴물이오?"

"그렇소이다. 보기와는 달리 상당한 힘을 가졌으니 조심해야만 하오."

"허허허, 존자께서 이렇게 조심하는 모습은 처음이구려. 저 괴물이 아무리 강하다 하더라도 마신(魔神)의 사랑을 받는 우리들만 하겠소. 허허허."

자신의 이야기를 콧등으로 알아듣는 노인의 말에 철갑존자는 슬며시 열이 올랐다.

이곳을 책임지고 있는 노인의 신분이나 자신이 비록 같은 장로의 신분이라고는 하지만 교주에게 능력을 인정받아 책임자로 정해진 만큼 한 수 눌리지 않을 수 없었다. 하지만 이렇게 노골적으로 자신을 무시할 줄은 예상치 못했던 일이었다.

'마신의 사랑을 받아 엄청난 능력까지 부여받고서도 저런 것 하나 처리하지 못하다니…' 란 뜻이 역력해 보이는 그의 얼굴을 보고 열을 받지 않을 도리가 없었다. 하지만 문제는 현재 자신은 임무에 실패해서 그의 도움을 청하고 있는 처지라는 점이었다.

게다가 부상도 완전히 낫지 않았으니 그에게 어떤 수모를 당한다 하더라도 변명의 여지가 없었다.

"곧 이어 이 땅에 오실 그분께 바칠 선물이니 조금은 조심해서 다루어주시면 고맙겠소이다."

"허허허, 걱정도 팔자구려. 내가 알아서 할 테니 존자는 한쪽에서 구경이나 하시오."

조롱과 멸시의 빛이 역력한 비웃음을 지으며 노인이 다시 고개를 돌렸을 때 마브렌시아는 사제들과 대치 중이었다. 투 핸드 소드를 둔 그녀와 대치를 하고 있는 사제들은 이미 사두용인의 모습을 드러낸 상태였다.

"그 괴물인지, 드래곤인지를 사로잡도록 해라."

노인의 말에 사두용인들이 한 발짝 앞으로 나섰다. 하지만 지면을 향해 투 핸드 소드를 내려뜨린 마브렌시아는 무슨 생각에서인지 꼼짝도 하지 않았다.

마브렌시아가 싸우는 장면을 본 적이 없는 노인이기에 꼼짝도 하지 않는 그녀의 태도가 이상하게만 느껴졌다.

대체 그녀는 무엇을 기다리는 것일까?

노인의 눈매가 가늘어질 때 마브렌시아의 모습이 사라졌다. 아니, 사라진 것처럼 보일 정도로 엄청난 속도로 움직이며 공격이 시작되었다.

챙— 퍽! 번쩍— 휘리리릭—

투 핸드 소드가 하나의 단창(短槍)과 사두용인의 머리를 날려버렸고, 검 전체에서 눈부신 빛이 번쩍인 순간 사두용인의 몸이 검은 재로 변해 바람에 날려갔다. 설명하기는 길었지만 그야말로 눈 깜짝할 사이에 벌어진 일이었다. 마치 마브렌시아의 몸이 움직인다고 느끼는 순간 사두용인의 몸이 검은 재로 변해 버린 것처럼 보였다.

마브렌시아가 자신들을 향해 움직이는 것을 발견한 사두용인들이 그녀를 공격하려고 했지만 그녀의 몸은 이미 사라지고 없었다. 그녀의 투 핸드 소드는 사두용인들을 사정없이 베어버렸고, 또한 그들의 몸을 재로 만들어 버렸다.

잠깐 사이 7, 8명의 사두용인들이 재로 변해 버린 것이다.

그런 마브렌시아의 모습을 바라보는 노인의 표정이 딱딱하게 굳었다. 대체 그녀의 검이 무엇으로 만들어졌는지는 모르지만 철갑처럼 단단한 비늘로 뒤덮인 사두용인들을 마치 삶은 호박처럼 잘라 버린 것이었다.

이렇게 무력한 사두용인들의 모습을 노인은 처음 보았다.

비록 그녀를 포위한 사두용인들이 40명이 넘는 숫자라고는 하지만 그들이 마브렌시아를 사로잡는다고 보기는 힘들었다. 결국 빠르든 늦든 자신이 개입을 해야 그녀를 사로잡을 수 있다는 판단을 내렸다.

노인이 한 발 앞으로 나서자 철갑존자가 다시 한 번 주의를 주었다.

"흡혈존자(吸血尊者), 잊지 마시오. 저 계집은 그분께 진상할 선물이라는 것을 말이오."

"대체 저 계집이 뭐가 그렇게 신기한 거라고 그러는 거지? 드래곤이라는 것이 그렇게 대단한 건가?"

"직접 상대를 해보면 내 말의 진의를 알게 될 거요."

"어디 두고 봅시다."

흡혈존자는 천천히 포위된 마브렌시아를 향해 발걸음을 옮겼다. 하지만 이미 그녀를 포위하고 있던 사두용인들 가운데 절반 가까운 숫자가 목숨을 잃었다.

단순히 무기에 잘리거나 찔린 상처라면 물론 일반적인 무기에 사두용인들이 다칠 리도 없지만—빠른 시간 내에 재생할 수 있었겠지만 그녀의 검은 그럴 만한 시간조차 주지 않았다. 목이 잘리는 순간 내부에 라이트닝 볼트로 충격을 주니 사두용인들이 버틸 방법이 없었다.

마브렌시아는 빠른 속도로 움직이며 사두용인들을 상대하면서도 흡혈존자가 다가오는 것을 놓치지 않고 보고 있었다. 동시에 저 노인은 어떤 괴물로 변할까 궁금하기도 했다.

"멍청한 것들! 모두 물러서라!"

흡혈존자의 명령에 사두용인들은 황급히 뒤로 물러섰다. 마브렌시아가 보기에 사두용인들은 적인 자신보다 오히려 흡혈존자를 더 두려워하는 듯 보였다.

검을 고쳐 잡은 마브렌시아는 천천히 숨을 고르며 자신을 향해 다가오는 흡혈존자를 바라보았다.

마브렌시아와 약 5미터 정도 떨어진 곳에서 걸음을 멈춘 흡혈존자는 자신에게 검을 겨누고 있는 마브렌시아를 향해 천천히 오른손을 들었다.

상대가 직접적으로 자신을 공격하지 않고 걸음을 멈추자 무슨 이유로 그가 걸음을 멈춘 것인지 이해를 할 수 없었지만 긴장의 끈을 늦추지 않았다.

내뻗었던 흡혈존자의 팔이 가볍게 흔들렸다고 느끼는 순간 마브렌시아는 자신을 향해 무엇인가가 날아온다는 것을 감지하고는 재빨리 옆으로 피했다. 하지만 그것은 허공에서 궤도를 수정하고는 마브렌시아를 향해 계속해서 날아왔다.

다시 뒤로 몸을 피하던 마브렌시아는 그제야 그것이 어떤 무기가 아니라 식물의 덩굴같이 생긴 서너 개의 촉수라는 것을 알아챘다.

마치 살아 있는 생명체처럼 자신을 향해 날아드는 촉수를 향해 마브렌시아는 투 핸드 소드를 휘둘렀다. 가볍게 휘두른 것 같은 마브렌시아의 검은 서너 개의 촉수를 간단하게 잘라 버렸다. 그리고 검에 걸려 있는 라이트닝의 마법 때문인지, 아니면 잘리는 순간 몸을 이루던 마력을 상실하기 때문인지 잘린 촉수는 재로 변해 날아갔다.

재빨리 촉수들을 회수한 흡혈존자는 상대의 움직임이 보통 기민한 것이 아님을 깨달았다. 지금 상태로는 상대할 수 없다고 판단하고는 마력을 끌어올려 변신했다.

"메터모르퍼시스!"

파파파팟—

흡혈존자의 외침과 낮은 소음이 함께 들리며 그의 의복이 갈가리 찢겨 사방으로 날아갔다. 그리고 그의 변신한 몸이 드러나는 순간 마브렌시아의 눈이 휘둥그레졌다.

저렇게 재수없게 생긴 것은 자신이 태어나 단 한 번도 본 적이 없었다.

한마디로 설명하자면 온몸이 꿈틀거리는 촉수 덩어리였다.

팔과 다리는 물론이고 머리카락마저 촉수로 변해 버린 것이다. 게다가 온몸을 휘감고 있는 촉수들은 쉴 새 없이 꿈틀거리고 있었다. 그리고 그 촉수 끝은 마치 아직 피지 않은 장미 봉오리처럼 생긴 새빨간 것이 달려 있었다. 흡사 장미 줄기에서 꽃봉오리만 남기고 잎을 모두 없애 버린 것만 같았다.

비위가 좋은 마브렌시아라고 하더라도 그 모습을 보는 순간 2천 년 전에 먹었던 오크가 뱃속에서 꿈틀거리는 듯한 느낌이 들었다.

"죽어라!"

흡혈존자의 외침이 들리는 순간 수십 줄기의 촉수들이 마브렌시아를 향해 눈부신 속도로 날아들었다.

마브렌시아가 정신을 차렸을 땐 이미 촉수가 1미터도 떨어지지 않은 곳까지 날아와 있었다. 마브렌시아는 투 핸드 소드에 마나를 집어넣고는 크게 휘둘렀다.

그녀의 공격에 몇 개의 촉수는 잘려 나갔지만 나머지 대부분의 촉수들은 투 핸드 소드를 피해 그녀의 팔과 다리를 휘감았다. 마브렌시아가 벗어나려고 몸부림을 쳐보았지만 그럴수록 촉수는 더욱 휘감겨 올 뿐이었다.

마브렌시아를 포박하는 데 성공한 촉수들의 모습이 조금 변했다. 꽃봉오리처럼 생긴 것이 활짝 피어 그 모습을 드러낸 것이다.

칙칙한 붉은색을 띤 꽃잎들의 중앙에는 나비의 주둥이같이 돌돌 말린 대롱이 있었고, 지금 그것이 그리 빠르지 않은 속도로 펴지고 있었다. 그 모습에 마브렌시아는 블링크나 워프 마법을 펼쳤지만 무슨 이유에서인지 전혀 마법을 시전할 수 없었다.

그녀가 당황하는 사이 대롱은 순식간에 그녀의 살갗을 파고들었다. 수십 개의 대롱이 살갗을 파고드는 것을 느끼는 순간 마브렌시아는 갑자기 힘이 빠져 더 이상 그 자리에 서 있을 수 없게 되었다. 그 모습을 본 흡혈존자는 괴소를 터뜨렸다.

"호호호, 어떤 존재라도 본 존자의 손아귀에서 빠져나갈 수 없지. 호호호."

너무도 간단하게 마브렌시아를 제압한 흡혈존자의 모습에 철갑존자는 아무런 말도 할 수 없었다. 지면에 쓰러지듯 주저앉은 마브렌시아의 모습을 본 철갑존자는 왜 그녀가 그렇게 쉽게 제압을 당했는지 그 이유를 알 수 없었다.

주변을 유심히 살피고 보니 마브렌시아를 공격한 것은 지상뿐만이 아니었다. 그녀가 흡혈존자의 촉수 공격에만 신경을 쓰고 있을 때 땅속에서 튀어나온 촉수가 그녀의 발목을 휘감아 그녀의 움직임을 가로막은 것이다.

"죽여서는 안 되오."

"호호호, 걱정하지 마시오. 저 괴물의 몸속에 약간의 독을 주입해 두었으니 절대 도망치지 못할 거요. 뭣들 하는 거냐? 저 계집을 어서 포박하도록 해라."

쾅쾅쾅!

흡혈존자의 말이 끝나기 무섭게 엄청난 폭음이 양쪽에서 들려왔다. 철갑존자와 흡혈존자의 눈이 양쪽으로 향하는 순간 그들의 눈에 수십 미터 높이로 치솟는 불길이 보였다.

"무슨 일이냐?!"

흡혈존자의 날카로운 말에 사두용인들은 불길이 치솟는 곳으로 향했고, 곧 다시 달려와 보고를 했다. 그런 그들의 얼굴에는 희미하지만 분명하게 두려워하는 기색이 보였다.

"저, 저희 지국 양편에 이상하게 생긴 괴물이 나타나 지국을 공격하고 있습니다."

"병신 같은 놈들! 그래, 적이 지국을 공격할 때까지 멍청하게 보고만 있었단 말이냐?"

흡혈존자의 몸 주위로 꿈틀거리던 촉수 가운데 하나가 보고를 하는 사두용인의 목을 휘감고는 자신의 앞으로 끌어당겼다. 촉수에 걸린 사두용인은 꼼짝도 하지 못한 채 부들부들 떨고 있었다.

"저, 저희들의 힘으로는……."

변명을 하는 사두용인의 이미 한가운데에 촉수의 대롱이 들어박혔고, 잠시 후 사두용인은 그저 가죽만 남은 채 목숨을 잃었다.

그런 흡혈존자의 행동에는 아랑곳하지 않고 철갑존자는 마브렌시아가 사로잡힌 것에 대해 곰곰이 생각했다. 그토록 강했던 마브렌시아가, 그것도 드래곤의 모습으로 돌아가지도 못한 채 저렇게 맥없이 사로잡힐 줄은 상상도 못했다. 게다가 자신이 사로잡힌 것을 아는지 모르는지 태연한 표정으로 자신들을 바라보는 마브렌시아의 모습이 이상하게 보이지 않을 수 없었다.

철갑존자는 재빨리 불길이 치솟은 곳으로 달려갔다.

이곳에만 하더라도 수백 명의 사두용인들이 있을 텐데 모두 어디에 있는지 단 한 명도 찾아볼 수 없었다. 치솟는 불길 사이로 보이는 것은 불길보다 더욱 붉은 비늘에 쌓여 있는 거대한 도마뱀의 모습이었다.

단 두 번의 브레스로 수십 명의 사두용인들과 건물을 날려 버린 마브렌시아는 불길 사이에서 자신을 바라보고 있는 철갑존자의 모습을 확인했다.

"픽싱 타킷 매직 미사일!"

철갑존자는 자신을 향해 날아드는 수백 발의 매직 미사일을 발견하고는 깜짝 놀랐다.

"메터모르퍼시스!"

철갑존자의 몸이 변신을 마치자마자 그의 몸으로 수백 발의 매직 미사일이 날아와 작렬했다. 비록 그 하나하나는 철갑존자에게 위협을 줄 수 없다고 하더라도 수백 발의 매직 미사일이 가진 위력은 결코 무시할 수 없는 것이었다. 거기에다 지금 철갑존자는 심각한 부상을 입은 상황이 아닌가?

철갑존자는 충격을 견디지 못하고 거의 20여 미터를 뒤로 밀려 나갔다.

"크윽!"

신음을 토하는 철갑존자의 입에서 검은 연기가 흘러나와 허공으로 퍼졌다. 그의 몸을 이루고 있던 근원적인 힘인 마력이 강한 충격으로 흩어진 것이다.

철갑존자가 이를 악물고 고개를 들었을 때 그를 맞이한 것은 레드 드래곤의 강력한 파이어 브레스였다. 그것도 공격 범위를 극도로 작게 해 그 파괴력을 높인 브레스였다.

퍽!

작은 소리와 함께 철갑존자의 몸은 사두용인들과 마찬가지로 검은 먼지로 화해 날아가 버렸다.

그 모습에 마브렌시아는 통쾌한 감정을 느꼈다.

"흐흐흐, 감히 나 레드 드래곤 마브렌시아를 우습게 본 죄다. 크아앙―!"

드래곤의 포효가 사방으로 울려 퍼졌다.

지국의 동쪽으로 달려갔던 흡혈존자는 난생처음 이상하게 생긴 붉은 괴물을 발견했다. 번들거리는 붉은 비늘 하나하나가 흡사 커다란 방패 같았다.

방패 같은 비늘에 싸인 마브렌시아의 모습은 거대한 붉은 성벽 같았다. 하지만 흡혈존자는 그런 모습에는 아랑곳하지 않고 양손을 뻗었다. 그러자 그의 양팔에서 수십 줄기의 촉수가 뻗어져 나와 마브렌시아를 향해 날아갔다.

마브렌시아는 그 모습을 보고도 피하지 않았다. 그리고 그녀의 예상대로 흡혈존자의 촉수는 그녀의 비늘을 뚫지 못하고 튀어나왔다.

"파이어 랜스!"

커다란 창 모양의 불꽃 서너 개가 생기자마자 흡혈존자를 향해 내리꽂혔다. 상대의 공격을 발견한 흡혈존자의 몸이 검게 변했다.

"블랙 빌리스터Black Blister!"

흡혈존자의 몸 주위로 검은 수포처럼 생긴 방어막이 생김과 동시에 파이어 랜스가 덮쳤고, 커다란 폭음과 함께 흙먼지가 주위에 휘몰아쳤다. 비록 10여 미터 뒤로 밀리기는 했지만 흡혈존자는 여전히 멀쩡한 모습이었다.

흡혈존자는 비록 난생처음 보는 괴상한 공격에 조금 당황하기는 했지만 그 공격이 자신의 방어막을 뚫지 못한다는 것을 알고는 만족스런 미소를 지을 수 있었다. 상대의 공격이 이 정도라면 자신의 힘만으로도 충분히 상대할 수 있었기 때문이다.

그가 득의양양한 미소를 짓고 있을 때 커다란 울음소리와 함께 레드 드래곤의 입에서 붉은색 광선이 자신에게 쏟아지는 것을 확인했다. 흡혈존자는 다시 한 번 방어막을 펼쳤다.

"블랙 빌리스터!"

쾅!

소음과 함께 흡혈존자의 방어막은 순식간에 사라졌고, 붉은색의 빛줄기가 그에게 쏟아졌다. 그리고 흡혈존자의 존재는 그 순간 지상에서 소멸되었다.

그 모습을 본 마브렌시아는 곧 이어 멸신교의 지단을 향해 엄청난 브레스와 함께 마법을 쏟아냈다.

멸신교의 지단 전체가 화염에 휩싸였을 때 마브렌시아의 모습은 어디에도 없었다.

    *   *   *

마을로 돌아온 데미안 일행은 괴물이 파괴해 놓은 것 이외에는 달라진 것이 없음을 깨닫고 안도의 한숨을 쉬었다.

그런 일행들에게 강찬휘와 로빈이 다가왔다. 그들이 보기에 데미안 일행이 상당히 지쳐 보이기는 했지만 다행히 다친 사람은 보이지 않아 안심할 수 있었다.

"여긴 어떻게 됐어? 뭐가 나타났었어?"

"아니오. 아까 그 괴물 탓인지 아직은 조용합니다."

"그래?"

로빈의 대답에 데미안은 잠시 고개를 갸웃거렸다.

가만히 생각해 보면 괴물의 출현이 너무나 갑작스럽게 이루어져 미처 생각하지 못하고 있었던 것이 있었다.

대체 그 괴물은 왜 나타났을까?

여태껏 자신들의 자식을 지킬 힘이 없어 속수무책으로 당하기만 했던 마을 사람들이 아닌가? 그렇다면 지금껏 해왔던 것처럼 여자 아이를 납치할 마족이나 마물이 나타나는 것이 당연한 일이었다. 그런데 갑자기 나타난 괴물은 정작 여자 아이들은 본 척도 하지 않고 오히려 데미안 일행을 노리고 나타난 듯한 인상을 주었다.

당연히 처음에는 괴물을 상대하느라 정신이 없었기 때문에 그런 생각을 하지 못했다. 하지만 괴물이 처음부터 자신들을 노리고 이곳에 나타난 것이라면 자신들이 누군가의 감시를 받고 있다는 말임을 증명하는 것이 아닌가?

물론 일행들 가운데 어느 누구도 다른 존재의 감시를 눈치 챈 사람은 없었다.

데미안이 그런 자신의 생각을 일행들에게 이야기하자 일행들은 나름대로 생각을 하고는 모두 그의 의견에 동조했다. 하지만 옆에

서 그들의 대화를 듣고 있던 이세문은 대체 이들이 지금 무슨 소리를 하는 것인지 전혀 알아들을 수 없었다.

마족? 마물? 괴물? 감시?

헝클어진 머리 속을 정리하는 것을 포기한 이세문은 데미안에게 질문을 했다.

"그럼 마… 뭐라는 붉은 도마뱀 같은 괴물들이 당신들을 노리고 있다는 말이 사실입니까?"

그의 질문에 데미안의 얼굴 표정이 순식간에 바뀌었다.

지독하게 싸늘하고 냉정하게, 또 그의 눈길과 닿은 사람을 그대로 얼려 버릴 것 같은 살기가 전신에서 쏟아졌다.

"당신이 마브렌시아를 어떻게 알지?"

"나, 난, 그, 그저……"

이세문은 자신에게 말더듬이 증세가 있다는 것을 처음 깨닫게 되었다.

누군가가, 아니, 무엇인가가 그들 일행을 노리고 있다는 말이 정말이냐고 묻고 싶었는데……. 하지만 그의 입에서는 문장은 고사하고 단 한 마디의 단어조차 나오지 않았다.

그런 이세문에게 데미안이 한 걸음 다가섰다.

"왜 대답을 안 해? 어떻게 알고 있느냐고 묻잖아."

여자보다 훨씬 여성스럽게 생긴 데미안의 입에서 재차 싸늘한 말이 흘러나오자 이세문은 자신도 모르게 전신을 떨며 뒤로 물러섰다.

이세문은 자신의 전신으로 흘러 들어오는 살기에 진저리를 쳤다. 상대가 그래도 자신과 비슷한 수준이라야 반항을 하든 도주를 하든 하지, 이건 아예 뱀 앞에 선 개구리마냥 공포에 질려 꼼짝도 할 수 없었다.

　다가오던 데미안의 손에 불그스름한 기운이 어린다고 느끼는 순간 그 모습을 지켜보고 있던 라일이 입을 열었다.

　"그 사람을 탓할 필요 없다. 어제 아침 산에서 사라지는 마브렌시아의 모습을 여기 있는 사람 대부분이 목격했다."

제22장
영혼의 구속

라일의 말에 데미안은 어제 아침에 있었던 일을 기억했다.

갑자기 들린 엄청난 폭음에 헥터와 강찬휘, 라일들이 달려가는 모습을 보고 데미안은 뮤렐과 레오들과 함께 나머지 일행을 보호하기 위해 남아야 했다.

그런데 바로 그 자리에 마브렌시아가 있었다니…….

갑자기 허탈한 표정을 짓는 데미안과는 달리 이세문은 그때까지도 데미안에 대한 공포 때문에 꼼짝도 하지 못했다.

"데미안님, 이미 날이 밝았습니다. 일단 쉬도록 하세요."

로빈의 말에도 데미안은 꼼짝도 하지 않았다.

곁에 서 있던 데보라가 로빈에게 눈짓을 하자 로빈은 나머지 사람들과 함께 숙소로 갔다. 묵묵히 서 있던 데보라가 데미안 앞에 섰다.

"데미안. 쉬어야지."

"…데보라, 난 어떻게 해야 하지? 지금 찾지 못하면 영원히 찾지 못할 것 같다는 생각이 드는데……."

이렇게 기운이 빠진 데미안의 모습은 처음이었다.

루벤트 제국의 병사들을 몰살시켰을 때 당시의 데미안은 상당한 충격을 받기는 했지만 지금같이 맥없는 모습은 아니었다. 천천히 데미안의 품에 얼굴을 묻은 데보라는 짐짓 유쾌한 음성으로 입을 열었다.

"뭘 걱정하는 거야? 여태껏 행방도 몰랐던 마브렌시아의 모습을 겨우 확인한 것에 불과하잖아. 데미안이 하려는 일은 아직 시작도 하지 않았는데 벌써 그렇게 맥 빠진 모습을 하면 앞으로는 어떻게 하려고 그래? 기운을 내. 내가 옆에 이렇게 있잖아."

데보라의 말에 꼼짝도 하지 않고 있던 데미안의 얼굴이 조금 굳어졌다가는 곧 부드러워졌다. 그리고는 자신의 품에 얼굴을 묻고 있는 데보라의 뒷머리를 쓰다듬으며 입을 열었다.

"맞아. 난 아직 시작도 하지 않았어. 고마워."

고개를 숙여 데보라의 입술에 감사의 키스를 했다. 그리고는 힘차게 외쳤다.

"우와~! 배고프다!"

"호호호."

갑작스런 데미안의 행동에 잠시 얼굴을 붉히던 데보라는 난데없는 말에 피식 웃음을 터뜨리고 말았다. 두 사람은 팔짱을 끼고 여관으로 향했다.

그런 두 사람의 뒷모습을 지켜보고 있는 눈길이 있었다. 그리고 그 눈에는 원한의 불길이 치솟고 있었다.

"부하들이 도착하면 네 녀석들을 반드시 죽여주겠다. 특히 빨간 머리, 네 녀석을 처참하게 죽여주마!"

라일을 제외한 나머지 일행들은 마치 시체처럼 쓰러져 정신없이 잠 속에 빠져들었다. 괴물을 상대할 때 가진 힘을 바닥까지 뽑아 썼기 때문에 완전히 탈진 상태였다.

마을 사람들을 지키고 있던 강찬휘는 데미안 일행과는 달리 새벽 일찍 잠에서 깨어 일어나 있었다.

마을 근처에 산이 있기 때문일까? 서늘한 느낌이 들었지만 그리 싫지는 않았다.

가볍게 몸을 움직여 근육을 푼 강찬휘는 여관 앞마당으로 나가 가볍게 몇 번 검을 휘둘러 보고는 곧 천주부동(天柱不動)의 자세를 취했다. 그리고는 사문의 검법인 천강연환검법(天罡連環劍法)을 펼치기 시작했다.

빠르고 경쾌하게 움직이기 시작해 시간이 지날수록 그의 검은 더욱 빨라져 나중에는 보이지도 않을 정도였다. 그런 그의 모습은 근처 10여 미터를 완전히 지배하고 있는 것처럼 보였다. 하지만 바닥에는 그의 발자국 하나 남아 있지 않았다.

마지막 초식을 펼치고 검을 내린 강찬휘는 조용히 숨을 내쉬었다. 하지만 그의 이마에는 땀방울 하나 맺혀 있지 않았다.

검집에 검을 집어넣으려던 강찬휘는 갑자기 행동을 멈추고는 여관 밖을 노려보았다.

"숨어 있지 말고 어서 나오시오."

하지만 어떤 움직임도 없었다.

"흥!"

바닥에 뒹굴던 돌을 집어 든 강찬휘는 오른손에 내력을 넣어 담을 향해 가볍게 던졌다. 그런 그의 동작과는 달리 내력이 실린 돌은 빠르게 담을 향해 날아갔다.

'퍽!' 하는 작은 소리와는 어울리지 않게 담엔 커다란 구멍이 뚫렸고, 그 충격을 이기지 못한 담은 곧 허물어져 내렸다. 그리고 그 뒤에 잔뜩 웅크리고 있는 사람들의 모습이 보였다. 멸신교의 사제였다. 그리고 그들 가운데 과시존자가 있었다.

"저놈은 내가 맡겠다. 너희들은 저 안에 있는 인간들을 모두 죽여라."

과시존자의 말에 사제들은 모두 사두용인으로 변신했다. 그런 그들의 손에는 짧은 창과 방패가 들려 있었다. 사두용인들이 여관을 향해 달려가는 것을 발견한 강찬휘는 황급히 그들의 앞을 가로막았다. 그리고는 그들을 향해 검을 휘둘렀다.

"천강연환(天罡連環) 섬(閃)!"

휘리리릭—

귓전을 자극하는 소리와 함께 섬광이 번쩍였다. 사두용인들이 잠시 움찔하는 사이 천우신검은 그들의 전신을 훑고 지나갔다.

일반적인 무기로는 자신들에게 아무런 피해도 입힐 수 없다고 생각하는지 사두용인들은 피할 생각을 하지 않았다. 하지만 그런 그들의 생각과는 달리 천우신검은 그들의 신체에 깊은 상처를 남겼다. 천우신검이 훑고 지나간 곳은 검은 연기를 피어 오르며 깊은 상처가 남겨졌다.

깜짝 놀란 사두용인들이 황급히 트라이던트와 방패를 들어 강찬휘의 공격을 막으려고 했지만 그보다는 천우신검이 더욱 빨랐다.

사두용인의 트라이던트는 눈에 보이지도 않을 만큼 빠르게 움직이는 강찬휘의 신형을 번번이 놓쳤고, 그때마다 사두용인들은 천우신검에 극심한 상처를 입었다.
"천강연환— 참(斬)!"
강찬휘의 외침이 들리는 순간 그의 검세(劍勢)가 변했다. 가볍게 움직이던 그의 검이 좀 더 무겁고 직선적인 움직임을 보인 것이다. 힘이 실린 그의 검은 사두용인들의 트라이던트를 자르고 그들의 방패를 갈랐다.
사두용인들이 강찬휘에게 가로막혀 제대로 공격을 하지 못하자 뒤에 서 있던 과시존자가 손을 들었다. 검은 기류에 휘감긴 그의 손이 강찬휘를 향하려는 순간 그의 앞을 가로막는 검은 그림자가 있었다.
검은 그림자는 모습을 드러내는 순간 과시존자를 향해 검을 휘둘렀고, 갑작스런 기습에 그는 가슴 뼈가 잘려 나가는 깊은 상처를 입었다. 황급히 뒤로 물러선 과시존자는 믿을 수 없다는 듯 자신의 가슴을 바라보았다.
상대의 검은 지저분한 신성력을 가지고 있지도 않았고, 그렇다고 마법이 걸려 있는 것도 아니었다. 그럼에도 불구하고 자신의 기슴을 마치 삶은 호박 자르듯 길라 비린 것이다. 아니, 그것이 중요한 것이 아니었다.
상대의 검에서 암흑의 기운을 느낀 것이었다. 자신이 보기에 상대는 살아 있는 사람이 아니었다. 그렇다고 죽었다고 말하기도 힘든 상태였지만 분명 상대에게서 암흑의 힘이 느껴졌다.
"넌 뭐지? 산 것도 죽은 것도 아니면서 어둠의 힘을 가지고 있다니 도저히 믿을 수 없군. 그리고 보니… 어둠의 힘을 가진 것이 아니라 저주의 지배를 받고 있군. 그래, 그래서 그런 몰골을 하고 있었어. 그렇다면… 리스트레인트 오브 솔(Restraint of Soul: 영혼의 구속)!"

과시존자가 외치는 순간 그의 몸에서 뿜어진 검은 기류가 주위 30여 미터를 온통 휘감았다.

그런 과시존자의 모습을 보고도 라일은 아랑곳하지 않고 그를 향해 걸음을 옮겼다. 라일의 몸 주위에 깔린 검은 기류가 더욱 짙어진다고 느끼는 순간 그의 발걸음이 멈춰졌다.

그뿐이 아니었다. 라일은 무슨 이유 때문인지 온몸을 부르르 떨고 있었다.

챙—

그리고 그의 손에 들려 있던 롱 소드가 맥없이 지면에 떨어지며 날카로운 소리를 냈다.

어렵지 않게 사두용인들을 상대하던 강찬휘는 라일의 돌연한 모습에 깜짝 놀랐다. 그가 데미안의 스승이라는 것과 자신의 스승과 비견될 정도로 무공이 강하다는 사실을 익히 알고 있었다. 라일에 대해 자세한 것은 알지 못하지만 정상적인 방법으로 그를 물리치기란 그리 쉽지 않다는 것만은 확실히 알고 있었다.

결론적으로 말하자면 저 과시존자란 늙은이가 뭔가 암수(暗手)를 쓴 것이 분명했다. 그가 여관에 있는 동료들을 부르려고 했을 때였다.

"스승님!"

"라일님!"

비명 같은 외침이 들리고 그의 곁에 데미안과 헥터가 서 있는 것이 보였다. 두 사람은 재빨리 라일을 부축해 뒤로 물러섰다.

데미안이 라일의 상태를 살피는 동안 헥터가 두 사람의 앞을 가로막았다.

"스승님, 정신 차리세요. 절 알아보시겠습니까?"

데미안의 외침에 라일은 겨우 고개를 끄덕였다. 하지만 그의 몸이 계속해서 경련을 일으키고 있어 상태가 별로 좋은 것이 아님을 한눈에 알아볼 수 있었다.

데미안은 대체 과시존자라는 저 늙은이가 무슨 방법으로 라일을 이 지경으로 만든 것인지 알 수 없었다. 하지만 경련을 일으키며 괴로워하는 라일의 모습을 본 데미안은 머리끝까지 분노가 치미는 것을 느꼈다.

라일이 이런 상황에 빠진 것은 모두 자신 때문이라고 생각했기 때문이다. 데보라가 아로네아, 순결의 검을 찾았을 때 그가 애초에 원했던 대로 이 세상을 떠났다면 이런 괴로움을 받을 필요가 없었다. 모든 것이 자신 때문인 것 같았다.

자리에서 일어선 데미안은 미디아를 뽑아 들었다.

"헥터, 비켜주겠어?"

차분한 말이었다. 그리고 이전까지의 데미안과는 분위기가 달랐다.

헥터가 뒤로 물러서자 데미안이 한 걸음 앞으로 나섰다.

"늙은이, 넌 절대 건드려서는 안 될 분을 건드렸어. 아니, 우리 일행을 노렸다는 것만으로도 넌 죽어 마땅해."

과시존자는 데미안의 말에 어이가 없었다.

지금 데미안의 태도는 자신 정도는 언제든 처치할 수 있다는 것이 아닌가? 일전에는 자신을 데리고 장난치더니 지금은 비위를 건드리고 있었다.

"빌어먹을 놈, 네놈은 언제 봐도 재수가 없어. 오늘 아주 끝장을 내주마. 메터모르퍼시스!"

과시존자의 외침과 동시에 몸이 근육질로 바뀌었고, 그의 양손은 2미터쯤 되어 보이는 검으로 변했다. 그 모습을 보고도 데미안은 걸음을 멈추지 않았다.

데미안이 거침없이 자신에게 다가오자 과시존자는 왠지 찜찜한 생각을 버릴 수 없었다. 하지만 무방비로 다가오는 데미안의 태연한 모습을 보면 열이 오르지 않을 수 없었다.

"죽어!"

쐐애액—

날카로운 파공성과 함께 두 자루의 검이 데미안을 향해 날아들었다. 그것을 본 데미안은 가볍게 몇 번의 스텝만으로 피했다.

두 사람 간의 거리는 이제 겨우 1미터 정도였다.

데미안이 더욱 가까이 다가오자 과시존자는 검의 길이를 짧게 만들어 그를 향해 휘둘렀다. 그렇지만 유령처럼 가볍게 움직이는 데미안을 스치지도 못했다.

과시존자는 황당한 기분과 함께 두려움 비슷한 생각이 들었다. 이토록 빠른 인간이 있을 줄은 상상도 못했다. 저번 대결에서도 느꼈던 것이지만 그때보다 몇 배 더 빠른 것 같았다.

데미안은 가볍게 몸을 움직이면서 과시존자의 검을 피했다. 담담한 미소를 짓고 있는 데미안과 희미한 두려움에 싸여 미친 듯이 검을 휘두르고 있는 과시존자.

미끄러지듯 데미안이 물러섰을 때 사두용인들은 모두 강찬휘의 손에 쓰러진 후였다.

과시존자와 10미터 정도 떨어지자 데미안은 지체없이 미디아를 쳐들었다. 상대의 공격이 시작된다고 느낀 과시존자가 잔뜩 긴장을 했지만 데미안의 공격은 금세 시작되지 않았다.

몸을 잔뜩 웅크리고 있던 과시존자만 우스운 꼴이 됐다.

자신의 행색을 깨달은 그가 화를 내며 데미안에게 달려가려 했다. 하지만 눈에 보이지 않는 무엇인가가 자신의 몸을 움켜잡고 놓지 않는 것을 그제야 깨달았다.

과시존자는 지금 무엇인가가 일어나려 한다는 불길한 느낌이 들었다. 해서 암흑의 기운을 끌어올려 자신의 몸 주위로 철벽 같은 방어막을 만들었다. 다시 한 번 몸을 움직여 보려 했지만 여전히 자신의 몸을 움켜잡는 괴상한 압력 때문에 꼼짝도 할 수 없었다.

과시존자가 다시 한 번 마력을 끌어올리려고 할 때였다.

뭔가 날카로운 것이 자신의 방어막을 간단히 뚫고 들어와 어깨살을 뭉텅 잘라냈다. 깜짝 놀란 그가 황급히 상처를 치료하려고 할 때 다시 무엇인가가 자신의 방어막을 통과해 허벅지를 갈랐다.

검은 혈액이 흘러내렸다.

과시존자가 허벅지의 상처를 발견하고 고개를 숙이자 이번에는 옆구리가 검에 베어진 듯 입을 쩍 벌렸다. 그가 고개를 들었을 때는 이미 십여 곳에 깊은 상처를 입어 전신에서 검은 피가 흘렀다. 하지만 여전히 꼼짝도 할 수 없었다.

"으아아아—!"

과시존자는 비명을 지르며 전신을 둘러싸고 있는 압력에서 벗어나려고 했지만 그것은 그의 생각일 뿐이었다. 잠시 후 과시존자는 압력에서 벗어날 수 있었지만 그가 서 있던 자리에 남은 것은 손바닥 크기로 잘게 잘린 그의 잔해뿐이었다.

"헥터, 태워 버려."

데미안의 말에 헥터는 등에 메고 있던 블레이즈를 꺼내 블레이즈가 가진 신성력과 공격 주문으로 과시존자의 잔해를 깨끗하게 태워 버렸다.

데미안은 그런 헥터의 행동은 본 척도 하지 않고 그때까지 경련을 일으키고 있는 라일을 안아 들고는 여관으로 향했다. 갑작스런 사태에 일행들은 깜짝 놀라 라일이 누워 있는 방으로 모여들었다.

힘없는 라일의 모습에 일행들의 얼굴은 걱정에 휩싸여 있었다. 비록 말을 하지는 않았지만 그가 있음으로 인해 일행들은 안전할 수 있었고, 또한 그를 의지할 수 있었다.

비록 데미안을 중심으로 모이긴 했지만 라일이 그들 일행의 리더인 것만은 분명한 사실이었다.

"어떻게 된 일이지?"

데미안의 질문에 라일의 상태를 살피던 로빈은 고개를 저었다. 그로서도 난생처음 보는 증상이었다.

"제가 보기엔 과시존자라는 노인의 마력 때문인 것 같습니다."

"마력 때문이라니? 그게 무슨 말이야?"

데보라의 질문에 뮤렐이 천천히 설명했다.

"이미 여러분들께서도 잘 알고 계시겠지만 이 이스턴 대륙은 악의 기운으로 덮여 있습니다. 다른 분들은 별다른 타격을 입지 않겠지만 마법사이신 차이렌님과 저주를 받으신 라일님은 그 악의 기운을 더욱 민감하게 느끼십니다. 바로 그것이 문제입니다. 그래도 차이렌님은 직접적으로 마나를 다루는 분이 아니시기에 그 증상이 미미하지만 라일님께서는 직접 마나를 다뤄야 하는 기사이기에 마나와 함께 악의 기운이 라일님의 몸으로 스며 들어간 것 같습니다."

뮤렐의 설명을 들으며 라일의 상태를 지켜보던 데미안은 초조함을 견디지 못하고 질문했다.

"그럼 스승님은 앞으로 어떻게 되는 거지? 치료 방법은 없는 거야?"

"솔직하게 말씀드려 별다른 치료 방법이 없습니다. 라일님이 만약 평범한 분이었다면 로빈이 가지고 있는 신성력으로 치료를 했겠지만 라일님은 저주를 받으신 몸이 아닙니까? 마법으로도, 신성력으로도 치료가 불가능합니다."

"하지만 로빈을 만나기 전 낮에는 활동이 불가능하셨던 라일님이 신성력으로 치료를 받아 낮에도 활동하실 수 있게 되셨잖아?"

데보라의 말에 뮤렐은 고개를 저었다.

"그렇지 않아도 로빈과 함께 라일님의 상태를 상의한 적이 있었습니다. 당시 로빈의 스승이셨던 프레드릭님이 쓰신 것은 신성력을 이용한 치료가 아니라 백마법(白魔法) 계통의 회복 마법인 리바이브Revive인 것 같습니다."

"백마법? 신을 모시는 사제가 마법을 쓴단 말이야?"

데보라의 말에 뮤렐은 고개를 저었다.

"백마법 역시 마나를 이용하기는 하지만 일반적으로 마법사들이 사용하는 마나와는 다릅니다. 음… 정확한 설명을 드리기는 힘들지만 신성력으로 정화된 마나라고 할 수 있을 겁니다. 다시 한 번 말씀드리자면 라일님은 프레드릭님이 베푸신 리바이브에 의해 신성력에 약간의 저항력을 가지고 계십니다. 그러나 저주에 걸린 몸이시기에 악의 기운이나 마력에 대해서는 속수무책이라는 것이 정확한 표현일 겁니다."

뮤렐이 설명을 마쳤을 때 라일이 천천히 자리에서 일어나고 있었다.

"스승님, 괜찮으십니까?"

"괜찮다."

잠시 주위를 둘러보던 라일이 조금은 가라앉은 듯한 음성으로 입을 열었다.

"내가 여러분에게 걱정을 끼친 듯하군. 아마 앞으로 이런 일은 없을 것이네. 좀 쉬고 싶군."

라일의 말에 일행들은 어쩔 수 없이 방에서 나가야 했다. 가장 늦게까지 남아 있던 데미안은 데보라가 손을 잡고 끄는 것을 느끼고는 그제야 방을 빠져나갔다.

혼자 남은 라일은 조금 전 자신에게 일어난 일에 대해 곰곰이 생각해 보았다. 과시존자가 내뿜은 검은 기류에 자신이 휘감겼을 당시 라일은 꼼짝도 할 수 없었다.

정신을 잃어가는 것과는 달랐다. 마치 잠에서 완전하게 깨지 않은 상태와 같다고나 할까?

약간 멍한 기분을 느끼고 있었는데 그런 자신에게 뭔가 칙칙한 기분이 들게 하는 축축한 기운이 파고든 것이다. 그 기운이 자신의 몸을 파고드는 순간 자신의 머리 속으로 거역할 수 없는 절대적인 존재를 느꼈다. 그리고 그 존재가 자신의 몸을 마음대로 조종하려 하는 것을 느꼈다.

필사적으로 반항을 했지만 그 자리에서 경련을 일으키며 쓰러지는 것이 고작이었다. 소드 마스터 중급을 상회하는 실력을 가진 자신이 고작 몸과 머리 속으로 파고드는 정체 불명의 기운 때문에 꼼짝도 할 수 없었던 것이다.

잠시라도 방심을 한다면 그 무엇인가에 자신의 몸을 빼앗겨 영원히 되찾을 수 없을 것 같다는 느낌이 들었기에 필사적으로 저항한 것이다. 소드 마스터에 든 자신의 힘을 무력하게 만든 그 악의 힘이란 무엇일까?

깊은 생각에 빠진 라일의 모습에서 왠지 세월의 깊은 자취를 느끼게 했다.

과시존자 일행을 해치운 데미안 일행은 며칠 동안 마을에 있었지만 소녀들을 납치한다는 마물이나 사람의 행적은 발견할 수 없었다. 그러나 검은 박쥐 모양에 커다란 눈을 가진 괴상한 마물을 한 마리 생포할 수 있었다. 하지만 그것이 마을에서 소녀들을 납치한 마물이라고 보기엔 무리가 많았다.

라일을 위해서도 하루빨리 이스턴 대륙을 떠나야 한다고 결심한 데미안은 그 마물을 지체없이 소멸시켜 버리고는 일행들과 함께 봉안을 향해 떠났다.

마을에서 얻은 말을 이용했기 때문인지 그들은 오후에 봉안에 도착할 수 있었고, 곧바로 대장군부를 향했다. 각 지방에서 올라온 보고서를 보고 있던 위자헌은 갑자기 들이닥친 십여 명의 방문객을 보고 정신을 차릴 수 없었다.

황지충은 그동안 있었던 일들을 간단히 위자헌에게 보고를 했다.

"대장군께 여쭤볼 것이 있습니다."

"무엇입니까, 대인?"

"혹시 각 지방에서 올라온 보고 가운데 실종된 여자에 관한 보고는 없었습니까?"

조금은 굳은 얼굴로 물어보는 데미안의 질문에 위자헌은 지방에서 올라온 보고 내용을 떠올렸다. 그리고는 곧 고개를 끄덕였다.

"그리고 보니 그런 보고가 몇 번 있었습니다."

"조사는 해보셨습니까?"

"보고가 올라온 마을에 대한 수색과 탐문을 했다는 보고는 있었지만 아무런 단서도 찾지 못했다는 보고뿐이었습니다. 한데 그것은 왜 물으시는지요?"

위자헌의 질문에는 아랑곳하지 않고 데미안은 뮤렐을 바라보았다.

"차이렌, 당신이 생각하기에 얼마나 남은 것 같아?"

"글쎄, 정확한 것이야 알 수 없지만 얼마 남지 않은 것만은 확실한 것 같아."

"빌어먹을, 장소를 알아야 막든지 찾아가든지 할 텐데……. 단서를 찾을 방법이 정말 없나?"

조금은 신경질적인 반응을 보이는 데미안의 태도에 위자헌은 대체 그가 무엇 때문에 그런 모습을 보이는 것인지 그 이유를 알 수 없었다.

"데미안님, 잘하면 그 의식이 벌어질 곳을 알 수도 있을 것 같은데요."

"뭐? 어떻게?"

"저희가 이곳에 와서 많은 마물들과 싸웠지만 잘 생각해 보면 얼마 전을 제외하고는 모두 저희가 찾아가 그들을 퇴치한 것이지 마물이 우리를 찾아온 적은 없지 않았습니까?"

"아, 맞아!"

로빈이 말하려는 것을 깨달은 데미안은 자신의 머리를 신경질적으로 긁었다. 왜 자신은 이런 간단한 것조차 남의 도움을 받아야만 알 수 있는 것일까?

나이도 어린 로빈이 생각한 것을 깨닫지 못한 자신의 어리석음을 생각하면 절로 고개가 저어졌다. 하지만 아직까지 자신의 생각을 이해하지 못한 사람들을 위해 로빈은 설명해야 했다.

"저희와 싸운 것은 대부분 마물들이었습니다. 하지만 그렇지 않은 존재가 있지 않았습니까?"

"멸신교의 늙은이?"

데보라의 반문에 로빈은 고개를 끄덕였다.

"그렇습니다. 멸신교의 신관과 사제들만이 저희를 공격했습니다. 물론 저희는 그들과 싸울 이유가 없었지만, 그들에게는 있었는지도 모릅니다."

"그러니까 로빈 사제님의 말씀은 우리를 공격했던 마물들이나 우리가 없앤 마물들이 그들과 관계가 있을 것이란 말씀이십니까?"

"그렇습니다, 강 대협. 다시 정리해서 말씀을 드리면 소녀나 여자들이 사라진 것에는 분명 마물들이 개입했을 확률이 높습니다. 그리고 저희 일행들이 여태껏 경험한 것에 의하면 마물들과 가장 연관이 있는 곳은 멸신교뿐입니다. 그들을 조사해 보면 분명 마신의 부활 의식이 어디에서 벌어지는지 단서를 잡을 수 있을 거란 것이 제 판단입니다."

로빈의 말에 일행들은 나름대로 생각을 해보았지만 아무리 생각해 보아도 그보다 더 좋은 생각은 떠오르지 않았다.

일행들의 눈길이 일제히 자신에게 쏠리자 약간 얼굴을 붉힌 로빈이 고개를 숙였다. 그런 로빈을 바라보던 데보라는 그가 언제까지나 자신이 알고 있던 주근깨 가득한 소년이 아니란 사실을 깨달았다.

사실 그동안 데미안 일행들과 함께 고생을 해서인지 로빈은 이전의 모습과는 많이 달라져 있었다. 키가 커진 것은 물론이고, 변성기를 거치고 있어 얼마 지나지 않아 멋진 청년이 될 것이 분명했다.

"난 로빈의 판단이 옳다고 생각되는데 다른 사람들은 어떻게 생각하지?"

"나도 로빈의 판단이 맞다고 생각해."

"저도 그 판단에 찬성합니다."

일행들이 모두 로빈의 말에 찬성을 하자 데미안은 쉽게 결정을 지었다.

"좋아, 지금 바로 수국으로 출발을 하도록 하지. 위자헌 대장군님, 국왕 폐하께는 달리 인사를 드리지 못하고 떠나야 할 것 같습니다. 자세한 내용은 황지충 장군께 들으시면 저희의 입장을 충분히 이해하실 겁니다. 그동안 저에게 베푸신 호의, 절대 잊지 않겠습니다."

"허어, 무슨 일인지는 모르지만 여러분들을 보니 도저히 막을 수 없을 것 같군요. 폐하께는 제가 따로 보고를 드리도록 하겠습니다. 이렇게 대인을 보내야 한다니 섭섭한 마음뿐이군요. 부디 몸조심하시고 원하는 일을 무사히 이루시길 진심으로 빌겠습니다."

위자헌의 말에 포권지례로 답례를 한 데미안은 자신을 바라보고 있던 강찬휘와 이세문에게도 포권지례를 하며 고개를 숙였다.

"강 대협과 이 대협께서 저희 일행들에게 보여주신 우정과 호의를 절대 잊지 않도록 하겠습니다. 그리고 두 분과는 여기서 작별을 고해야 할 것 같습니다. 그리고 단 왕자님께서도 고생이 많으셨습니다."

정중한 데미안의 인사에 단은 어쩔 수 없이 데미안에게 같이 포권지례를 해 보였다.

데미안이란 존재는 그에게 여러 가지 의미를 한꺼번에 전해준 인물이었다. 데보라라는 여인을 사이에 둔 연적(戀敵)이기도 했지만 한 사람의 무인으로 보면 그를 곤란하게 만들 사람이 있을 것 같지 않았다.

남자다운 사내는 아니었지만 적으로 만들고 싶지 않은 사람이 바로 데미안이었다. 복잡 미묘한 감정을 느끼게 만드는 사내. 아마도 오랫동안 기억될 것만 같았다.

그런 단과는 달리 강찬휘는 고개를 저었다.

"대인의 말씀은 알겠지만 저는 일단 대인과 함께 행동을 하겠습니다. 그리고 여러분들께서 내리신 결론처럼 마신이 부활한다면 한 사람이라도 더 힘을 합쳐야 하는 것 아닙니까? 비록 여러분에 비하면 떨어지는 실력이지만 여러분을 돕고 싶습니다. 허락해 주십시오, 대인."

"우물 안의 개구리 같았던 저의 안계를 열어주신 분이 바로 대인이십니다. 좀 더 여러분들을 따를 수 있도록 허락해 주십시오, 대인."

강찬휘와 이세문의 말에 데미안은 몇 번이나 거절을 했지만 그들은 꼼짝도 하지 않았다. 지금 자신들이 가려는 길이 얼마나 위험한 일인지 잘 알고 있는 데미안으로서는 그들을 받아들일 수 없었다. 하지만 허락을 하지 않는다고 그만둘 그들도 아니기에 어쩔 수 없이 허락을 해야만 했다.
 다시 한 번 위자헌에게 인사를 한 데미안은 일행들과 함께 봉안을 빠져나가 수국으로 향했다.

      *   *   *

 일행들이 봉안을 빠져나와 수국으로 향한 지 열흘이 지나서야 겨우 국경 지역에 도착할 수 있었다.
 양국의 국경이라고 해봐야 얼기설기 엉성하게 만든 나무 방책(防柵)이 고작이었고, 방책을 사이에 두고 마주 보고 있는 양국의 병사들도 복장을 제외하고는 다른 점을 찾아볼 수 없었다.
 일행들의 모습을 발견하고도 어디로 가는지, 왜 가는지, 또 얼마나 있을 것인지 질문하는 것이 당연함에도 불구하고 병사들은 한 마디도 하지 않았다. 그저 지나가는 소 닭 보듯 나른한 표정으로 바라볼 뿐이었다.
 그런 병사들의 모습에 일행들은 어이가 없었지만 일단 가던 발걸음을 재촉했다.
 그들이 처음 당도한 도시는 낙주(酪州)였다.
 물론 일반적인 도시의 크기와 비교하면 상대가 되지 않았지만 그래도 국경 도시치고는 상당히 발달된 도시였다.
 도시의 형태는 주위에 산이 많아 반농반상(半農半商)의 형태를 띠고 있었지만 오향주(五香酒)라는 유명한 술의 산지로 잘 알려진 곳이었다.
 일행들은 먼저 음식점을 찾았다.
 간단히 요기할 것을 주문한 헥터는 곧 주인에게 멸신교의 소재

지를 물었다. 낙주에 멸신교의 지단이 없다는 말에 실망을 했지만, 말로 달려 3일 거리에 있는 황주(黃州)라는 곳에 멸신교의 지단이 있다는 말에 일행들은 간단히 요기를 마치고 황주로 가기 위해 한 대의 마차와 5필의 말을 샀다.

뮤렐과 로빈, 수국과 레오가 마차에 탔고, 헥터가 마차를 몰았다. 다른 사람들은 마차 앞에서 말을 몰았다. 식사와 휴식 때를 제외하고 달린 탓인지 그들은 날이 어둑어둑해질 무렵 황주에 도착할 수 있었다.

시간이 너무 늦은 나머지 다음날 멸신교의 지단을 찾아가기로 한 일행들은 피곤한 몸을 이끌고 자신의 방으로 향했다. 자리에 누운 뮤렐은 전신에서 이는 근육통 때문에 정신을 차릴 수 없었다.

스스로에게 마법을 걸어 피로를 회복한 뮤렐은 자신과 같은 방을 쓰고 있는 이세문에게 회복 마법을 베풀어주고는 누바케인을 들고 여관 밖으로 향했다. 자신뿐이리라 생각했던 뮤렐은 시커먼 그림자 하나가 자신을 기다리고 있는 모습을 발견하고는 소스라치게 놀랐다.

"누, 누구요?"

"아! 미안합니다. 잠이 오지 않아 잠시 주위를 둘러보고 오는 길입니다."

가까이 다가오자 뮤렐은 그제야 상대를 확인할 수 있었다. 강찬휘였다.

"그러셨군요. 저 역시 잠이 오지 않아……."

뮤렐의 대답에 강찬휘는 고개를 끄덕였다.

할 말이 없어서일까? 두 사람 사이에 갑자기 침묵이 깔렸다. 검술을 연습하기 위해 나왔던 뮤렐은 강찬휘와의 대화가 갑자기 끊기자 무슨 말을 해야 좋을지 몰랐다. 그냥 검술 연습을 하자니 상대를 무시하는 것 같고, 그렇다고 대화를 나누자니 특별하게 할 말이 없었다.

"저어, 강 대협."

"말씀하십시오."

"실은 제가 얼마 전부터 검술을 익히고 있습니다. 물론 시작한 지 얼마 되지 않았기에 실력이라고 할 것도 없겠지만, 제가 지금부터 하는 것을 보시고 충고를 해주셨으면 감사하겠습니다."

말을 마친 뮤렐은 누바케인을 검집에서 꺼내지 않은 채 천천히 가슴 앞에 세웠다. 그리고는 누바케인을 휘두르기 시작했다.

과거 데미안이 싸우던 모습을 기억하며 강찬휘는 뮤렐의 움직임을 예의 주시했다. 역시 자신의 예측에서 그리 벗어나지 못한 초보적인 움직임이었다.

거의가 직선적인 움직임이었다. 확실히 그런 것을 보면 뮤란 대륙의 검술은 일정한 형식이 있는 것이 아니라 단순히 몇 개의 움직임을 차례대로 배열한 것에 불과했다.

물론 그런 움직임도 데미안과 헥터의 움직임이 달랐고, 라일과도 달랐다. 헥터는 자신의 강한 힘을 위주로 한 검술이었고, 데미안은 빠른 몸놀림을 위주로 한 검술이었다. 라일의 경우야 감히 자신이 표현할 수 있는 경지가 아니니 제외였다.

뮤렐의 움직임은 그들 세 사람과 비교할 수는 없지만 기본적인 골격은 마찬가지였다.

아마도 뮤렐은 그런 자신의 실력을 잘 알고 있을 것이다. 그럼에도 불구하고 충고를 바란다고 했으니 무슨 말인가 해주긴 해줘야 할 것 같은데 무슨 말을 해주어야 좋을지 판단을 할 수 없었다.

"헉헉헉!"

숨을 몰아쉬며 강찬휘 앞에 도착한 뮤렐의 전신은 이미 땀으로 범벅이 되어 있었다. 몇 번의 심호흡으로 겨우 숨을 돌린 뮤렐이 입을 열었다.

"제 실력이 형편없다는 것은 잘 알고 있습니다. 하지만 더 강해지고 싶습니다. 제가 이 누바케인을 가지고 있는 이상 이 검이 가지고 있는 힘을 모조리 끌어내고 싶습니다. 절 도와주십시오."

붉게 상기된 얼굴로 입을 여는 뮤렐의 모습에 강찬휘는 자신이 궁금하게 생각했던 것을 그에게 물었다.

"제가 뮤렐님께 묻고 싶은 것이 있습니다. 죄송한 말씀이기는 하지만 이미 뮤렐님은 검을 익힐 수 있는 나이가 지난 것으로 판단됩니다. 그럼에도 불구하고 검술을 익히려는 결심을 하시게 된 이유가 뭡니까?"

강찬휘의 질문에 뮤렐은 길게 숨을 내쉬고는 곧 대답했다.

"은혜를 갚기 위해서입니다."

"은혜?"

"그렇습니다. 데미안님과 다른 분들의 도움으로 저는 도저히 불가능했던 복수를 할 수 있었습니다. 물론 그분들이 어떤 대가를 바라고 하신 일이 아니라는 것을 잘 알고는 있지만 커다란 은혜를 입은 저로서는 조금이라도 그분들께 은혜를 갚고 싶습니다."

밤하늘에서 한줄기 바람이 불어왔다.

"알고 계신 것처럼 만약 차이렌님께 무슨 이상이 생긴다면 제게 남는 것은 불완전한 마법 실력과 이 불의 검 누바케인뿐입니다. 신의 무기인 이 누바케인을 가지고도 아무것도 할 수 없다면 너무나 억울한 일이 아닙니까? 조금이라도 데미안님과 다른 분들이 하시려는 일에 도움이 되고 싶습니다. 어떤 충고라도 좋습니다. 말씀을 해주십시오."

뮤렐의 말에는 강찬휘가 도저히 거절할 수 없는 열정이 담겨 있었다.

"알겠습니다. 제가 알고 있는 한도 내에서 최대한 말씀드리도록 하겠습니다."

"감사합니다, 강 대협."

"별말씀을."

강찬휘는 곧 구체적으로 뮤렐의 자세에 대해 지적하기 시작했다.

일행들이 모두 모인 것은 거의 정오가 다 되어서였다.

비록 아무런 말도 하지 않고 있었지만 핼쑥해진 수국의 모습이나 옅은 피곤함을 보이는 일행들의 모습에 데미안은 아무 말도 할 수 없었다.

주인장에게 여러 가지 요리를 시킨 데미안은 밝은 표정으로 입을 열었다.

"일단 배불리 먹고 움직이자고. 사실 그동안 바쁘게 움직이느라 제대로 먹은 적이 별로 없잖아. 든든히 먹고 멸신곤지 멸치곤지를 찾아가자고."

데미안의 말에도 일행들은 그저 고개만 끄덕일 뿐 별다른 대꾸가 없었다. 몇 마디 더 하려던 데미안은 그냥 입을 다물었다.

잠시 후 요리가 나오자 일행들은 별다른 대화 없이 식사에만 열중했다. 일행들이 식사를 마치기를 기다렸던 데미안이 주인을 불렀다.

"주인장, 이곳에 멸신교의 지단이 있다는 소문을 들었는데 어디에 있는지 좀 알려주시오."

데미안의 말에 주인은 별 놈 다 보겠다는 듯 데미안의 아래위를 훑어보고는 고개를 저었다.

"멸신교의 지단 말씀이십니까?"

"그렇소."

"지금은 없습니다."

"지금은 없다니? 그게 무슨 소리오?"

"5일 전쯤인가 천둥 번개가 심하게 치던 날 뻘건 번개가 멸신교의 지단에 내리꽂혀 수십 채의 건물들과 수백 명의 사제와 신관을 모두 태워 버렸습니다."

주인의 뜻하지 않은 대답에 데미안과 일행들은 멍한 표정을 감추지 못했다.

"무슨 말인지 이해를 할 수 없구려."

"뭘 이해할 수 없다는 말씀이십니까? 떨어진 번개야 제 소관이 아니니 모르겠고, 번개에 맞아 건물이 불타고 사람들이 죽었다는 것을 이해할 수 없다는 말은 이해할 수 없군요. 번개가 떨어졌는데 오히려 멀쩡하다면 그게 더 이상한 일 아닙니까?"

당연한 주인의 말에 데미안은 별다른 대꾸도 하지 않은 채 자리에서 일어났다.

"그렇다면 그곳의 위치를 좀 가르쳐 주겠소?"

"다 타버려서 볼 것도 없을 텐데……."

"조사할 것이 있어서 그러니 좀 알려주시겠소?"

"관부(官府)에서 나오셨습니까?"

꼬박꼬박 말대꾸하는 주인의 행동에 데미안은 열이 뻗치기 시작했다.

"귀하는 알 필요 없소. 어서 그곳의 위치나 가르쳐 주시오."

"뭘 조사하시려는지 모르겠지만 그곳은 잿더미뿐인데……."

"으아아아~!"

괴성을 지른 데미안은 주인에게 애정(?)이 듬뿍 담긴 주먹으로 전신을 쓰다듬어 주었다. 그런 연후에야 겨우 멸신교의 지단이 있었던 곳의 위치를 알 수 있었다.

간만에 망가진 모습을 보인 데미안에게 일행들은 '그러면 그렇지' 하는 표정을 지어 보였고, 그런 일행들의 반응에 데미안은 애써 태연한 표정을 지었다.

음식점에서 나온 데미안과 일행들은 황주 북쪽 외곽으로 향하다 녹음을 자랑하는 숲을 만났다. 숲은 10여 미터에서 20여 미터에 이를 정도의 고목(古木)들로 가득 차 있었다.

숲이 전하는 생명력을 기대하며 숲으로 들어섰던 일행들은 예상과는 달리 아무런 소리도 들리지 않자 주위를 둘러보았다. 하지만 어디에서도 생명의 소리는 들을 수 없었다.

숲으로 들어선 일행들은 상당한 규모로 파괴된 숲의 모습을 확인할 수 있었다.

곳곳에 몇 미터는 족히 될 듯 보이는 커다란 구덩이가 수십 개가 널려 있었고, 그런 구덩이들은 중앙에 있는 거대한 잿더미를 호위라도 하듯 둘러싸고 있었다. 화마에 휩싸인 건물의 잔해는 방원 수백 미터에 걸쳐 널려져 있었다.

어느 것 하나 제대로 서 있는 것이 없는 것을 본 데미안은 과거 그곳에 어떤 건물이 서 있었을 것으로 예상만 할 뿐 어떤 건물이 얼마나 서 있었는지 전혀 짐작할 수 없었다.

건물의 잔해 사이로 흩어져 흔적을 찾던 일행들은 대체 무엇이 이곳을 이렇게 만든 것인지 궁금하지 않을 수 없었다. 자신들의 경험에 비추어볼 때 멸신교의 지단을 이렇게 만들 수 있는 존재는 하나밖에 없었다. 하지만 어느 누구도 입을 열어 이야기하지 않았다.

만약 인간이 있었다면 설사 화마에 목숨을 잃었다고 하더라도 최소한 뼈는 남겼을 것이다. 하지만 어디에도 그런 흔적을 찾을 수 없는 것을 보면 결론적으로 인간은 한 명도 없었다는 말이 된다. 다만 주위에는 몇 개의 병창기와 방패들이 흩어져 있었을 뿐이다.

먼저 입을 연 사람은 라일이었다.

"이곳에서 더 이상의 단서를 찾는 것은 무리일 것 같다. 멸신교의 다른 지단을 찾는 것이 좋다고 생각하는데… 다른 사람들의 생각은 어떤가?"

"저도 여기서 더 이상의 단서를 찾는다는 것은 무리라고 생각합니다."

데미안이 일행들을 대표해 대답하자 라일은 고개를 끄덕이고는 곧 말머리를 돌렸다. 그런 라일의 뒤를 일행들이 따라갔다.

*   *   *

화르르르—

엄청난 불똥을 튀기며 타오르는 건물의 모습을 바라보는 인물이 있었다.

마치 불의 바다를 보는 듯 온통 혀를 날름거리는 불꽃을 보며 만족스러운 미소를 짓는 이는 붉은 머리를 가지고 있었고, 거의 자신의 키만한 바스타드 소드를 들고 있는 젊은 여인이었다.

"호호호, 감히 나 마브렌시아를 우습게 보더니 꼴 좋구나. 활활 타올라 모조리 태워 버려라."

이곳이 그녀의 손에 혈겁을 당한 3번째 멸신교의 지단이었다. 단 한 명도 살아남지 못했고, 멀쩡히 서 있는 건물이 하나도 없었다. 그 모든 것이 그녀의 브레스 때문이었다.

드래곤의 브레스를 막을 수 있는 것이 지상에 존재할지 정말 의문이었다.

득의만면한 표정으로 불길에 휩싸인 건물을 바라보는 마브렌시아의 뒤에 긴 검은 머리를 가진 청년 하나가 서 있었다. 하지만 마브렌시아는 상대의 출현을 모르는지 건물에만 눈길을 주고 있었다.

"당신은 당신이 한 일에 만족을 느끼십니까?"

갑자기 들린 사내의 음성에 마브렌시아는 깜짝 놀라며 뒤로 돌아섰다.

"아니, 넌?"

제23장
멸신교의 지단

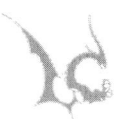

"이오시스입니다, 마브렌시아님."

"무슨 일로 나타난 거지?"

"일전에 제가 드린 제의를 생각해 보셨는지요?"

입을 여는 이오시스의 얼굴에는 희미한 미소가 걸려 있었다. 그 얼굴이 마브렌시아가 보기에 자신감에 넘쳐 자연스럽게 지어진 미소로 보였다.

"아직 결정을 내리진 못했어. 그리고 과연 네가 모신다는 그 마신이 날 드래곤 로드로 만들 수 있는 능력이 있다는 말을 난 도저히 믿을 수 없어."

"믿으셔야 합니다, 마브렌시아님. 그분의 능력은 끝이 없으십니다. 그분을 부정하는 자는 멸망의 길을 걸을 것이고, 거부하는 자는 그분의 분노에 목숨을 잃을 겁니다. 또한 그분을 불신하는 자들은 그분의 저주를 받아 무한한 고통과 신음 속에서 시달려야만 할 겁니다. 어느 누구 하나 예외없이."
 이오시스의 마지막 말은 확신에 차 있었다.
 "흥! 네 말을 도저히 믿을 수 없어."
 "아십니까, 드래곤들에게 마신들의 마법을 처음 가르치신 분이 바로 지하르트님이라는 것을? 만약 그분이 아니었다면 아마 드래곤은 일찍이 인간이나 다른 몬스터들에 의해 멸종되었을 겁니다. 제 말을 부정하십니까?"
 마브렌시아는 분했지만 태초부터 전해지는 드래곤의 전승 기억 때문에 이오시스의 말을 인정하는 수밖에 없었다.
 "당신의 결심에 따라 당신은 드래곤 로드가 될 수 있고, 또 그분에게 드래곤 일족이 입었던 은총에 대한 은혜 갚음이 되지 않겠습니까?"
 "흥! 말도 안 되는 소리! 설사 드래곤들이 마신과 마족들에게 마법을 배웠다고 하더라도 그건 나와 상관없는 이야기! 그리고 내가 왜 드래곤 일족을 대신해 은혜를 갚아야 한다고 생각을 하는 거지?"
 "설마 드래곤 로드마저 관심이 없다고는 못하겠죠?"
 이오시스의 말에 마브렌시아는 코웃음을 쳤다.
 "흥! 내가 필요하다고 느끼는 것은 그것이 무엇이든 내 힘과 능력으로 이뤄. 네 생각에 남이 만들어준 자리를 차지한 날 다른 드래곤들이 인정할 것 같아?"
 "지하르트님께서 하시는 일에 감히 누가 인정하고 말고를 결정한단 말입니까? 그리고 다른 드래곤들이 인정하지 않아도 그들 모두를 상대할 정도의 능력을 가지게 된다면 무엇이 문제가 되겠습니까?"

마브렌시아는 너무도 태연하게 말하는 이오시스의 얼굴을 보며 그가 드래곤들이 가진 능력에 대해 정확하게 알고 있는지 궁금한 생각이 들었다.

"이제 지하르트님께서 지상에 모습을 드러내실 날이 앞으로 33일 남았습니다. 그리고 마브렌시아님께서는 그때까지 어떠한 결정이든 내리셔야 합니다. 당신의 능력으로 대항할 수 있는 분이 아니시니까."

결정된 사실을 이야기하는 듯한 이오시스의 말에 마브렌시아는 얼굴을 굳혔다.

"잊지 마십시오. 남은 시간은 겨우 33일뿐입니다. 만약 그때까지 결정을 내리지 못하면 당신에게는……"

이오시스의 모습이 점점 흐릿해지더니 얼마 되지 않아 마브렌시아의 눈에서 완전히 사라졌다. 눈 한 번 깜빡이지 않고 그 모습을 지켜보던 마브렌시아는 굳은 표정을 풀지 않고 중얼거렸다.

"33일 남았을 뿐이라고? 좋아. 그렇다면 내가 먼저 찾아가 박살을 내주지."

다시 한 번 타오르는 불길을 바라보던 마브렌시아의 모습이 허공 속으로 완전히 사라졌다.

*   *   *

황주를 떠난 데미안 일행들은 북쪽을 향했다.

로빈이 알고 있던 뮤란 대륙으로의 워프 포인트도 북쪽에 있었지만 무엇보다 지금 일행들의 관심사는 얼마 있지 않아 벌어질 마신의 강림을 막는 일이었다.

일행들이 거의 십여 개의 마을을 지나 다시 큰 도시를 발견한 것은 거의 열흘이 흘러서였다.

그들이 도착한 도시는 수국의 곡창 지대로 알려진 광해평야(廣海平野) 위에 세워진 광림현(廣霖縣)이었다. 광림현은 평야 지역에서는 좀처럼 찾아보기 힘든 습한 기후를 가진 도시였다. 그래서인지 도시 사람들 대부분이 망토와 비슷한 외투를 코트처럼 걸치고 있어 처음 도시를 찾은 사람들의 호기심을 끌기 충분했다.

일행들은 먼저 식당을 찾았다.

도시의 규모가 큰 탓인지는 모르지만 식당 안은 상당히 복잡했다. 또 일행들의 숫자도 10명이나 되었기 때문에 함께 식사할 수 있는 자리를 찾을 수 없었다. 결국 일행들은 흩어져 식사를 할 수밖에 없었다.

데미안과 데보라는 다른 사람들과 합석을 하게 되었다. 먼저 식사를 하고 있던 두 남녀는 환상적인 아름다움을 지니고 있는 두 사람을 보고 깜짝 놀라 멍한 표정을 감추지 못했다.

"실례하겠습니다."

"예? 예……"

데미안의 양해를 구하는 말에 식사를 하고 있던 청년은 자신도 모르게 고개를 끄덕였다. 자리에 앉은 데미안은 식사 주문을 하고는 주위를 둘러보았다. 수국에서도 열 손가락 안에 드는 도시라서 그런지 식당 안은 시장보다 더 시끄러운 것 같았다.

음식을 먹는 사람, 식사보다는 대화에 더 신경을 쓰는 사람, 자신이 주문한 음식이 나오지 않는다며 신경질을 부리는 사람, 일행들을 찾는지 부지런히 왔다 갔다 하는 사람…….

거의 살인적이라고 할 수 있을 정도로 주위는 시끄러웠다. 이런 분위기에 별로 익숙하지 않는 데미안이나 데보라로서는 신경 쓰이지 않을 수 없었다.

빨리 나가려는 두 사람의 생각과는 달리 주문한 음식은 좀처럼 나오지 않았다.

데미안이 가볍게 눈살을 찌푸릴 때 건너편에 앉은 청년이 입을 열었다.

"조용한 것을 즐기는 성격이신가 보군요."

갑자기 들린 청년의 말에 데미안은 고개를 돌려 청년을 보았다. 20대 후반 정도로 보이는 청년은 짙은 눈썹과 커다란 눈이 인상적이었다. 그리고 그 곁에 앉아 있는 여인은 20대 초반쯤으로 보이는 무척이나 부드러운 인상의 소유자였다.

"이렇게 복잡한 식당은 처음이라……."

"하지만 이곳 광림현에 있는 어디를 가더라도 조용한 식당은 찾지 못하실 겁니다. 도시 전체 규모에 비하면 식당의 수가 적거든요. 아! 미처 제 소개를 드리지 못했군요. 전 섬전검(閃電劍) 우득렬(右得烈)이라고 합니다. 그리고 이쪽은 제 사매인 쾌검미인(快劍美人) 관옥상(琯玉觴)입니다."

우득렬의 소개에 옆에 있던 여인이 미소를 지으며 목례를 취했다. 웃을 때 보이는 볼우물이 매력적인 여인이었다.

"그러셨군요. 저는 환국 사람으로 데미안이라고 합니다. 그리고 이쪽은 제 약혼녀인 데보라라고 합니다."

데미안은 환국에서 사용하는 말이 뮤란 대륙에서 사용하는 말과 같다는 것을 알고는 미리 생각해 두었던 대로 자신들을 환국 출신이라고 소개했다.

포권지례를 취하는 데미안에게 답례를 한 우득렬은 두 사람의 얼굴을 보며 다시 한 번 감탄을 금치 못했다. 비록 자신이 오래 산 것은 아니지만 두 사람의 용모에 필적하는 사람을 본 적이 없었다.

"약혼자와 여행이라… 두 분이 부럽군요. 하하하."

우득렬이 솔직하게 자신의 마음을 표현하는 동안 데보라는 데미안의 말에 커다란 행복감을 느끼고 있었다.

"두 분께서는 이곳 분이십니까?"

"저희도 수국 사람은 아닙니다. 사문(師門)의 일 때문에 여기에 왔습니다만, 두 분은 무슨 일로 이곳을 찾으신 겁니까?"

"다름이 아니라 이곳 광림현에 멸신교의 지단이 있는지 그것을 알고 싶었기 때문입니다."

"멸신교의 지단 말입니까?"

반문하는 우득렬의 표정이 딱딱하게 굳어졌다. 갑작스런 변화에 오히려 데미안과 데보라가 당황했다.

"왜 그러십니까? 제가 뭐 실수라도……?"

"아닙니다."

잠시 주위를 둘러본 우득렬은 여전히 딱딱하게 굳은 얼굴로 데미안에게 질문했다.

"죄송하지만, 왜 멸신교의 지단을 찾으시는지 그 이유를 알 수 있겠습니까?"

"제가 듣기에 마물 때문에 고통받는 사람들을 많이 구한 교단이라더군요. 해서 이곳까지 온 김에 그곳을 찾아볼까 생각 중이었습니다만……"

"데미안님께서는 멸신교가 정말 마물들로부터 사람들을 구했다고 생각하십니까?"

데미안은 우득렬이 무슨 이유로 그런 것을 자신에게 묻는 것인지 그의 의도가 의심스러웠다.

"제가 들은 소문으로는 마물 때문에 고통받는 많은 사람들이 멸신교의 신관이나 사제들에게 구함을 받았다고 들었는데… 사실과 다릅니까?"

데미안이 아무것도 모르는 사람처럼 되묻자 우득렬은 여전히 심각한 표정으로 입을 열었다.

"일단 겉으로 드러난 사실은 그렇습니다만 전 그런 사실을 도저히 믿을 수 없습니다. 그들에게 마물을 퇴치할 능력이 있는 것이 확실하다면 왜 사로잡은 마물들을 소멸시키지 않는 겁니까?"

"예? 마물을 소멸시키지 않았다니… 그게 무슨 말씀이십니까?"

"마물 때문에 고통받는 마을에 멸신교의 신관이나 사제들이 나타난 것은 사실이지만 그들이 마물들을 그 자리에서 소멸시킨 흔적은 어디에도 없습니다. 그들은 왜 사로잡은 마물들을 그 자리에서 소멸시키지 않고 멸신교로 다시 가지고 간 것일까요? 솔직히 저는 그들이 다른 목적을 가지고 있기 때문이라고 생각합니다."

낮은 음성으로 이야기하는 우득렬의 표정에는 심각함과 진지함뿐이었다.

마신의 부활을 막아야 된다는 생각만 했던 데미안으로서는 뜻밖의 말이 아닐 수 없었다. 그의 말이 사실이라면 과연 그들은 무엇 때문에 마물들을 긁어모으는 것일까?

마물들과 멸신교가 모종의 연관 관계가 있다는 것을 짐작하고 있던 데미안으로서는 심상치 않다는 생각이 들었다. 그러나 우득렬에게는 내색하지 않았다. 그가 알아봐야 좋을 것이 없다고 생각했기 때문이다.

"그렇습니까? 전 전혀 몰랐습니다. 멸신교를 찾아가는 것을 다시 한 번 생각해 봐야겠군요."

데미안이 너무나 태연스럽게 거짓말을 하는 것을 보고 데보라는 처음엔 기가 막혔지만 곧 그의 의도를 짐작할 수 있었다. 신의 무기를 가지고 있는 자신들도 그들과 싸울 때 목숨이 위험할 정도인데 무술 실력마저 형편없는 그들이 개입을 해봐야 개죽음당하기 십상일 것은 뻔한 일이었다.

식사를 먼저 마친 우득렬과 관옥상이 데미안과 데보라에게 인사를 하고 식당을 빠져나가자 곧 일행들이 주위로 다가왔다. 일행들은 일단 투숙할 곳을 찾았다. 그리고 멸신교 지단의 위치를 알아보았다.

다행이라고 이야기해야 할지 모르겠지만 멸신교의 지단은 일행들이 투숙하기로 결정한 여관에서 그리 멀지 않은 곳에 위치하고 있었다. 여관 주인에게 물어보았을 때 데미안과 일행들은 다른 곳에서 들었던 이야기와는 조금 다른 이야기를 들을 수 있었다.

"멸신교의 분위기가 어수선하다는 말씀은 쉽게 이해하기 힘들군요. 멸신교에 무슨 일이라도 생겼습니까?"

"아! 손님께서는 그 소문을 듣지 못하신 모양이군요."

"소문이라니… 무슨 말씀이신지……?"

"이건 저도 옆집에 사는 사람의 팔촌의 사돈의 사촌의 외할아버지에게 들은 이야긴데, 수국 전역에 위치한 멸신교의 지단이 누군가의 습격을 받아 엉망이 되었답니다."

"습격?"

여관 주인의 말에 데미안의 눈빛이 번쩍였다. 하지만 여관 주인은 자신의 말에 도취되어 그런 데미안의 변화는 깨닫지 못했다.

"저도 들은 이야기라 확실하게 장담할 수는 없지만… 게다가 그런 식으로 당한 곳이 그곳뿐이 아니랍니다. 들리는 이야기로는 멸신교에게 원한을 품은 마물들이 모여 멸신교의 지단을 공격했다고도 하고, 높은 직책에 계시는 어느 관리가 자신에게 대항하는 멸신교를 핍박하기 위해서 용병들을 끌어 모았다는 말도 있습니다."

여관 주인은 대단한 비밀이라도 말하는 듯 나직하게 음성을 낮춰 데미안에게 설명했다. 하지만 여관 주인의 정보에는 중요한 것이 모조리 빠져 있었다. 누가 그랬는지, 무엇 때문에 그랬는지, 또 어떻게 했는지 밝혀진 것이 아무것도 없었다.

일단 멸신교를 적대시하는 세력이 있다는 것만은 큰 수확이라고 할 수 있었다. 주위에 흩어져서 듣고 있던 일행들의 표정도 데미안과 대동소이했다.

"또 전하는 말에는 커다란 칼을 든 아름다운 여인이 그랬다는 말도 있습니다. 하지만 여자 혼자 어떻게 그런 일을 할 수 있겠습니까? 그렇지 않습니까, 손님?"

"그, 그렇겠지요."

미소를 지으며 화답하던 데미안의 얼굴이 갑자기 굳어졌다. 방금 그런 일을 지지를 민한 능력을 가진 여인이 뇌리를 스치고 지나갔기 때문이었다. 갑자기 데미안의 얼굴이 굳어지자 옆에 있던 데보라가 영문을 몰라 고개를 갸웃거렸다.

"혹시 그 여인이 나타났을 때 번개가 치거나, 큰불이 나거나, 바람이 몹시 불진 않았습니까?"

"그리고 보니 그 양반이 번개가 치던 날 밤 멸신교에 불이 났다고 했었습니다. 그런데 손님이 그걸 어떻게 아십니까?"

"그냥 혹시 그러지 않았을까 하는 생각이 들어서 여쭤본 겁니다. 역시 예상대로로군요."

데미안은 황급히 안색을 풀며 대꾸했다. 그런 데미안의 태도를 조금 이상한 눈으로 바라보던 여관 주인은 다른 손님이 찾자 황급히 그쪽으로 달려갔다. 여관 주인이 사라지자 일행들은 데미안과 데보라가 앉은 테이블로 다가왔다. 데보라가 궁금함을 참지 못하고 질문했다.

"데미안, 조금 전에 왜 그렇게 놀란 거야?"

"응?"

"주인이 조금 전 설명할 때 깜짝 놀랐잖아. 기억 안 나?"

데보라가 계속해 질문했지만 무슨 생각을 하는지 아무런 대꾸를 하지 않았다. 조금 떨어진 곳에서 이야기를 듣고 있었던 뮤렐이 입을 열었다.

"혹시 데미안님은 누가 멸신교의 지단을 공격한 것인지 짐작하신 것 아닙니까?"

"안다는 것보다는 혹시 마브렌시아가 아닐까 하는 생각을 했거든. 이스턴 대륙에서 마법을 사용할 줄 아는 사람들은 신을 따르는 신관이나 사제뿐이잖아. 그런 사람들이 함부로 멸신교의 지단을 공격했을 리도 없고, 또 만약 그랬다면 다른 사람들이 그들을 발견하지 못했을 리도 만무할 거고……. 아까 여관 주인이 말한 것을 보면 마법 공격을 한 것 같아. 그리고 드래곤인 마브렌시아가 뛰어난 검술 실력을 가지고 있다고 보기는 힘들잖아."

데미안의 말에 일행들은 고개를 끄덕였다.

데보라는 침착한 어조로 설명하는 데미안의 모습을 흘깃 훔쳐보았다. 얼마 전까지만 하더라도 카르메이안이나 마브렌시아 이야기만 나오면 흥분했었는데, 지금은 그런 모습은 어디에서도 찾아볼 수 없었다.

"데미안의 말이 맞다고 하면 마브렌시아는 무슨 이유로 멸신교와 적이 된 거지? 드래곤인 그녀가 멸신교와 적이 될 이유가 없잖아. 게다가 그녀는 이스턴 대륙에 온 지도 얼마 되지 않았잖아."

"그거야 알 수 없지만, 멸신교의 지단을 마브렌시아가 공격한 것만은 사실인 것 같아. 그녀가 아니라면 누가 멸신교의 신관과 사제들을 상대할 수 있겠어? 신의 무기를 가진 우리를 제외하고는 아무도 없잖아."

"맞아요. 그들이 가지고 있는 마력을 상대할 수 있는 것은 신성력과 신성력이 깃든 신의 무기뿐이에요. 이 두 가지를 제외하고는 드래곤의 엄청난 브레스와 마법뿐이라고 생각해요."

로빈의 말에 일행들은 고개를 끄덕였다.

"내일 새벽까지는 아직 시간이 있으니까 일단 휴식을 취하도록 하는 것이 좋겠다."

"알겠습니다. 스승님의 말씀대로 일단 각자의 방에 가서 쉬도록 해. 여관에서 출발하는 시간은 내일 새벽 4시."

데미안의 말에 일행들은 각자의 방으로 흩어졌다. 하지만 데미안과 데보라는 그 자리를 떠나지 않았다. 주인에게 술을 주문한 데미안은 술잔에 술을 따르고는 천천히 술을 마셨다.

"왜 그래? 무슨 일 있는 거야?"

"아니, 여러 가지 생각할 것이 있어서……."

하지만 그의 얼굴에는 아무런 감정도 떠 있지 않았다. 요즘 들어 조금씩 변하기 시작한 데미안의 변화를 가장 먼저 깨달은 사람은 데보라였다.

무엇이 변했는지는 알 수 없었다. 하지만 이전보다 더 침착해졌고, 또 여유가 있는 듯 보였다. 일상의 대화는 줄어들었고 생각하는 시간이 길어졌다.

과거 활발한 성격의 데미안도 좋았지만 차분하게 변한 데미안도 데보라는 좋았다.

데미안의 잔이 비자 데보라가 술을 따라주었다.

"무슨 생각 하는지 나한테도 가르쳐 줘."

테이블에 손으로 턱을 괸 채 자신의 빤히 바라보는 데보라의 눈길에 데미안은 어색함을 느끼고는 들고 있던 술을 단숨에 마셨다.

다른 테이블에서 술을 마시던 사람들의 거친 대화와 노랫소리 때문에 상당히 소란스러웠지만 데보라는 아무것도 느끼지 못하는 사람처럼 데미안의 얼굴만을 바라보고 있었다.

"데보라, 내일 아침에 일찍 일어나야 하니까 그만 쉬는 것이 어때?"

데미안의 말에 빤히 그의 얼굴을 바라보던 데보라는 순순히 자리에서 일어났다.

"그래, 나도 들어갈 테니까 데미안도 일찍 쉬어."

"금방 들어갈게."

데보라가 자신의 방으로 들어가는 모습을 본 데미안은 비어 있는 자신의 잔에 다시 술을 따랐다. 술잔에서 찰랑이는 붉은색 액체를 바라보며 데미안은 생각에 빠졌다.

왕립 아카데미를 졸업한 후 오랜 시간 동안 숨 돌릴 틈도 없이 앞만 보고 바쁘게 달려왔다. 던전을 찾고, 전쟁에 참가하고… 지금은 이스턴 대륙에 있는 것으로 알려진 신의 봉인을 찾기 위해 왔다. 비록 실패하기는 했지만 말이다.

데미안이 지금 고심하는 것은 자신이 아니라 일행들 때문이었다. 목숨을 걸어야 할지도 모르는 앞으로의 상황에 과연 일행들과 동행을 해야 하는가 하는 문제였다.

모든 상황이 자신으로부터 시작되었고, 자신을 중심으로 흘러가기는 하지만 그것만으로 일행들에게 일방적인 희생을 요구할 수는 없는 문제다. 설사 데미안이 그런 요구를 했다고 하더라도 그들이 거절하면 아무런 문제도 안 되겠지만, 데미안이 고심하는 부분이 바로 그 부분이었다.

몇 번에 걸쳐 앞으로 일어날 일의 위험함을 이야기했지만 전원이 순간적으로 귀머거리라도 된 것처럼 들을 생각을 하지 않았다. 오히려 실망한 데미안을 위로하기라도 하듯 그의 곁을 떠날 생각을 하지 않았다.

물론 그들이 고마운 것도 사실이다. 하지만 그들에게 느끼는 고마움보다는 부담감이 더 큰 것도 사실이었다. 이곳 이스턴 대륙에 와서 잠시 일행들과 헤어져 있는 시간 동안 데미안이 느껴왔던 감정이 바로 그것이었다.

그래서일까?

이미 혀를 지났기에 술맛을 느낄 수 없음에도 불구하고 데미안은 전신으로 씁쓰름한 맛을 느꼈다. 거칠게 마지막 잔을 들이킨 데미안은 자리에서 일어나 자신의 방으로 향했다.

불과 몇 시간밖에 자지 못한 탓일까?

근육은 근육대로, 뼈는 뼈대로 제각기 비명을 지르고 있었다. 일단 목과 손부터 시작해 천천히 움직였다. 소뇌에서 내리는 명령을 거부하던 육체는 다시 소뇌의 지배 하에 들어갔고, 그제야 겨우 팔과 다리를 움직일 수 있었다.

조심스럽게 자리에서 일어난 로빈은 어두운 방 안을 둘러보았다. 아직까지 날이 밝지 않아서인지 방 안은 짙은 어둠에 묻혀 있었다.

자기 전에 켜놓았던 촛불은 이미 꺼진 지 오래였다.

목 주위를 잠시 만지고는 천천히, 그리고 조심스럽게 자리에서 일어나 자신의 사제복과 치유의 구슬이 박힌 지팡이를 움켜쥐고는 방을 빠져나왔다.

자신의 기억이 맞다면 뮤란 대륙은 아마 겨울일 것이다. 하지만 언제나 기온이 일정한 이스턴 대륙은 새벽에도 그리 차가운 날씨가 아니었다. 몇 번의 심호흡을 한 로빈은 우물가로 가 물을 퍼서 세수를 했다.

사제복을 걸친 후 땅에 지팡이를 꽂은 다음 그 앞에 무릎을 꿇었다. 그리고 지상에서 가장 경건한 동작으로 고개를 숙인 다음 조용히 기도를 드리기 시작했다.

기도를 드리는 그의 몸에서 희미하지만 푸른색의 빛이 뿜어지기 시작했다. 그런 그의 모습을 바라보는 사람이 있었다. 하지만 로빈의 기도는 멈출 줄 몰랐다.

아마도 족히 두 시간은 지났으리라.

천천히 자리에서 일어나 지팡이를 든 로빈의 눈에 여관의 그늘에 서서 자신을 바라보는 사람의 그림자가 들어왔다.

"왜 안 자고 나왔어요? 잠이 안 와요? 아직 날이 밝으려면 시간이 멀었는데……."

"사제님이 일어나셨는데, 제가 어떻게 잠을 잘 수 있겠어요?"

수줍은 듯 이야기하는 수국의 말에 로빈은 얼굴을 붉히며 어쩔 줄 몰라 했다.

항상 이랬다. 대체 그녀가 잠을 자는지 어떤지는 모르겠지만 그녀와 인연을 맺은 후 그녀가 자신의 곁을 지키지 않았던 적은 단 한 번도 없었다. 그런 그녀의 행동에 부담감을 느끼면서도 고아인 로빈으로서는 고맙고도 기뻤다. 그러면서도 수국에 대한 감사를 잊지 않았다.

"수국, 난 당신이 내 곁에 있어 너무 기뻐요."

뭐라 대꾸를 하려던 수국은 로빈의 말에 얼굴을 붉히고는 고개를 숙였다. 뮤란 대륙에 비해 이스턴 대륙의 여인들은 자신들의 감정을 숨기며 살아왔기 때문인지 '고맙다'는 말보다는 얼굴을 붉힐 뿐이었다.

"오늘은 위험하니까 여관에서 날 기다려 줄래요?"

어린 나이에 어울리지 않게 수국에게선 어머니에게나 느낄 수 있는 포용력이 느껴졌다.

"걱정하지 말고 다녀오세요. 전 이곳에서 사제님을 기다릴게요."

"수국, 난 당신이 날 사제라고 부르지 않았으면 좋겠어요."

로빈의 부드러운 말과 눈빛에 수국의 붉어졌던 얼굴이 더욱 붉어졌다.

"조심해서 다녀오세요, …로빈."

로빈이 부드러운 미소를 지으며 수국의 손을 잡아줄 때 갑자기 주위에 웃음소리가 터져 나왔다.

"이봐, 로빈. 오늘은 우리가 피크닉 가는 날이 아닌데 혹시 착각한 것 아니야?"

"로빈, 지금 모두 널 기다리고 있거든. 잠시 동안의 이별이라도 이별이니까 슬픈 건 알겠는데, 빨리 좀 끝내줄래?"

"부럽습니다, 로빈 사제."

여러 사람의 말에도 로빈은 태연한 표정을 짓고 있었지만 수국은 부끄러움을 이기지 못하고 여관 안으로 뛰어 들어갔다. 잠시 그녀의 모습을 바라보던 로빈은 볼멘소리로 말했다.

"조금만 더 기다려 주시지 그랬어요?"

"금방 또 만날 텐데 뭘 그리 슬퍼해?"

"그럼 데보라님은 데미안님과 헤어져 있었을 때 밤마다 데미안님이 보고 싶다고 절 괴롭히시지 않았단 말이세요?"

로빈의 퉁명스런 소리에 데보라는 헛기침을 하고는 고개를 돌려 버렸다. 미소를 짓던 데미안은 로빈에게 입을 열었다.

"로빈, 준비는 다 됐어?"

"예, 데미안님."

"갑시다."

데미안은 그 말과 함께 조용히 여관을 빠져나갔고, 그 뒤를 일행들이 따라갔다. 일행들이 그렇게 소로를 따라 이동한 지 30분도 되지 않아 그들은 길게 늘어선 투박하지만 높게 솟아 있는 담을 만났다.

강찬휘의 천리지청술(千里地聽術)과 뮤렐, 아니, 차이렌의 소리 증폭 마법으로 조사를 해본 결과 담 주위에 아무도 없다는 것을 확인한 일행들은 신속하게 담을 넘었다.

높이가 4미터에 이르는 담을 믿기 때문인지 어디에도 인기척은 느낄 수 없었다. 하지만 일행들은 방심하지 않은 채 조심스럽게 건물 쪽으로 이동했다.

역시 사람들의 모습은 보이지 않았다. 이세문이 성급하게 이동하려 했지만 로빈의 제지로 멈춰야 했다.

"건물이 이상한 기운에 휩싸여 있어요. 인기척을 느낄 수는 없지만 이 지역 전체의 공간이 뒤틀려 있는 것 같아요."

로빈의 말에 일행들은 더욱 몸을 낮춰 은신(隱身)했다. 그리고는 조심스럽게 건물을 우회해 전진했다. 여전히 인기척은 느낄 수 없었다.

일행들이 발걸음을 멈춘 곳은 커다란 건물 앞이었다. 7층으로 보이는 건물 앞에는 괴상한 동물 모양을 조각한 석상이 몇 개가 늘어서 있었고, 그래서인지 괴괴한 분위기를 풍기고 있었다. 하지만 어디에서도 인기척은 느낄 수 없었고, 또 언제까지 기다리고 있을 수만도 없는 일이었다.

일행들이 그렇게 생각하고 있을 때 이세문이 입을 열었다.

"제가 일단 소란을 피우겠습니다. 그럼 무슨 반응이 있지 않겠습니까?"

"너무 위험해요."

"허튼짓 할 생각……."

사람들이 미처 말릴 사이도 없이 이세문은 뛰어나갔다.

건물 앞에 선 이세문은 주위를 둘러보았지만 역시 인기척을 느낄 수 없었다. 조용히 내공을 끌어올린 이세문은 전면의 건물을 향해 팔을 뻗었다.

"화류천장(花流千掌)!"

허공을 수놓던 부드러운 손 놀림과는 달리 그의 손에서 뻗어 나온 장력은 일직선으로 건물을 향해 날아갔다.

쾅!

그의 장력에 의해 현관의 문이 박살났고, 부서진 파편들이 주위로 날아갔다. 그리고 마치 이세문이 그러길 바랬던 것처럼 수십 명의 사제들이 쏟아져 나왔다.

그렇지 않아도 긴장하고 있던 이세문은 자신을 향해 달려드는 사제들을 향해 은화검을 뽑아 들고는 그대로 휘둘렀다.

"화류섬!"

휘리리릭!

날카로운 파공성을 울리며 이세문의 검이 눈부신 속도로 사제들을 공격했다. 갑작스런 이세문의 공격에 당황할 만도 하건만 사제들은 침착하게 대응하였다.

먼저 앞쪽에 선 사제들이 들고 있던 방패로 이세문의 공격을 막는 동안 뒤쪽의 사제들은 사두용인으로 변신했다. 무공을 모를 것 같았던 사제들이 자신의 공격을 쉽사리 막아내자 이세문은 경각심을 일깨우고는 재차 공격을 시도했다.

"화류연환—!"

순간 이세문의 은화검이 수십 개로 나뉘진 듯 보였다. 그리고 은화검에서 뻗어 나온 검기가 방패 밖으로 드러난 사제들의 다리로 날아갔다.

공격을 받은 사제들은 황급히 뒤로 물러서려 했지만 뒤에 있던 자신의 동료들 때문에 피하는 것이 쉽지 않았다. 그리고 그런 사제들의 다리를 은화검이 할퀴고 지나갔다.

"큭!"

"윽!"

서너 명의 사제들이 쓰러지자 사두용인으로 변신을 마친 사제들이 트라이던트를 휘두르며 앞으로 나섰다. 쓰러진 사제들의 상처에서는 흐릿한 검은 연기가 피어 오르고 있었다.

이세문은 자신의 공격이 성공했는지 확인할 사이도 없이 전신으로 날아드는 트라이던트를 막아내기에 여념이 없었다. 은화검과 트라이던트가 맞부딪칠 때마다 쏟아내는 불똥에 그의 몸이 드러났다 사라지곤 했다.

이세문이 정신없이 사두용인들과 혈전을 벌이고 있는 동안 데미안 일행들은 주위 건물에서 백여 명에 달하는 사두용인들이 쏟아져 나오는 것을 보고 있었다. 그리고 그들을 거느리고 있는 노인이 있음을 확인할 수 있었다.

잠시 이세문의 움직임을 바라보던 노인이 손을 들자 사두용인들이 일제히 뒤로 물러섰고, 이세문은 그제야 겨우 한숨을 돌릴 수 있었다. 그리고 자신이 상대했던 사제들이 이상한 모습으로 변한 것을 보고는 대경실색했다.

"넌 누구냐?!"

어두운 분위기를 가진 노인의 질문이 들려올 때까지도 이세문은 정신을 차리지 못하고 있었다. 잠시 후 억지로 마음을 진정시킨 이세문은 은화검을 잡은 손에 힘을 주었다.

상대가 아무런 대꾸도 하지 않자 노인은 주위를 살폈고, 곧 데미안들이 숨어 있는 곳을 발견했다.

"쥐새끼들이 숨어들었구나. 어서 나와! 다크 익스플루젼!"

치켜든 노인의 손에서 검은 번개가 일행들을 향해 날아갔고, 일행들은 재빨리 주위로 흩어져 노인의 공격을 피했다. 늘어선 일행들을 노려보던 노인은 상대가 뜻밖에도 하나둘이 아님을 알고는 기가 막혔다.

자신이 교주의 명을 받아 이곳에 멸신교의 지단을 세운 후 어느 누구도 감히 이곳에 잠입할 생각을 못했었다. 그런데 그 전례를 깬 것만으로도 부족해 침입자의 수가 거의 10명에 가깝지 않은가? 자신의 권위가 상처받았다고 생각했기 때문일까? 노인의 얼굴이 벌겋게 변했다.

"이, 이 죽일 놈들! 감히 성지에 발을 들여놓다니! 오늘 네놈들이 얼마나 큰 죄를 지은 것인지 뼈저리게 느끼게 해주마. 뭣들 하느냐? 저놈들을 모두 죽여라!"

노인의 명이 떨어지자 사두용인들은 일제히 주위로 산개(散開)해 일행들을 포위했다. 하지만 일행들은 모두 준비를 마친 상태였기에 자신들을 포위한 사두용인들을 향해 각자의 무기를 휘둘렀다.

미디아를 휘두르며 노인의 모습을 살피던 데미안은 노인이 양손을 치켜든 채 무엇인가를 중얼거리는 것을 발견했다. 그것이 뭐 하는 동작인지는 모르겠지만 자신들에게 위험을 끼칠 수 있다는 것을 직감하고는 사납게 미디아를 휘둘렀다.

사두용인들이 충격을 견디지 못하고 뒤로 물러서자 재빨리 데미안은 노인을 향해 달려들었다. 노인은 데미안이 자신을 향해 달려드는 것을 보면서도 행동을 멈추지 않았다.

데미안이 2미터 앞에 도착했을 때 노인은 싸늘한 미소를 지으며 큰 소리로 외쳤다.

"디스토르션 스페이스Distortion Space—!"

순간 데미안은 지면이 심하게 움직이는 것을 느꼈고, 쓰러지지 않기 위해 공격을 멈추어야만 했다. 지면이 흔들리기는 것이 멈추었다고 느끼는 순간 데미안은 자신이 이상한 곳에 서 있다는 것을 깨달았다.

주위가 짙은 어둠에 싸여 있었다. 하지만 자신들이나 일행들, 그리고 사두용인들의 모습은 분명히 확인할 수 있었다. 다른 일행들도 갑작스런 변화에 당황한 모습이었다.

그런 모습을 지켜보던 노인은 결과가 만족스러운지 웃음을 터뜨렸다.

"크하하하! 이곳은 순수한 어둠과 마력이 지배하는 세계. 너희들은 모두 이곳에서 목숨을 잃을 것이다. 크하하하."

노인의 웃음에 가장 먼저 반응을 보인 사람은 당연히(?) 데보라였다.

"빌어먹을 늙은이. 어디 이걸 보고도 웃음을 터뜨릴 수 있는지 보자. 아쿠아 임펄스!"

데보라가 내민 아로네아 끝에서 빛이 번쩍이는 순간 밝은 빛줄기가 노인을 향해 날아갔다. 하지만 그 빛은 노인의 앞을 가로막은 사두용인들이 내민 방패에 가로막혀 엉뚱한 곳으로 날아갔다.

자신의 공격이 실패로 돌아간 것을 발견한 데보라는 기가 막힌 듯 멍한 표정으로 보고 있었다. 그런 그녀를 향해 날아오는 트라이던트가 있었다.

챙—

날카로운 소리와 함께 불똥이 튀었다.

"뭐 해? 데보라, 정신 차려!"

데미안의 고함 소리를 듣고서야 데보라는 정신을 차리고 아로네아로 자신의 앞을 겨누었다. 하지만 사두용인들이 어떻게 자신의 공격을 막아낼 수 있었는지 여전히 의문이었다.

일행들은 자연스럽게 원형으로 늘어섰고, 그런 일행들을 사두용인들이 포위했다.

"데보라님, 저들이 들고 있는 방패에는 상당한 마력이 깃들여져 있어요."

"하지만 아로네아는 신의 무긴데……."

"저들이 들고 있는 방패도 어떤 의미에서는 신의 무기라고 할 수 있어요. 단지 그것이 마신의 힘이 깃들어 있는 것이 문제지만."

로빈의 설명에 일행들은 여전히 눈을 떼지 않은 채 그의 설명에 귀를 기울였다.

"게다가 지금 우리가 서 있는 곳은 저 노인이 만들 결계 안이에요. 당연히 신의 무기가 가진 신성력은 위력이 줄어들고 저들의 무기는 위력을 발휘할 수밖에 없어요. 그 점을 잊어서는 안 돼요."

아닌 게 아니라 조금 전 데보라를 공격하던 트라이던트를 막아내던 데미안은 사두용인들의 힘이 결계가 완성되기 전과는 비교도 될 수 없을 정도로 강해진 것을 직접 확인했다.

이대로 있을 수는 없다고 판단한 데미안은 먼저 자신들을 포위한 사두용인들을 제거하기로 했다.

일단 마음을 진정시킨 데미안은 미디아에 자신의 마나를 보내면서 동시에 파이어 블레이드Fire Blade의 스펠을 캐스팅했다. 그리고는 전면을 향해 빠르게 달려갔다.

갑작스런 데미안의 행동에도 사두용인들은 신중하게 대처했지만 데미안의 행동은 그들이 생각한 것보다 훨씬 빨랐다.

데미안은 먼저 가장 앞 열에 서 있던 사두용인을 공격했다. 머리 위로 치켜들었던 미디아가 빠르게 내려오는 것을 발견한 사두용인이 방패를 들어 데미안의 공격을 막으려 했다. 하지만 미디아는 더욱 빠른 속도로 떨어져 상대의 허벅지를 스치고 지나갔다.

미디아가 가진 신성력과 검기에 의해 갈라진 상처는 파이어 볼

레이드에 순식간에 재로 변했다. 상대가 멈칫하는 순간 미디아는 허공에 붉은 궤적을 그리며 옆에 있던 사두용인의 머리를 향해 날아갔다.

스윽—

낮은 소음과 함께 상대의 트라이던트는 잘려 나갔고, 거의 동시에 비스듬히 머리가 잘려 나갔다. 그리고 자신을 향해 날아오는 트라이던트를 향해 라이트닝 볼트의 스펠을 날렸다.

지지직—

소름 끼치는 소리와 함께 트라이던트로 공격하던 사두용인의 몸이 한 줌의 검은 먼지가 되어 날아갔다.

데미안의 공격에 힘을 얻은 일행들은 각자 자신들의 전면을 향해 달려들었고, 혼자 남은 로빈은 신성력을 이용한 방어막을 치고는 자신을 공격하는 사두용인들에게 간간이 공격 주문을 영창했다.

자신의 예상과는 달리 침입자들이 어렵지 않게 사두용인들을 상대하는 모습을 본 노인 암흑존자(暗黑尊者)는 기가 막혔다.

대체 어디서 이렇게 대단한 능력을 가진 자들이, 그것도 10명씩이나 나타난 것인지 궁금하지 않을 수 없었다. 하지만 사정이 급한 것은 거센 공격을 퍼부으면서도 정작 피해를 입고 있는 사두용인들이었다.

"메터모르퍼시스! 다크 라이트닝—!"

암흑존자의 몸이 검은 안개로 변함과 동시에 로빈의 방어막에 검은 번개가 내리꽂혔다.

쾅!

로빈은 갑자기 자신을 향해 날아든 검은 번개에 깜짝 놀랐지만 다행히도 방어막이 견뎌주었다. 하지만 충격이 보통이 아닌지라 금방 정신을 차릴 수는 없었다. 그러는 사이 다시 한 번 검은 번개가 로빈의 방어막을 공격했다.

'쾅!' 하는 소리를 듣는 순간 로빈은 자신의 몸이 힘없이 뒤로 날아가는 것을 느꼈다. 순간 비릿한 피가 솟구쳐 올랐지만 억지로 정신을 차리려고 노력했다. 하지만 그가 떨어지는 곳은 한참 격전이 벌어지는 한가운데였다.

갑자기 허공에서 무엇인가가 떨어지자 데미안은 깜짝 놀라 휘두르던 미디아를 거두며 재빨리 '그것'을 확인했다. 뜻밖에 로빈임을 확인한 데미안은 재빨리 스펠을 캐스팅했다.

"레비테이션!"

순간 허공으로 치솟은 데미안은 로빈의 몸을 무사히 받아 들였다. 하지만 조금 전 그가 있던 곳은 이미 사두용인들이 이동해 데미안이 내려오기만 기다리고 있었고, 데미안이 잠시 망설이던 순간 암흑존자의 공격이 날아들었다.

"크하하하! 죽어라. 다크 스피어!"

"블러드 스크린Blood Screen!"

정체 불명의 공세가 자신에게 날아드는 것을 느낀 데미안은 즉각 자신이 알고 있던 유일한 수비 동작을 취했다. 물론 이것도 지옥이도류에 대해 이무결에게 물으러 갔었던 당시 배운 것이었다.

쾅쾅쾅!

십여 발의 검은색 창이 데미안이 펼친 붉은 장막에 가려 폭발을 일으켰고, 데미안의 몸은 충격을 견디지 못하고 허공에서 쭉 밀려갔다.

"아쿠아 에디Aqua Eddy!"

"토네이도 블레이드Tornado Blade—!"

데미안이 공격당하는 모습을 발견한 데보라와 레오가 급히 아로네아와 파륜느로 암흑존자를 공격했다.

두 사람의 공격에 암흑존자는 자신의 공격이 성공한 것을 확인할 사이도 없이 황급히 자신의 몸 주위에 베리어Barrier를 쳤다. 수십 개의 칼날 같은 바람이 무서운 속도로 회전하며 사방에서 파고들었고, 푸른색으로 빛나는 소용돌이가 금방이라도 암흑존자를 빨아들일 듯 조여 들어왔다.

콰콰콰쾅—!

소용돌이와 암흑존자의 베리어 사이에서 폭음과 함께 눈부신 섬광이 연속적으로 터져 나왔다.

데미안은 그 틈을 타 재빨리 지상으로 내려와 로빈의 상처를 살폈다. 그리고 그런 데미안 주위로 일행들이 자연스럽게 모여들어 두 사람을 보호했다.

데미안이 입가로 흘러내린 피를 닦아주자 로빈이 천천히 눈을 떴다. 다행히도 로빈의 상처가 심하지 않은 것을 깨닫고 안심할 수 있었다.

"괜찮아?"

"예."

로빈은 대답을 하고는 재빨리 자리에서 일어났다. 하지만 그런 그의 안색은 창백하기 이를 데 없었다.

"이봐, 너무 무리하지 마."

"로빈, 조심해."

일행들이 던지는 말에 로빈은 대꾸를 하려고 했지만 입을 열면 다시 선혈이 쏟아져 나올 것 같아 입을 열 수가 없었다.

쾅쾅쾅!

일행들이 잠시 로빈에서 신경을 쓰는 사이 엄청난 폭음과 함께 사방으로 충격파가 전해져 왔다. 일행들이 잔뜩 몸을 낮춰 충격에 대비했다.

휘리리릭—

숨 쉬기 힘들 정도의 세찬 바람이 그들이 휩쓸고 지나간 후 일행들이 고개를 들었을 때 허공 중에 거대한 눈 두 개가 자신들을 노려보고 있는 것을 발견했다. 눈 하나의 크기만 해도 거의 4, 5미터에 이를 정도로 엄청난 크기였다.

핏발이 선 눈은 살기를 품은 채 데미안 일행을 노려보았고, 어디선가 암흑존자의 목소리가 들렸다.

"감히 내 몸에 상처를 남기다니… 모두 죽여주마. 뮤테이션(Mutation: 돌연변이)!"

허공에 암흑존자의 음성으로 울림과 동시에 주위에 서 있던 사두용인 곳곳에 뭔가 작은 유리 병 같은 것이 떨어져 내렸다. 일행들은 여전히 모습을 찾을 수 없는 암흑존자의 능력에 긴장감을 풀지 않았다.

언제까지나 서 있을 것 같았던 사두용인들이 갑자기 술렁이더니 황급히 주위로 흩어졌다. 그런 그들의 모습은 자신들로서는 도저히 거부할 수 없는 공포에 휩싸인 것 같았다.

갑작스런 변화에 일행들은 정신을 차릴 수 없었다.

이곳은 암흑존자라는 노인이 만든 결계 안.

자신들보다는 훨씬 유리한 위치에 서 있는 사두용인들이 왜 겁을 먹고 허둥거린단 말인가? 이해하기 힘든 일이었다.

일행들이 정신을 차리지 못하고 있을 때 로빈의 희미한 음성이 들려왔다.

"갑자기 마력이 급상승하기 시작했어요. 뭔지는 모르지만 새로운 적들이 나타난 것 같아요."

로빈의 말에 긴장감을 풀지 못하던 일행들의 눈에 괴상한 모습이 보였다.

"저게 뭐야?"

"헉!"

"정말 구역질나는군."

"대체 저것들이 어디서 나타난 거지?"

갖가지 비명 같은 신음이 흘러나왔다.

제24장
지옥으로부터의 부활

펄럭펄럭—!

편 날개의 길이가 거의 4미터에 달하는 물체가 밤하늘을 가로지르고 있었다. 날개가 한 번 펄럭일 때마다 그 '물체'는 빠른 속도로 앞으로 날아갔다.

이미 상당히 먼 거리를 날아왔지만 그 '물체'는 지치지도 않았는지 계속해 북쪽을 향해 날아가고 있었다. 그리고 드디어 목적지에 도착했다.

마치 어둠을 뿜어내는 듯 보이는 거대한 암흑의 성.

검은 돌로 지어진 듯 어둠 속에서도 선명하게 검은빛을 내고 있었다. 그리고 음습하면서도 괴괴한 분위기가 성 전체를 휘감고 있었다. 밤하늘을 날아온 물체가 내려온 곳은 성의 정원이었다.

쿵!

거친 동작으로 지상에 내려온 '물체'는 이미 여러 번 온 곳인

듯 거침없이 정문을 향해 다가갔다. 그리고 정문을 향해 입을 열었다.

"다녀왔소."

"수고했다."

어둠 속에서 모습을 드러낸 이는 블랙 시니어였다.

검은 옷에 검은 망토를 걸친 블랙 시니어의 창백한 안색은 흡사 하얀빛을 뿜어내는 것처럼 보였다. 그리고 그의 눈이 '물체'의 옆구리로 향했다.

"그것은 제물인가?"

"그렇소."

천천히 다가간 블랙 시니어는 '물체'의 옆구리로 손을 뻗었다. 움켜진 그의 손에 잡힌 것은 인간의 머리카락이었고, 손이 허공으로 올라감과 동시에 정신을 잃고 있는 인간의 얼굴이 드러났다.

약 15, 6세쯤 되어 보이는 앳된 얼굴의 소녀였다.

잠시 소녀의 얼굴을 살피던 블랙 시니어의 입이 벌어졌다. 짐승의 이빨 같은 날카로운 송곳니가 보였고, 그 이를 어루만지는 것 같은 혀의 움직임이 있었다. 그 모습은 옆에서 보기에 식욕을 느끼는 듯한 모습이었다.

"호호호, 순결한 처녀가 확실하군."

몇 번의 입맛을 다시던 블랙 시니어가 손을 놓고는 몸을 돌려 현관을 향해 걸음을 옮겼다. 그리고 그 뒤를 소녀를 든 '물체'가 따랐다.

끼이익—

날카로운 소리를 내며 현관 문이 열렸고, 블랙 시니어와 '물체'는 거침없이 걸음을 옮겼다. 그들이 걸음을 옮길 때마다 벽면에 있던 횃불에 저절로 불이 붙었고, 횃불에서는 괴이하게도 검은색 불꽃이 피어 올랐다.

빛을 뿜어내지 않는 검은 불꽃이기에 아무것도 보이지 않아야 함이 정상이건만 홀 중앙을 걷고 있는 블랙 시니어와 '물체'의 모습이 드러났다. 거대한 날개를 가진 그것은 악령(惡靈)이라고도 알려져 있는 데빌Devil이었다.

블랙 시니어와 데빌은 지하로 내려갔다.

"흑흑흑, 제발 집으로 보내주세요."

"집에 가고 싶어요. 흑흑흑."

"이 나쁜 놈들아! 날 집에 보내달란 말이야! 보내줘!"

"흑흑흑—!"

갑자기 소리를 증폭시킨 것처럼 엄청난 울음소리가 들려왔다. 하지만 둘은 아무것도 느끼지 못하는 것처럼 걸음을 옮기고 있었다.

그들이 지금 지나는 길은 양편에 감옥이 있는 지하 감옥이었고, 그 감옥에는 수십 명의 여자들이 갇혀 울부짖고 있었다.

아직 여자라고 불리기에는 몇 년의 세월을 필요로 하는 소녀들이 대부분이었다. 14세에서 17세까지로 보이는 소녀들은 둘의 모습을 발견하고 쇠창살에 매달려 울음을 토했다.

"제발 풀어줘요."

"집에 가고 싶단 말이에요. 제발."

"흑흑흑, 풀어줘요."

둘은 마치 귀머거리라도 된 듯 무심하게 발걸음을 옮길 뿐이었고, 그들의 발걸음이 멈춘 곳은 30여 명의 소녀들이 갇혀 있는 감옥 앞이었다.

"열려라!"

블랙 시니어의 명령에 감옥의 문이 열렸고, 데빌은 자신이 납치해 온 소녀를 감옥 안으로 던져 넣었다.

"닫쳐라!"

소녀들은 다시금 닫치는 감옥의 문을 절망적인 눈으로 바라보고 있었다. 감옥의 문이 닫치는 것을 확인한 둘은 다시 몸을 돌려 지하 감옥을 빠져나왔다.

계단을 올라가려다 걸음을 멈춘 블랙 시니어가 데빌을 향해 입을 열었다.

"앞으로 시간이 얼마 남지 않았다. 그때까지 계속 수고해 주기 바란다."

나직한 블랙 시니어의 말에 고개를 돌린 데빌의 눈에서 새파란 빛이 번쩍였다.

"난 당신의 부하가 아니라는 것을 잊지 마시오. 내가 당신의 명령에 따르는 것은 당신을 도우라는 지하르트님의 명령이 계셨기 때문이오. 난 오로지 지하르트님의 영광을 위해서만 움직인다는 것을 잊지 마시오."

데빌은 그 말만을 남기고 세차게 날개를 퍼덕이며 날아갔다. 그의 날갯짓으로 지하에 쌓였던 먼지가 뽀얗게 일어났다. 블랙 시니어는 고스란히 그 먼지를 뒤집어썼지만 웃고 있었다.

"호호호, 비록 지금은 네가 그렇게 큰소리를 치며 건방진 소리를 하지만 과연 내가 그의 오른쪽 권좌에 앉았을 때도 그럴 수 있는지 어디 두고 보지. 호호호."

블랙 시니어는 콧속을 자극하는 먼지 때문에 몇 번의 재채기를 하고는 발걸음을 옮겼다. 그가 지금 향하는 곳은 앞으로 부활의 의식이 벌어질 장소였다.
 "열려라!"
 그르르릉—
 육중한 소리를 내며 돌문이 열렸고, 그 사이로 몇 사람의 모습이 보였다. 그들의 모습을 발견한 블랙 시니어는 자신도 모르게 안색을 찌푸렸다.
 정말 지하르트님의 부활 의식만 아니라면 꼴도 보기 싫은 놈들이었다.
 "후후후, 제물은 가져온 것이오?"
 특히 지금 자신에게 미소를 지으며 입을 여는 놈은 정말 밥맛이었다.
 공포의 상징이라고 할 수 있는 자신을 보고도 미소를 잃지 않는 것만으로도 재수가 없는 놈이지만, 정작 기분이 나쁜 것은 인간인 주제에 자신보다 월등히 앞서는 마력을 가지고 있다는 점이었다.
 "그렇소."
 "그럼 지금까지 제물은 얼마나 모였소?"
 게다가 더 재수없는 것은 자신을 마치 제 수하 대하듯 질문을 할 때였다. 비록 지금은 속으로 분을 삭이고 있지만 부활의 의식만 성공적으로 끝난다면 다시는 자신을 무시할 수 없도록 만들겠다고 맹세에 맹세를 거듭하는 블랙 시니어였다.
 "구백팔십일 명이오."
 "그렇다면 이제 열여덟 명만 더 모으면 되겠구려. 정말 수고 많았소이다."
 잠시 고개를 끄덕이던 멸신교의 교주는 다시 몸을 돌려 제단

위로 고개를 돌렸다.

그곳에는 옷을 하나도 걸치지 않은 어린 소년이 죽은 듯이 누워 있었다. 그리고 그 소년이 누워 있는 제단 바닥에는 마족인 블랙 시니어로서도 난생처음 보는 괴상한 마법진이 그려져 있었다.

세 개의 동심원을 가진 마법진. 세 개가 교묘하게 겹쳐 있는 모습이었다. 그리고 소년은 그 중심에 누워 있었다. 가녀린 체구를 가진 소년의 몸은 보기에도 안쓰러운 모습이었다.

소년의 가슴이 약하게 오르락내리락하는 것을 보면 아직까지 목숨을 잃은 것은 아닌 것 같았다.

"그 인간 꼬마가 매개체요? 너무 약한 것 아니오?"

"건방지다. 너 따위 흡혈 박쥐가 감히 교주께서 하시는 일에 토를 달다니! 죽고 싶으냐?"

"뭐라고? 감히 인간 따위가 이 블랙 시니어님에게 대항할 생각을 하다니 건방지기 이를 데 없구나. 오늘 널······."

"백목존자, 닥쳐라! 그리고 블랙 시니어, 당신도 그만 진정하는 것이 좋겠소."

낮은 음성이었지만 영혼을 뒤흔드는 무서운 마력이 깃들어 있었다. 잠시 휘청거리는 몸을 세우자 멸신교의 교주, 무한존자(無限尊者)가 굳은 안색으로 입을 열었다.

"블랙 시니어, 난 당신이 지하르트님의 부활을 위해 얼마나 노력하고 있는지 잘 알고 있는 사람이오. 하지만 지하르트님의 부활을 저해하는 행동을 했을 땐 당신을 그냥 두지 않겠소. 내 말을 알아듣겠소?"

"알겠소. 그리고 미안하오."

조금 전 멸신교의 교주가 호통을 쳤을 때 사방에서 소용돌이쳤던 무시무시한 마력을 느꼈기 때문인지, 아니면 다른 이유가 있어서인지 블랙 시니어는 순순히 사과했다.

"그럼 계속 수고해 주시오."

무한존자의 말에 블랙 시니어는 돌아서 다시 돌문을 빠져나갔다. 하지만 블랙 시니어의 입은 어금니가 부서질 듯 다물어져 있었다.

고개를 돌린 멸신교의 교주는 죽은 듯 누워 있는 소년의 모습을 살펴보고는 소년의 곁에 서 있던 노인에게 질문했다.

"지금 숙주(宿主)의 상태는 어떻소, 우생존자(寓生尊者)?"

"간신히 숨이 붙어 있는 상탭니다."

"제물이 완전히 모이려면 아직 십여 일의 날짜가 더 있어야만 하오. 그때까지 숙주의 상태를 이대로 유지할 수 있겠소?"

"물론입니다. 교주님. 지금 이 상태로는 한 달은 더 버틸 수 있습니다. 걱정하지 마십시오."

"그렇다면 다행이군. 우생존자, 계속해서 수고해 주시오."

"염려하지 마십시오, 교주님."

*　　　*　　　*

사두용인들을 바라보던 일행들의 눈에 조금 이상한 것이 보였다.

암흑존자가 집어 던진 유리 병은 허공에서 작은 폭발을 일으켰고, 유리 병에 들어 있던 것이 사두용인들에게로 쏟아졌다. 그리고 몇몇의 사두용인들이 바닥을 뒹굴며 미친 듯이 자신의 몸을 긁어 댔다.

유리 병에서 나온 점액질이 사두용인들을 덮쳐 그들의 피부 속으로 파고드는 순간 세포의 융합이 일어나는지 사두용인들의 피부가 엄청나게 부풀어 올랐다.

마치 심한 화상이라도 입은 것처럼 부풀어 오른 수포 가운데 일부가 터져 버렸고, 곁에서 그 점액을 뒤집어쓴 사두용인은 그 자리에서 녹아버렸다.

미친 듯이 몸부림치던 사두용인들이 어느 순간 몸부림을 멈추고 자리에서 천천히 일어났다.

그런 사두용인을 본 일행들의 입에서는 자연스럽게 욕설이 튀어나왔다. 저렇게 지저분하고, 구역질나고, 징그러운 모습은 난생 처음이었다.

변신을 마친 사두용인의 모습은 이전보다 거의 두 배 이상 커져 있었다. 도마뱀의 앞발을 닮은 두 개의 팔을 제외하고도 상체에는 수십 개의 촉수가 매달려 있었다. 또 전신을 뒤덮고 있는 수포에서는 끊임없이 지저분한 고름이 흘러내리고 있었다. 게다가 무엇보다도 특징적인 것은 두 개의 머리가 붙어 있다는 점이었다.

일행들이 잠시 주춤하는 사이 데미안과 라일이 뛰어나가며 그대로 자신들의 검을 휘둘렀다.

"블러드 서클!"

"크로스 포스 오브 소드!"

거대한 원형의 검기와 십자형 검기가 변신을 마친 사두용인들에게 날아갔다. 두 사람의 공격이 워낙 빨랐기 때문일까?

사두용인들은 미처 피할 사이도 없이 자신들의 팔을 교차해 자신들의 가슴과 머리를 보호했다.

콰콰콰쾅—!

폭음과 함께 매서운 검기가 주위를 휩쓸었다. 몇몇 사두용인들이 검기에 휘말려 전신이 난자된 채 날아갔다. 자신의 공격이 성공했음을 의심치 않고 있던 두 사람은 너무나 멀쩡한 모습으로 서 있는 사두용인의 모습을 보고 놀라움을 감추지 못했다. 그렇기는 사두용인 역시 마찬가지였다.

조금 전까지 자신의 동료들을 너무도 간단하게 해치웠던 적들의 공격을 자신이 막아냈다는 사실을 믿을 수 없었던 것이다. 그런 사두용인들의 모습이 짜증스러웠을까?

"뭣들 하는 거냐! 어서 놈들을 죽여라!"

암흑존자의 명령에 재차 변신을 마친 사두용인들이 움직이기 시작했다. 이상한 것들과 결합해 변신을 마친 사두용인들의 숫자는 모두 열셋. 그들을 제외하고도 살아남아 있던 40여 명의 사두용인들이 트라이던트와 방패로 무장한 채 호시탐탐 일행들을 노리고 있었다.

괴상한 몰골로 변신한 쌍두용인(雙頭龍人)들 가운데 하나가 일행들을 향해 빠르게 달려들었다. 그와 동시에 그의 상체에 매달려 있던 촉수 가운데 십여 개가 일행들을 향해 날아들었다. 그리고 그의 앞에는 불안한 자세로 누바케인을 들고 서 있는 뮤렐이 있었다.

"매직 미사일!"

뮤렐의 시동어와 함께 네 발의 매직 미사일이 쌍두용인을 향해 날아갔지만 촉수들과 부딪치자 맥없이 사라져 버렸다. 뮤렐이 재차 시동어를 외칠 시간도 없이 쌍두용인은 뮤렐을 덮쳤다.

쾅!

자신도 모르게 눈을 질끈 감았던 뮤렐은 갑자기 터진 요란한 소리에 황급히 눈을 떴다. 그리고 자신 바로 앞에서 힘 겨루기를 하고 있는 쌍두용인과 헥터의 모습이 보였다.

블레이즈를 앞세운 채 바스타드 소드를 휘두르고 있는 헥터와 계속해서 촉수와 고름을 뿌리는 쌍두용인.

뮤렐은 자신이 결계에 갇히는 순간부터 왜 차이렌이 아무런 말도 없는지 불안하기 이를 데 없었다. 그가 잠시 멍해 있는 사이 쌍두용인으로부터 촉수가 날아들었다.

그 모습을 보고 이세문이 몸을 날렸지만, 그보다는 촉수의 움직임이 훨씬 빨랐다. 엉거주춤하게 서 있는 뮤렐을 향해 날아간 촉수는 그의 허벅지를 꿰뚫었다.

퍽!

"윽!"

미약한 소리와 함께 뮤렐의 허벅지에 박힌 촉수는 한껏 그의 피를 빨아들였고, 고통을 이기지 못한 뮤렐은 자신도 모르게 힘껏 누바케인을 휘둘렀다. 칙칙한 색을 띠고 있던 촉수는 간단히 잘려 나갔지만 잘린 촉수의 끝 부분은 계속해서 뮤렐의 허벅지로 파고 들었다.

고통을 참지 못하고 뮤렐이 그 자리에 주저앉아 버리자 그의 곁으로 다가온 이세문이 재빨리 잘린 촉수를 움켜잡고는 힘껏 잡아당겼다.

"으아악—!"

뮤렐의 입에서 비명이 터져 나왔다. 간단히 뽑힐 것 같았던 촉수는 마치 살아 있는 뱀처럼 계속해서 살 속으로 파고들었다. 아무리 당겨도 촉수가 뽑히지 않자 이세문은 당황해 어쩔 줄 몰라 했다. 이를 악문 뮤렐은 자신의 허벅지를 바라봤다.

끝 부분만 남기고 거의 파고든 촉수.

이를 악문 뮤렐은 들고 있던 누바케인을 거꾸로 들더니 그대로 자신의 허벅지를 찔렀다.

퍽! 치익―

누바케인이 뮤렐의 허벅지에 박히는 순간 기이한 소음과 함께 메케한 연기가 피어 올랐다.

"크윽!"

이를 악문 뮤렐의 얼굴은 잔뜩 찌푸려지며 온통 땀투성이가 되었다. 천천히 들려지는 누바케인의 끝에는 새까맣게 타버려 숯처럼 변해 버린 쌍두용인의 촉수가 꽂혀 있었다.

이세문은 무지막지한 뮤렐의 행동에 절로 고개가 저어졌다. 물론 어떻게 생각해 보면 지금 같은 상황에서 그의 행동이 맞을지도 모르는 일이었다. 하지만 꼭 이렇게 무식한 방법이 아니라도 촉수를 제거할 방법이 있었을 것이다.

이세문이 잠시 방심하는 사이 트라이던트 하나가 그의 등을 노리고 날아왔다.

챙―

"이 대협, 정신 차리시오."

재빨리 상대의 공격을 막아낸 강찬휘가 빠르게 신형을 움직이며 급하게 말했고, 그 말에 이세문도 정신을 차려 사두용인들을 상대했다.

자리에서 일어난 뮤렐은 일단 주위 상황을 살폈다.

쌍두용인들이 등장하기는 했지만 전반적인 전력은 일행들이 앞서는 것 같았다. 팽팽하던 접전이 조금씩 일행들에게 유리하게 돌아가고 있었다.

누바케인을 자신의 가슴 앞에 세운 뮤렐은 사두용인들이 몰려 있는 곳을 향해 누바케인을 힘껏 내뻗었다.

"당신의 권능에 대적하려는 모든 사악한 것을 멸하소서— 플레임 오브 랜스Flame of Lance!"

누바케인 앞에 피어난 세 개의 불꽃은 곧 5미터는 족히 될 듯 보이는 거대한 랜스로 변했고, 누바케인이 향하고 있는 곳으로 날아갔다.

거대한 불꽃이 날아오는 것을 발견한 사두용인들은 황급히 방패를 들어 자신의 앞을 가렸다. 방패에 부딪친 불꽃은 힘없이 허공으로 날아가는 듯 보였다. 하지만 뮤렐이 누바케인을 움직이자 마치 살아 있는 생명체처럼 스스로 움직여 사두용인들을 덮쳐 갔다.

그들을 덮친 불꽃이 단순한 불이었다면 사두용인들이 당황해야 할 일은 발생하지 않았을 것이다. 하지만 누바케인에서 발생한 불꽃에는 불의 신인 라포이네의 신성력이 담겨져 있었다. 사두용인들과는 당연히 상극이었다.

뮤렐의 공격에 서너 명의 사두용인이 새까맣게 탄 채 목숨을 잃자 사두용인들이 잠시 주춤했다. 그 모습을 발견한 데미안은 자신의 몸속에 있던 마나를 미디아에 힘껏 집어넣고는 그대로 휘둘렀다.

"헬 버스트!"

데미안이 외치는 순간 암흑존자와 쌍두용인, 사두용인들은 괴상한 압력이 자신들을 짓누르는 것을 느꼈다. 하지만 때는 늦고 말았다.

압력에서 벗어나려는 그들의 의지를 비웃기라도 하듯 칼날 같은 바람이 그들을 덮친 것이다. 바람이 그들의 몸을 스치고 지나갈 때마다 마치 그들의 몸을 거대한 대패로 깎아내듯 얇게 잘린 그들의 육체가 바닥으로 흘러내릴 뿐이었다.

트롤의 능가하는 그들의 재생력을 알고 있기에 데미안은 공격을 멈출 수 없었다. 미디아에 더욱 많은 마나를 집어넣는 데미안의 얼굴은 점차 창백해져 갔다.

곁에 서 있던 데보라는 그런 데미안의 모습에 안절부절못했지만 그를 도와줄 방법이 없기에 발만 동동 구르고 있었다. 마치 100년이 지난 것처럼 지루하게 느껴졌지만 실제로는 숨을 몇 번 쉴 정도의 시간밖에 경과하지 않았다.

결국 데미안이 숨을 헉헉거리며 미디아를 거두어들였을 때 암흑존자나 사두용인들의 모습은 어디에도 찾아볼 수 없었다. 재빨리 앞으로 나선 헥터와 로빈은 사두용인들의 잔해를 신성력으로 태우기 시작했다.

어느 틈에 결계가 사라졌는지 일행들은 다시 멸신교의 건물 앞에 서 있었다. 그리고 자신들을 놀람이 가득한 눈으로 바라보는 우득렬과 관옥상이 있었다.

"대체 어디서……."

자신도 모르게 입을 열었던 우득렬은 데미안 일행들의 부상에 입을 다물어야 했다.

데미안은 비록 부상은 없었지만 온몸이 땀투성이였고, 뮤렐은 허벅지에 부상을 입은 상태였다. 또 손에 침을 묻힌 채 자신의 어깨를 어루만지는 레오나 백의를 물들이고 있는 이세문의 모습을 보면 그들이 얼마나 심한 격전을 치렀는지 쉽게 짐작할 수 있었다.

데미안은 데보라의 부축을 받으며 일어섰다. 로빈이 일행들에게 회복 주문을 이용해 치료를 하고 있는 모습이 보였다.

여전히 정신을 못 차리고 있던 우득렬은 자신이 궁금하게 생각해 왔던 것을 질문했다.

"대체 귀하들은 어디서 나타난 겁니까?"

하지만 데미안은 일행들을 보고 있었다. 몇 사람이 부상을 입긴 했지만 다행히도 심하지 않은 것을 보고 안도의 한숨을 내쉬었다.

"레오, 괜찮아?"

"괜찮다. 다 나았다."

"이 대협, 부상은 어떻습니까?"

"하하하, 이 정도 부상쯤이야 생채기에 불과합니다."

손사래까지 치는 이세문의 행동에 데미안은 가볍게 목례를 취하고는 일행들을 바라보았다.

"일단 이곳을 벗어나 쉬는 것이 좋겠습니다."

고개를 끄덕인 일행들은 그 자리를 떠났고, 그런 일행들의 뒷모습을 바라보던 우득렬은 다시 멸신교의 건물을 바라보고는 멍한 표정을 감추지 못했다.

"사형, 뭐 하고 있어요? 빨리 저들을 따라가야 하잖아요."

"멸신교의 사제들은 대체 어디에 있는 거지? 또 저들은 어디서 나타난 거지?"

"저들을 쫓아가면 알 수 있겠죠. 어서 따라와요."

말을 마친 관옥상은 먼저 데미안 일행을 따라 신형을 날렸다. 다시 한 번 주위를 둘러보는 우득렬의 눈에 바람이 불 때마다 날리는 까만 재가 보였다. 하지만 그것이 멸신교의 사제들이 유일하게 지상에 남긴 것이라고는 꿈에도 생각하지 못하는 우득렬이었다.

몇 번이나 고개를 갸우뚱거리던 우득렬은 곧바로 신형을 날려 멸신교의 교내를 벗어났다.

* * *

가파른 절벽을 바라보는 여인이 있었다. 자신의 키만한 바스타드 소드를 메고 있는 여인, 마브렌시아였다.

여전히 붉은 옷을 걸치고 있는 마브렌시아의 눈은 가파른 절벽 위에 음산한 모습으로 서 있는 낡은 저택을 매섭게 노려보고 있었다.

"흥! 이런 곳에 숨어 있으면 내가 찾지 못할 줄 알았던 모양인데 오늘 내가 레드 드래곤의 무서움을 몸서리치게 가르쳐 주마. 레비테이션!"

천천히 허공으로 떠오르는 마브렌시아의 목에 검은 수정이 가죽 끈에 꿰어 있었다.

"끼아악!"

처절한 비명이 밤하늘에 울려 퍼졌다.

벌거벗은 소녀 하나가 처절한 비명과 함께 밤하늘을 움켜쥐려는 듯 팔을 뻗었다. 그런 소녀의 가슴, 심장이 있는 부위는 움푹 패여 있었고, 그녀의 몸은 가슴에서 흘러내린 선혈로 피 범벅이었다. 그리고 소녀 앞에는 소녀의 심장으로 보이는 것을 들고 있는 백목존자의 모습이 보였다.

바닥은 이미 목숨을 잃은 수백 명의 벌거벗은 소녀들로 뒤덮여 있었다. 쓰러진 소녀들은 예외없이 가슴 부분이 뚫려 있었다. 그리고 아직 목숨을 잃지 않은 소녀들의 다리는 무거운 쇠사슬로 묶여 있었다.

소녀들의 비명과 구역질이 날 듯한 비릿한 피 내음, 그리고 소름이 오싹 끼칠 듯 서늘함이 느껴지는 밤 공기.

제단 앞에 서 있던 무한존자는 비명과 함께 소녀가 쓰러지자 고개를 숙여 제단을 바라보았다.

상당한 크기를 가진 제단의 중앙에는 세 개의 마법진이 서로 교차해 있었고, 그 가운데 벌거벗은 소년이 누워 있었다. 그리고 소년의 주위로는 방금 뽑아낸 듯한 수백 개의 심장이 쌓여 있었다. 심장에서 흘러나온 선혈은 소년의 몸과 제단을 붉게 물들이며 바닥으로 흘러내리고 있었다.

그 모습을 바라보던 무한존자가 딱딱하게 굳은 표정으로 백목존자에게 명령을 내렸다.

"시간이 임박했다. 제물을 바쳐라."

"명을 따르겠나이다, 교주님."

허리를 편 백목존자는 소녀들이 도망가는 것을 막기 위해 늘어서 있던 사두용인들에게 명령을 내렸다.

"제물을 바쳐라!"

퍼퍼퍼퍽!

"크악!"

"끼아악!"

"으악—!"

밤하늘에 처절한 비명이 울려 퍼졌고, 소녀들의 가슴은 선명하기 이를 데 없는 피 분수를 품어내고 있었다.

무표정한 표정으로 그 모습을 지켜보던 무한존자는 사두용인들이 뽑아낸 소녀들의 심장을 제단에 쌓는 모습을 지켜보고 있었다. 결국 소녀들의 심장은 하나도 남김없이 제단에 쌓였고, 소년의 모습은 쌓여진 심장에 의해 가려졌다.

그 모습을 본 무한존자는 천천히 제단을 향해 무릎을 꿇었다. 이미 바닥은 선혈로 흥건히 젖어 있었지만 무한존자는 개의치 않았다.

"지옥의 율법이자 공포의 주재자, 암흑의 지배자이신 지하르트시여. 당신의 부활을 위해 당신의 종인 제가 구백아흔아홉 개의 순결한 심장을 준비했나이다. 대지의 선혈을 받아들여 당신의 위대한 모습을 드러내소서—!"

드드드드드—

무한존자의 음산한 음성이 울려 퍼지자마자 제단에서부터 시작된 파동이 주위로 퍼져 나갔다. 엎드려 있던 무한존자를 제외한 멸신교의 신관과 사제들은 갑자기 제단에서 터져 나온 충격파를 이기지 못하고 거의 20여 미터 이상 뒤로 날아가 버렸다.

이변은 그것뿐이 아니었다.

심장이 쌓여 있던 제단에서 갑자기 검붉은 광선이 밤하늘로 쏘아져 올라갔고, 쓰러져 있던 소녀들의 뻥 뚫린 가슴에서 핏줄기가 솟구쳐 제단으로 날아갔다.

"지하르트시여, 모습을 드러내소서!"

무한존자가 다시 한 번 외치자 제단에서 수십 수백 줄기의 붉은 광선이 쏟아지기 시작했다. 동시에 제단 주위로 숨도 제대로 쉴 수 없을 정도의 엄청난 소용돌이가 치기 시작했고, 이미 목숨을 잃은 소녀들의 시신이 하나둘씩 바람 속으로 빨려 들어갔다.

바람의 압력을 이기지 못한 소녀들의 시신은 갈가리 찢겨 사방으로 찢겨진 육신과 잔해를 날렸다. 제단을 중심으로 사방에 인간의 잔해가 널려 있었고, 제단에 쌓여 있던 심장들도 붉은 광선이 쏟아지기 시작하면서부터 서서히 녹아내리기 시작했다. 하지만 마법진 때문인지 녹아버린 심장은 제단 밖으로 흘러내리지는 않았다.

"강림하소서, 지하르트시여—!"

영혼을 짜내는 듯한 무한존자의 음성이 다시 한 번 터져 나오는 순간 붉은 광선을 쏟아내던 제단이 변화를 일으켰다. 금방이라도 출렁거려 넘칠 것 같았던 핏물들이 천천히 회전을 일으켰고 시간이 지날수록 점점 빨라지고 있었다. 그와 동시에 핏물에 쌓여 있던 소년의 몸이 조금씩 떠오르기 시작한 것이다.

그 모습에 무한존자의 눈에 희열이 찼고, 막 기쁨에 가득 찬 웃음을 터뜨리려는 순간이었다.

"더블 라이트닝Double Lightning!"

콰콰콰쾅—!

세상을 밝힐 것 같은 몇 줄기의 번개가 지상으로 내리꽂히며 마치 종말이 찾아온 듯 엄청난 굉음이 귓전을 자극했다. 황급히 자리에서 일어선 무한존자의 눈에 허공에 뜬 채 마법을 마구 난사하는 마브렌시아의 모습이 보였다. 그리고 그의 눈에 갑작스런 공격에 어쩔 줄 모르고 허둥거리고 있는 신관과 사제들의 모습이 보였다.

"병신 같은 놈들! 어서 저년을 잡아라!"

멸신교의 교주인 무한존자가 호통을 치자 사두용인들은 재빨리 방패와 트라이던트를 뽑아 원형으로 모여들었다. 그리고 세 명의 신관은 재빨리 공격할 차비를 마쳤다.

자신의 공격이 사두용인들의 방패에 가로막힌 것을 확인한 마브렌시아는 코웃음을 치며 지상으로 내려왔다.

그런 그녀의 모습을 보며 무한존자는 불안한 마음을 감추지 못하고 곁눈질로 제단을 바라보았다. 소년의 몸은 완전히 선혈 위에 떠오르고 있었고, 시간이 지날수록 선혈이 조금씩 소년의 몸으로 스며들고 있었다. 또 선혈이 빨려 들어감과 동시에 소년의 몸이 붉게 변하면서 빛을 뿌리고 있었다.

이제 부활 의식의 끝이 얼마 남지 않았다. 만약 여기서 잘못되면 천추의 한을 남길지도 모르는 일이기에 무한존자의 초조함은 극을 달리고 있었다.

갑자기 나타난 빨간 머리 여자의 정체가 레드 드래곤이고, 자신들이 지하르트에게 바칠 제물이었다는 것은 중요한 것이 아니었다. 무엇보다 우선 되어야 할 것은 바로 지하르트의 강림이 성공적으로 끝나는 것이다.

무한존자가 잠시 그런 생각을 하는 동안 사두용인들과 대치하던 마브렌시아가 폭발적으로 움직이기 시작했다. 그녀의 움직임은 일전에 보았던 모습처럼 육안으로 식별하기도 어려울 정도로 빠르게 움직였다.

멸신교의 종단에서 이미 그녀와 대결해 본 적이 있음에도 불구하고 사두용인들이 제대로 대처하지 못하자 무한존자의 눈에서 불길이 치솟았다.

"백목(百目), 한빙(寒氷), 무영(無影)존자는 어서 저년을 사로잡아 내 앞에 데리고 와라!"

"명심하겠습니다, 교주!"

"메터모르퍼시스!"

허리를 일으킨 세 신관은 즉시 변신했다.

옷을 벗은 백목존자의 몸에는 이름처럼 100개는 충분히 되어 보이는 눈이 박혀 있었고, 한빙존자는 얼음에 둘러싸인 창백한 안색의 여인으로 변신을 마쳤다. 또 무영존자는 마치 연기로 변하듯 조금씩 흩어지더니 종내에는 완전히 사라졌다. 거무스름한 안개가 주위에 뒤덮었다.

변신을 마친 세 신관은 즉시 마브렌시아를 향해 달려갔다.

날아오는 트라이던트를 슬쩍 흘려보낸 마브렌시아는 들고 있던 바스타드 소드를 힘껏 찔렀다. 검이 사두용인의 비늘 사이를 통과해 몸통에 박히는 촉감이 느껴졌다. 동시에 바스타드 소드에 걸어 두었던 라이트닝 마법이 발동하는 것을 감지할 수 있었다.

순간적으로 환한 빛을 뿜어내던 사두용인의 몸은 금세 재로 변해 바람에 날려갔고, 마브렌시아는 다른 제물을 찾아 몸을 움직이고 있었다. 사두용인들은 무자비하게 자신들을 공격하는 마브렌시아를 공격하려고 노력했지만 바람처럼 느껴지는 그녀의 움직임을 쫓아가기에는 너무나 느렸다.

"다크 플래쉬Dark Flash!"

"다크 아이스 레인Dark Ice Rain!"

갑자기 사두용인들이 물러나 어리둥절한 표정을 짓고 있던 마브렌시아는 자신의 머리 속까지 파고드는 섬광에 자신도 모르게 눈을 감고 말았다. 동시에 자신에게 무엇인가가 날아오는 것이 느껴졌다.

처음에는 바스타드 소드를 들어 상대의 공격을 막아내려 했지만 광범위한 범위에, 또 엄청나게 많은 수가 공격한다는 것을 알고는 재빨리 자신의 주위에 베리어를 쳤다.
"매직 베리어Magic Barrier!"
파파파팡—!
요란스런 소리와 함께 마브렌시아의 몸을 둘러싼 붉은 베리어에서 섬광과 폭음이 들렸다. 하지만 그 충격으로 마브렌시아의 몸은 거의 5, 6미터나 뒤로 밀려났다.
"흥! 이 정도로 날 상대하려 했다면 그것이 얼마나 큰 착각이었는지 철저히 가르쳐 주마. 매직 미사일! 미티어 스트라이크Meteor Strike!"
마브렌시아가 밤하늘을 향해 손을 들어 올리자 허공에 수백 발의 매직 미사일이 모습을 드러냈다. 그리고는 그녀의 손짓에 따라 세 명의 신관과 사두용인들을 향해 날아갔다.
무지막지한 상대의 공격에 세 신관은 재빨리 자신의 몸 주위에 방어막을 쳤다. 방어막을 칠 능력이 안 되는 사두용인들은 어쩔 수 없이 방패를 들어 자신의 머리 위를 가릴 수밖에 없었다.
콰콰콰쾅!
폭음과 함께 선혈이 스며든 흙과 돌 조각이 사방으로 휘날렸다. 매직 미사일이 신관들의 방어막을 뚫지는 못했지만 사두용인들의 방패를 날려 버림과 동시에 그들에게 치명상에 가까운 상처를 입혔다.
신체에 수 개에서 수십 개의 구멍이 뚫린 채 바닥에서 쓰러져 꿈틀거리는 사두용인들의 모습에 마브렌시아는 만족한 듯 통쾌한 웃음을 터뜨렸다.
"호호호호, 날 우습게 여기더니 꼴 좋구나."
교만하기 이를 데 없는 마브렌시아의 모습을 바라보던 세 신관의 눈에서는 분노의 불길이 치솟았다. 하지만 끊이지 않고 날아드는 매직 미사일에 그들은 꼼짝도 할 수 없었다.

그렇기는 무한존자 역시 마찬가지였다.

이제 막바지에 다다른 의식을 지키기 위해 제단 전체에 베리어를 쳐 보호하고 있었기 때문에 분하지만 마브렌시아의 행동을 그대로 지켜보는 수밖에 없었다.

마브렌시아의 일방적인 공격이 거의 끝나가는 것을 느낀 세 신관은 마브렌시아를 공격하기 위해 흩어지려고 했다. 하지만 그들의 신경을 자극하는 뭔가가 있었다.

불쾌한 마음으로 고개를 든 백목존자는 밤하늘이 온통 불타오르는 것을 발견했다. 깜짝 놀란 백목존자가 시력을 돋워 자세히 보니 자신들이 있는 곳을 향해 헤아릴 수 없이 많은 유성(流星)이 떨어져 내리고 있었다.

난생처음 그런 광경을 본 세 신관이나 사두용인들은 공포에 질려 꼼짝도 못하고 있었다. 머저리 같은 제자들의 행동에 무한존자는 참을 수 없는 분노를 느꼈지만 제단에서 떠날 순 없었다. 무한존자는 이를 갈면서 마력을 끌어올려 제단에 친 베리어에 다시 두 개의 베리어를 더 쳤다.

제단 위로 떠올랐던 소년에게 스며들던 선혈은 이미 사라진 지 오래였고 몸 전체가 피로 이루어진 듯 보이는 소년의 몸에서는 어떠한 변화도 보이지 않았다.

물론 마브렌시아가 소년을 발견하지 못한 것은 아니었다. 오히려 발견했음에도 불구하고 애써 무시해 버렸던 것이다. 그도 그럴 것이 제단 위에 있는 소년은 몸의 색이 붉다는 점을 제외하고는 특별할 것이 없었기 때문이다.

마브렌시아가 거만한 자세로 자신 앞에 바스타드 소드를 세우고 쉬는 모습과 유성이 떨어져 내려 멸신교의 신관과 사제들을 공격하는 모습을 지켜보고 있었다.

주먹만한 것부터 사람 크기만한 유성이 지상으로 떨어져 내리는 모습은 아름다우면서도 공포스러운 광경이었다. 유성이 떨어져 내린 곳은 예외없이 폭음과 함께 몇 미터는 족히 되어 보이는 커다란 구덩이가 패였다.

유성에 직격당한 사두용인들은 비명을 남길 시간도 없이 재로 변해 휘몰아치는 바람에 사라졌다.

아이스 계열의 마법이 특기인 한빙존자도 자신의 키만한 유성이 머리 위로 떨어지자 엉겁결에 방어막을 쳐 스스로를 보호하려 했다. 하지만 미티어 스트라이크에 담겨 있는 압도적인 힘을 이기지 못해 방어막이 뚫리고 말았고, 결국 한빙존자는 물처럼 녹아내리고 말았다.

그런 상황은 무영존자도 마찬가지였다.

겨우 주먹만한 크기를 가진 유성이 옆구리를 스치는 것만으로 자신이 가진 마력의 절반 가량이 날아가 버려 신체를 유지하기도 힘들 정도였다.

마브렌시아가 다시 손을 뻗어 재차 마법 공격을 시도하려고 했다.

바로 그때였다.

두두두두—!

마치 수백 필의 말들이 달리는 듯한 소음과 함께 딛고 서 있는 땅이 지진이라도 난 듯 무섭게 흔들렸다. 갑작스런 변화에 마브렌시아는 손을 들고는 주위를 둘러보았다.

멸신교의 교주 역시 대지가 흔들리는 것을 느끼고는 불안감을 감추지 못했다. 그러다 자신의 등 뒤에서 폭발적으로 암흑의 기운이 뿜어져 나오는 것을 느낄 수 있었다. 설마 하는 마음으로 뒤를 돌아보던 무한존자의 눈이 희열과 환희의 빛으로 번득였다.

붉은 광선과 검은 안개에 싸인 뭔가가 제단 위에 떠 있었다. 그 모습을 발견한 무한존자는 그 자리에 무릎을 꿇고 머리를 조아렸다.

"위, 위대하신 지하르트시여! 미천한 종이 이렇게 인사를 올리게 되어 무한한 영광입니다!"

검은 안개에 싸인 존재에게서는 아무런 대꾸도 없었다. 그러나 무한존자는 미동도 하지 않고 있었다. 마치 그런 자세로 있는 것이 당연하다는 듯이.

제단과 조금 떨어진 곳에 있던 마브렌시아는 그런 무한존자의 모습을 비웃으면서도 허공에 떠 있는 물체에 대해 왠지 불쾌한 감정을 버릴 수가 없었다.

"호호호, 그것이 이오시스가 그렇게 자신만만하게 말하던 그 마신이라는 존재인가? 정말 가소롭기 그지없군. 체인 라이트닝!"

애써 두려운 감정을 숨기며 마브렌시아는 손을 뻗었고, 엄청난 마나가 실린 눈부신 백광이 허공에 떠 있는 검은 안개를 향해 날아갔다. 검은 안개를 꿰뚫고 들어가는 번개를 보고 회신의 미소를 짓던 마브렌시아의 얼굴이 곧 굳어졌다.

자신의 엄청난 마나가 실린 체인 라이트닝이 물체에 부딪치는 아무런 느낌도 받지 못한 것이다. 도저히 현실적으로 일어날 수 없는 일이 일어난 것이다.

자신의 체인 라이트닝이 마치 바다에 빠진 돌멩이처럼 검은 안개 속으로 맥없이 스며 들어가는 것을 깨닫는 순간 재빨리 마법 시전을 멈추었지만 변한 것은 아무것도 없었다.

검은 안개는 여전히 허공에 떠 있는 상태였고, 멸신교의 신관과 사제들은 주위 상황과는 상관없이 계속해서 지면에 엎드린 채 미동도 하지 않고 있었다.

마브렌시아가 믿을 수 없다는 표정으로 검은 안개를 바라보는 사이 검은 안개가 서서히 줄어들고 있었다. 그러면서 어렴풋하게 인간의 모습이 보이기 시작했다.

검은 안개가 점점 엷어졌다. 하지만 주위로 흩어졌기 때문이 아니라 안개 속에서 모습을 드러낸 인간의 몸으로 빨려 들어갔기 때문이었다.

검은 안개가 모조리 사라지고 모습을 드러낸 이는 12세나 13세쯤으로 보이는 어린 소년이었다. 어리기만 한 것이 아니라 병까지 가지고 있는 듯 창백한 안색을 띠고 있었다. 하지만 약해 보이는 외모와는 달리 소년의 눈은 짙은 어둠에 싸여 있었다. 게다가 특이하게도 소년의 눈동자에선 흰자위를 전혀 찾아볼 수 없었다.

마치 흑진주를 눈 대신 박아놓은 듯 반짝거리는 모습은 신기함을 넘어서 공포스러울 정도였다.

"으음, 지상에 다시 나온 것이 6,000년 만인가?"

단 한 점의 감정도 실리지 않은 음성이 왠지 불길함을 느끼게 했다.

"지하르트시여! 당신의 종이 인사를 올립니다!"

소년, 아니, 지하르트는 허공에서 고개를 숙여 바닥에 엎드려 자신에게 배례를 올리고 있는 무한존자를 바라보았다.

"넌 누구냐?"

"당신의 종인 무한이라고 하는 미천한 인간입니다."
"건방진 놈!"

지하르트는 갑자기 인상을 찌푸리더니 음산한 모습으로 서 있는 저택을 향해 손을 뻗었다. 짧은 순간 검은 섬광이 번쩍였고, 그의 왼손에서 뻗어져 나온 검은 번개가 저택을 향해 날아갔다.

검은 번개가 낡은 저택을 직격하는 순간 낡은 저택은 엄청난 폭음과 함께 폭발을 일으켰다.

쾅! 콰르르르—

사방으로 돌 조각이 날아가며 요란한 소리와 함께 지면 사방으로 금이 가기 시작했다. 가벼운 손짓 때문에 일어난 일이라고는 믿기 힘들 정도로 엄청난 광경이었다.

마브렌시아는 갑자기 모습을 드러낸 소년이 보인 엄청난 능력에 할 말을 잃었다. 물론 자신도 저택을 통째로 날려 버릴 만한 힘이나 능력은 있었다. 하지만 그만한 폭발력이나 파괴력을 얻으려면 최소 9싸이클 급의 마법을 쓰거나, 아니면 본체로 돌아가 브레스를 사용해야만 한다.

그런 생각을 하는 사이 뿌리 깊은 나무가 뿌리째 뽑혀 나올 때나 들릴 법한 소리가 돌연 들려왔다.

우지지직—!

자신도 모르게 고개를 돌린 마브렌시아의 눈에 낡은 저택이 서 있던 대지가 마치 살아 있는 듯한 모습이 보였다. 그리고 그것은 사실이었다.

조금 전 지하르트의 손짓에 금이 갔던 대지가 힘없이 무너져 내린 것이다. 그리고 그 흙먼지를 뚫고 뭔가 검은 물체가 날아와 지하르트 앞에 부복 대례를 했다.

"지하르트시여, 당신의 미천한 종 블랙 시니어가 충심으로 인사를 올립니다."

"이 벌레 같은 놈이 감히 날 숨어서 지켜보다니……."

번쩍—

섬광과 함께 검은 번개가 번쩍이자 엎드려 있던 블랙 시니어의 몸이 순간적으로 소멸하고 말았다.

제25장
다시 뮤란 대륙으로

 멍하니 그 모습을 지켜보던 마브렌시아는 블랙 시니어를 지하르트가 해치우는 순간 그의 몸에서 뿜어져 나온 무한대에 가까운 마력의 힘을 느끼고는 몸서리를 쳤다.
 자신 같은 드래곤도 도저히 불가능할 것 같은 폭발적인 마력의 힘. 블랙 시니어가 사라지는 모습을 본 마브렌시아는 자신이 지하르트, 아니, 마신이라는 존재를 너무나 경시했다는 생각이 들었다. 동시에 난생치음 두려움이란 감정을 느꼈다.
 "이봐, 빨간 도마뱀. 넌 주인을 대하는 노예의 예절도 배우지 못했나?"
 갑자기 들려오는 지하르트의 말에 마브렌시아는 정신을 차렸다. 인간으로 폴리모프한 상태에서는 도저히 승산이 없다고 생각한 마브렌시아는 재빨리 원래의 모습으로 돌아갔다.
 "디바인드 셀프!"

엄청난 거구의 마브렌시아의 입에서 울부짖음 같은 외침이 들려오는 순간 레드 드래곤 마브렌시아의 몸이 다섯으로 늘어났다. 그 모습을 본 지하르트의 무표정한 얼굴에 희미한 미소가 떠올랐다.

"호호호, 못 보던 마법이군."

"크아앙—!"

다섯 마리의 레드 드래곤의 입이 동시에 열렸고, 지상의 종말을 예고하는 듯한 다섯 줄기의 파이어 브레스가 지하르트를 향해 날아갔다.

그 엄청난 위력에 그때까지 무릎을 꿇고 있던 무한존자의 얼굴에 희미하게 걱정스런 빛이 어렸다. 하지만 지하르트는 피할 생각이 없는 듯 꼼짝도 하지 않았다. 다만 허공에 뜬 상태에서 그저 자신의 앞을 향해 손을 들어 크게 원을 그릴 뿐이었다.

그의 손이 그리는 궤적을 따라 생겨나는 검은색 원.

다섯 줄기의 파이어 브레스는 지하르트의 몸 바로 앞에서 하나로 뭉쳐져 지하르트를 향해 성난 파도처럼 밀려갔다. 파이어 브레스와 검은색 원이 만나는 순간 마브렌시아의 파이어 브레스는 남김없이 검은색 원 안으로 소리도 없이, 또 흔적도 없이 사라지고 말았다.

지하르트가 손을 내리자 검은색 원도 사라져 버렸다. 지하르트의 상태가 조금 전과 변함이 없는 것과는 달리 몸속에 가지고 있던 마나의 삼 분의 일을 써버린 마브렌시아는 지친 표정을 감추지 못하고 있었다.

재차 공격을 시도하려고 하는 마브렌시아의 눈에 지하르트 등 뒤에 서 있는 이오시스가 들어왔다. 그를 발견하는 순간 갑자기 불길한 느낌이 들었다. 그리고 지하르트의 음산한 음성이 주위에 퍼졌다.

"깨져라!"

난데없는 지하르트의 음성에 당황함을 참지 못하던 마브렌시아는 자신의 가슴 부분에서 뭔가가 부서지는 소리를 들었다. 황급히 고개를 숙인 마브렌시아는 자신이 이오시스에게 받아 걸고 다니던 흑수정이 느닷없이 깨지는 것을 발견했다. 그리고 그 속에서 뿜어져 나온 검은 기류가 자신의 머리를 향해 눈부신 속도로 날아오는 것이었다.

마브렌시아는 황급히 머리를 저어 그 검은 기류를 피하려고 하였지만 소용이 없었다.

검은 기류는 눈 깜짝할 사이에 레드 드래곤 마브렌시아의 거대한 머리를 둘러쌌다.

그 순간 마브렌시아는 머리 속을 찌르는 듯한, 도저히 참을 수 없는 고통에 자신도 모르게 비명을 지르고 말았다. 그녀가 바닥에 쓰러져 비명을 지르는 동안 그녀가, 아니, 쿠로얀이 만들어낸 분신은 모두 사라졌다. 또 마브렌시아가 바닥에서 머리를 움켜쥐고 몸부림치는 사이 그녀의 몸은 서서히 줄어 인간의 모습으로 변하고 있었다.

"차원의 문이여, 열려라!"

바닥에 쓰러져 비명을 지르는 마브렌시아의 모습은 본 척도 하지 않은 채 지하르트는 검은 허공을 향해 오른손을 휘둘렀다. 그런 그의 손은 어느 틈엔가 날카로운 발톱을 가진 독수리의 발처럼 변해 있었다.

스윽―

아주 미약한 소리와 함께 허공이 길게 찢어져 어둠에 싸인 공간이 나타났다. 그 모습에 만족스런 미소를 짓던 지하르트는 뒤도 돌아보지 않은 상태에서 마브렌시아를 향해 손을 뻗었다. 그러자 몸부림치고 있던 그녀의 몸이 허공으로 떠오르더니 지하르트를 향해 날아가기 시작했다.

마브렌시아의 눈에 당황하는 기색이 역력했다. 머리 속으로 전해지는 지독한 고통에 정신을 차릴 수가 없었던 것이다. 고통 때문에 잔뜩 찌푸려진 그녀의 눈에 멀리서 이곳을 향해 달려오는 사람들이 보였다. 그리고 가장 앞에 붉은 머리를 휘날리며 달려오는 아름다운 청년의 모습이 보였다. 자신이 만든 드라시안인 데미안이었다.

그러는 사이 뇌를 점령하기 시작한 괴상한 힘이 전하는 충격 때문에 정신이 점점 아득해져 갔다. 그러면서도 자신도 모르는 예감 때문에 스펠을 캐스팅했다.

"체이스 마크Chase Mark—"

마브렌시아의 영창이 미처 공기 중에 흩어지기도 전 그녀는 지하르트와 이오시스와 함께 차원의 공간 속으로 사라졌다.

밤하늘을 밝히는 엄청난 불길을 따라 달려오던 데미안은 길이 조금 평탄해지자 더욱 가속을 붙여 달려갔다. 이미 일행들과 상당한 거리가 멀어져 있었지만 점점 더 가속을 붙여 오히려 그 차이는 더 벌어지고 있었다.

일행들은 무슨 이유로 데미안이 이렇게 서두르는 것인지 그 이유를 알 수는 없었지만 묵묵히 그의 뒤를 따르고 있었다.

짙은 어둠에 싸인 공간.

그곳으로부터 전해지는 비릿한 피 내음을 맡는 순간 데미안은 가슴 깊은 곳에서 전해지는 불길함을 피할 수 없었다. 대체 무엇 때문에 불길함을 느끼는 것인지도 모르면서 데미안은 전면을 향해 달려가고 있었다.

그러던 그의 눈에 붉은색을 가진 무엇이 어둠 속으로 사라지는 것이 보였다.

"클레어보이언스!"

데미안이 시동어를 외치자 사라져 가는 붉은 물체의 모습이 눈에 들어왔다.

얼굴을 잔뜩 일그러뜨리고 있는 붉은 머리카락을 가진 여인의 모습. 무슨 일을 겪었는지 그녀가 걸치고 있는 붉은 비단 옷은 흙투성이였다. 하지만 그녀가 아무리 지저분한 모습을 하고 있더라도 데미안만은 한눈에 그녀의 정체를 알 수 있었다.

바로 그녀가 자신을 세상에 나오게 한 존재이기에.

데미안은 지금 자신이 보고 있는 광경을 도저히 믿을 수 없었다.

지상 최강의 생명체라고 하는 레드 드래곤이 저렇게 초라한 몰골을 하고 있다는 사실도 그랬지만 고통 때문에 잔뜩 얼굴을 찌푸리고 있는 모습도 믿을 수 없었다.

이내 찢겨졌던 공간은 원래의 모습을 되찾았지만 마치 화인(火印)처럼 찍혀 버린 모습은 좀처럼 눈에서 사라지지 않았다.

레드 드래곤인 마브렌시아를 저렇게 곤란하게 만들 수 있는 존재는 단 하나뿐이었다.

자신들이 뒤쫓고 있는 상대, 바로 마신 지하르트, 그뿐이었다. 하지만 상대가 제아무리 지옥에서 부활한 마신 지하르트라고 하더라도 마브렌시아를 어떻게 할 수 있는 사람은, 아니, 그런 권리를 가진 사람은 오직 자신뿐이라고 데미안은 죽 생각해 왔었다.

자신도 모르게 주먹을 불끈 쥐는 데미안 앞에 살아남은 몇몇의 사두용인들과 멸신교의 교주인 무한존자, 백목존자, 무영존자가 나타나 가로막았다.

"웬 놈인데 신성한 이곳에 나타난 것이냐?"

백목존자가 기세 좋게 앞으로 나서며 입을 열었지만 미처 데미안은 그의 말을 듣지 못했는지 아무런 말도 않고 서 있었다. 그런 데미안의 모습에 백목존자가 분통을 터뜨리며 앞으로 나설 때 섬뜩한 바람이 자신의 어깨를 스치고 지나가는 것을 느꼈다.

자신도 모르게 고개를 숙여 자신의 왼쪽 어깨를 바라보는 순간 백목존자는 깜짝 놀라지 않을 수 없었다. 어느 틈엔가 자신의 왼쪽 팔이 깨끗하게 잘려 나가 있었다. 하지만 아무런 통증도 느낄 수 없었다.

황급히 뒤로 물러서며 데미안을 다시 보니 언제 뽑았는지 한 자루의 바스타드 소드를 뽑아 들고 있었다.

뒤로 물러서 재빨리 한쪽 팔을 재생시키고 있는 백목존자의 한심한 모습을 지켜보던 무한존자는 자신도 한숨이 흘러나왔다. 어떻게 자신의 부하들은 하나같이 이렇게 멍청한 것인지 그 이유를 알 수 없었다.

"지금 사라진 것이 어둠의 마신이라 일컬어지는 그 지하르트인가?"

"아니, 너 같은 인간이 감히 지하르트님에 대해 알고 있다니?! 누가 너에게 알려주었느냐?"

"지옥으로 간 네 부하들."

싸늘한 데미안의 대답에 무한존자나 멸신교의 제자들은 흠칫하는 기색이었다. 이제껏 자신들을 대하고도 이렇게 적대적인 감정을 드러내는 사람은 본 적이 없었기 때문에 더 놀랐는지도 모르는 일이었다.

그러는 사이 일행들이 데미안 뒤로 다가왔다. 갑자기 적들의 숫자가 늘어나자 무한존자들이 긴장하는 기색이 역력했다. 하지만 데미안은 그런 사실을 아는지 모르는지 여전히 싸늘한 얼굴을 하고 있었다.

"지하르트가 간 곳이 뮤란 대륙인가?"

"아니! 네가 어떻게 그것을?!"

데미안의 질문에 무한존자는 놀람을 감추지 못했다.

지하르트의 부활이야 멸신교의 제자라면 모르는 이가 없었다. 그렇기에 데미안이 이곳에 온 것도 그리 놀랄 일은 아니지만 지하르트가 어디로 간 것인지는 오직 무한존자만이 알고 있는 기밀 중에 기밀이었다.

"어떻게 알았느냐? 어서 말해라!"

무한존자의 몸에서 검은 기류가 흘러나오는 순간 데미안의 몸도 붉은 마나에 싸이기 시작했다.

"더블 헤이스트Double Haste!"

데미안의 싸늘한 음성이 들리는 순간 사람들의 시선에서 데미안의 모습이 완전히 사라졌다. 그리고 일행들의 앞을 가로막고 있던 세 명의 사두용인의 목이 날아갔고, 그들의 몸이 세로로 쪼개졌다.

"타링 빔!"

이런 결과를 예측한 것일까? 헥터는 신속하게 블레이즈를 앞으로 내세워 사두용인들의 잔해를 신성력으로 태웠다. 그러는 동안에도 데미안의 공세는 멈추어지지 않았다.

겨우 형태를 유지하고 있던 무영존자가 세로로 쪼개졌고, 백목존자의 두 다리가 허벅지에서 잘려 나갔다.

"라이트닝 익스플루젼Lightning Explosion!"

펑!

가죽 공이 터져 나가는 듯한 소리가 들리며 무한존자의 복부에 주먹 몇 개는 들어가고도 남을 만한 구멍이 뚫렸다. 데미안이 현재 알고 있는 마법 가운데 가장 강한 마법을 무한존자의 복부에 미디아를 찔러 넣은 상태에서 시전한 탓에 무한존자로서도 속수무책일 수밖에 없었다.

평소 인간의 시력보다 수천 배는 더 뛰어나다고 자랑하던 백목존자의 시야에도 데미안의 모습은 그저 흐릿하게 보일 뿐이었다. 자신의 뛰어난 시력으로도 데미안의 모습을 확실히 찾지 못한 것보다 하찮은 인간에게 당했다는 사실에 백목존자는 더욱 미칠 지경이었다.

"토네이도 블레이드!"

그가 잠시 데미안에게 신경을 집중하는 사이 서늘한 바람 한줄기가 자신의 목을 스치고 지나가는 것을 느꼈다.

쿵!

그리고 자신의 몸이 지면으로 쓰러지는 것을 백목존자는 바라보고 있었다. 물론 인간이라면 당장 죽임을 당했겠지만 자신은 마신에게 어둠의 축복을 받은 존재였기에 죽음만은 피할 수 있었다.

하지만 이미 난도질당하고 신성력으로 태워지고 있는 몸으로 돌아간다는 것은 너무나 위험한 일이었다.

마력의 핵인 눈만 살아 있다면 얼마든지 재생할 수 있는데 이렇게 위험한 곳에 더 있는다는 것은 그야말로 정신 나간 짓이 아닐 수 없었다.

인간들과 무한존자의 눈을 피해 백목존자의 머리는 조금씩 어둠 속으로 사라졌다.

재빨리 자신의 몸을 복구시킨 무한존자는 주위를 둘러보았다. 하지만 멀쩡한 모습을 하고 있는 사람은 자신뿐이었다.

마력의 절반 이상이 사라진 무영존자는 온몸이 불길에 싸여 조금씩 재로 변하고 있었고, 백여 명에 달하던 사두용인 가운데 살아남은 사두용인은 겨우 대여섯 명에 불과했다. 하지만 그들조차 살아남을 수 있는 가능성은 없어 보였다.

원래 목표로 삼았던 마신 지하르트의 부활은 성공했지만 자신에게 남은 것은 그야말로 아무것도 없었다.

갑자기 나타나 자신의 부하들을 간단히 없애 버리는 데미안 일행들의 정체도 궁금하지만, 그가 무엇보다 궁금하게 여기는 것은 왜 지하르트가 사기의 부활에 모든 것을 바친 자신은 내버려 두고 드래곤인가 뭔가 하는 도마뱀만 데리고 뮤란 대륙으로 떠난 것인가 하는 것이었다.

엷기는 했지만 분명하게 느껴지는 배신감에 무한존자는 몸을 떨고 있었다.

"크아아악! 모든 것이 네놈들 때문이야! 결코 지하르트님께서 날 버리실 리 없어! 절대로, 절대로 그럴 리 없어……!"

다시 뮤란 대륙으로 135

"그럼 당신은 지하르트가 사라진 이유가 우리를 두려워했기 때문이라고 생각합니까?"

수정 구슬이 박힌 지팡이를 앞으로 내세운 채 입을 여는 소년의 말에 무한존자는 자신도 모르게 몸을 떨었다.

자신도 모르는 것이 아니었다. 그래도 그렇지 않다고 믿고 싶은 것이 그의 심정이기에 그렇게 말한 것이었는데 로빈의 말에 폭발하고야 말았다.

"아니야, 아니란 말이야! 다 네놈들 때문이야! 지하르트님은 곧 다시 오실 거야. 그래, 다시 오셔서 네놈들을 모두 없애고 날 데리고 가실 거야. 틀림없어! 다시 오셔서……."

"그럴 리 없다는 것은 당신이 더 잘 알고 있지 않나요? 그자는 마신이에요. 그의 입장에서는 설사 당신이 아무리 충성을 맹세한 존재라고 하더라도 하찮은 존재일 수밖에 없어요. 그런 그가 당신을……."

"닥쳐! 감히 애송이 녀석이 나와 그분 사이를 이간질하려고 하다니! 죽어라! 다크 더스트 스콜Dark Dust Squall!"

무한존자가 시동어를 외치자 그의 몸을 중심으로 엄청난 돌풍이 불기 시작했고, 그와 더불어 흙먼지와 작은 돌들이 바람에 빨려 들어갔다. 그러자 돌풍의 위력은 더욱 커져 이제는 주먹만한 돌들까지 빨려 들어갈 정도였다.

그런 바람의 한줄기가 로빈을 향해 날아갔다.

"디바인 실드!"

쾅!

로빈이 황급히 보호막을 치자 그 위로 흙먼지와 돌멩이들이 덮쳤다. 그러나 그 힘이 얼마나 강했는지 로빈의 몸은 부는 바람에 날리는 종이처럼 맥없이 날아가 버렸다.

"죽어! 화류혈하!"

"위험해! 피해!"

로빈이 날아가는 모습에 격분한 이세문이 몸을 날리며 은화검을 휘둘렀고, 그 광경을 본 데보라가 큰 소리로 주의를 주었지만 늦고 말았다. 은화검이 무한존자의 몸을 감싸고 있던 돌풍을 찌르는 순간 돌풍의 일부분이 폭발을 일으키며 이세문을 덮친 것이었다.

쾅!

폭음과 함께 이세문의 몸도 하늘로 날아갔다.

"아쿠아 애로우!"

무한존자를 향해 겨눈 아로네아 끝에서 백여 발의 물 화살이 뿜어져 나왔다. 눈으로 식별하기 힘들 정도로 빠르게 날아오는 물 화살을 보고도 무한존자는 막기는커녕 피할 생각도 하지 않았다. 오히려 멍한 표정으로 그 모습을 지켜보던 뮤렐을 향해 손을 뻗었다.

"다크 스트링Dark String!"

순간 뮤렐의 몸이 검은 밧줄에 묶여 돌풍 쪽으로 날아갔다. 금빙이라도 뮤렐의 몸이 돌풍에 휘말려 갈가리 찢길 것 같았다. 게다가 무한존자를 향해 날아가던 물 화살은 대부분 돌풍에 휘말려 사라져 버렸고, 겨우 돌풍을 통과한 물 화살들도 무한존자의 몸에 치명상을 입히지 못했다.

"매직 미사일! 파이어 스피어! 워프! 아이스 윈드!"

뮤렐은 자신이 알고 있는 모든 마법의 시동어를 미친 듯 외쳤지만 어느 것 하나 구현(具現)되는 마법이 없었다. 더구나 너무 긴장한 탓인지 평소 자주 사용하던 스펠도 캐스팅할 수 없었다.

돌풍에 가까워지자 뮤렐이 걸친 의복이 금방이라도 찢어질 듯 펄럭였다. 뮤렐은 돌풍으로 끌려가지 않기 위해 몸부림쳤지만 그의 몸을 묶고 있는 검은 밧줄은 풀릴 줄 몰랐다.

뮤렐의 모습을 바라보던 무한존자의 얼굴이 조금 이상하게 변했다.

"네 몸에 또 하나의 영혼이 있구나."

갑작스런 무한존자의 말에 뮤렐은 소름이 오싹 끼쳤다. 하지만 자신의 몸을 꽁꽁 묶고 있는 밧줄은 아무리 힘을 써도 요지부동이었다. 뮤렐이 창백한 안색으로 마구 몸부림칠 때 어디선가 날아온 바스타드 소드에 의해 검은 밧줄이 간단하게 잘려 나갔다.

툭—

그 순간 뮤렐의 몸을 속박하고 있던 검은 밧줄도 사라져 버렸다. 중심을 잡지 못하고 지면에 쓰러진 뮤렐의 앞에 누군가의 등이 보였다.

등의 절반까지 내려오는 붉은 머리카락이 미친 듯 불어오는 바람에 이리저리 휘날리고 있었다. 그가 누군지 등만, 아니, 그의 머리색만 봐도 알 수 있었다.

언제나 자신의 든든한 방패가 돼주는 사람.

그런 생각이 들자 뮤렐은 자신도 모르게 눈가에 눈물이 고이는 것을 느꼈다.

"물러서, 뮤렐."

기분 탓일까?

데미안의 음성이 심상치 않게 들렸다. 하지만 지금 같은 상황에서는 자신이 곁에 있어봐야 도움이 안 되기에 황급히 뒤로 물러섰다.

"조심하십시오, 데미안님."

물러서며 외치는 뮤렐의 음성을 미처 듣지 못했는지 데미안은 아무런 대꾸도 하지 않았다.

무한존자는 데미안이 자신의 앞을 가로막아 뮤렐을 보호하는 모습을 보고 당장 손을 써 그를 죽이려 했다. 하지만 그의 몸에서 풍기는 분위기가 심상치 않았다는 것을 느끼고는 허공에 팔을 든 채 멈췄다.

무표정한 얼굴로 자신 앞에 서 있는 데미안이라는 존재가 정말로 밥맛없게 느껴지고 재수없게 느껴졌다.

그러면서도 심령으로 전해지는 느낌이 그와 자신은 도저히 같은 하늘 아래에서는 살 수 없는 존재, 그러니까 천적 같은 존재로만 느껴졌다.

"죽어라! 다크 스피어—!"

양손을 치켜든 채 외치는 무한존자. 그러나 자신을 공격하는 어둠의 힘을 느낄 수 없어 긴장하던 데미안은 갑자기 머리 위에서 무엇인가가 쏟아지는 듯한 것을 느끼고는 맹렬하게 몸을 뒤로 날렸다.

파파파팍—

콰콰콰쾅!

눈으로 식별할 수도 없는 무엇인가가 지면으로 떨어져 내리는 것을 분명히 느낄 수 있었다. 또한 돌 조각과 흙먼지가 일어나는 지면에는 지름 30센티미터가 넘어 보이는 구멍이 수도 없이 뚫려 있었다.

뒤로 황급히 피하기는 했지만 완전히 피하는 것에는 실패했는지 데미안의 옷 여기저기가 찢겨져 있었고, 지면으로 향한 손등을 타고 내려가는 선혈이 있었다.

멀리서 두 사람의 대결을 지켜보던 일행은 그 모습에 데미안의 안위가 걱정되었다. 특히 레오 같은 경우는 그 모습을 보자마자 당장 데미안에게 달려가려고 했다. 하지만 데보라 때문에 그럴 수 없었다.

데보라는 정확한 이유를 대 설명할 수는 없지만 이곳에 도착한 후 변한 데미안의 모습이 마음에 걸렸다.

대체 데미안은 무엇을 보았기에 저렇게 딱딱한 표정을 짓고 있단 말인가? 아무리 생각해 봐도 데보라로서는 전혀 짐작할 수 없었다. 그러면서도 데미안의 대결을 방해해서는 안 된다는 느낌 때문에 레오를 말렸다.

여전히 싸늘한 눈길로, 데미안의 표정은 조금 전과 달라진 것이 없었다.

그 모습에 무한존자는 분노를 참지 못하고 재차 손을 치켜들었다.

"블러드 라이트닝—!"

데미안의 외침이 미처 끝나기도 전에 붉은 광선이 자신을 덮치는 것을 무한존자는 느꼈다.

자신의 몸을 마신에게 바쳤기에 엄청난 재생력을 얻었다. 그렇기에 어지간한 공격에는 상처도 입지 않지만, 설사 공격을 당해 심한 상처를 입는다고 하더라도 간단히 재생이 된다.

조금 전만 하더라도 데미안의 공격에 복부가 완전히 날아갔지만 간단히 재생시킬 수 있었다. 그렇기에 이번 데미안의 공격에 좀 전보다 심한 부상을 입는다고 하더라도 다시 재생할 수 있을 것으로 믿어 의심치 않았다.

파앗—

넓게 확산된 붉은빛이 간단히 돌풍을 뚫고 자신의 몸 전체를 뒤덮는 것이 느껴졌다. 그리고 그 순간 온몸에 이는 지독한 통증에 자신도 모르게 비명을 질렀다. 그리고 그의 몸은 조금씩 재로 변해 돌풍에 휘말려 날려갔다.

그 모습을 지켜보던 라일은 데미안의 검술이 다시 한 단계 높아졌음을 알 수 있었다. 미디아가 가진 신성력을 사용하는 것이나 검기의 사용이 자유로울 뿐만 아니라 능숙해 보이기까지 했다.

잠시 후 무한존자의 몸이 완전히 사라지자 조금 떨어진 곳에 있던 헥터가 다가왔다.

"데미안님, 더 이상 멸신교의 신관이나 사제, 그리고 마물들은 없는 듯합니다."

하지만 데미안은 여전히 굳은 안색으로 어두운 밤하늘을 바라보고만 있었다.

"데미안님."

헥터가 재차 입을 열자 그제야 데미안은 천천히 몸을 돌렸다. 딱딱하게 굳은 데미안의 얼굴에서 헥터는 분명 무슨 일이 일어났다는 것을 알 수 있었다.

"마신은 이미 부활을 했어. 아마 뮤란 대륙으로 향한 것 같아. 우리도 빨리 이스턴 대륙을 떠나야 할 것 같아."

일행 모두가 데미안의 모습을 이상하게 생각했지만 그에게 그 이유를 묻는 사람은 아무도 없었다. 일행들이 그곳을 떠나는 순간에도 데미안의 눈은 마브렌시아가 사라진 허공을 바라보고 있었다.

일행들이 지하르트가 부활한 장소에서 출발해 뮤란 대륙으로 워프를 할 수 있는 곳으로 향한 지 열흘 정도가 흘렀다.
여행을 하는 동안 일행들은 그날 왜 데미안의 태도가 그렇게 변한 것인지 그 이유를 알 수 있었다. 그리고 자신들이 예상했던 것처럼 마브렌시아가 마신 지하르트에게 간단하게 사로잡혔다는 사실에 속으로 한숨을 쉬지 않을 수 없었다.
처음 데미안의 부모로 알려진 레드 드래곤 마브렌시아에게 복수를 하려던 데미안을 도우려고 결심을 했을 때도 그 일이 설마 자신들의 능력으로 가능한 일이란 생각은 꿈도 꾸지 않았다.
그러다 만약 신의 봉인이 깨져서 악마가 등장한다면 비참하게 목숨을 잃을 뿐이라고 생각을 해왔었다. 그런데 마침내 자신들이 우려했던 그 일이 현실의 문제로 다가온 것이다.
일행들이 그런 생각을 속으로 하는 동안 그들은 목표로 했던 곳에 도착할 수 있었다.

"저곳이 틀림없어?"
"예. 제가 기억하고 있는 것에 따르면 저 산 너머에 뮤란 대륙으로 워프를 할 수 있는 마법진이 있어요."
로빈의 대답에 데보라의 얼굴에는 복잡 미묘한 감정의 빛이 떠올라 있었다.
이제야 뮤란 대륙으로 돌아갈 수 있는 것이다.
물론 돌아간다고 해도 편히 쉴 수 있는 것은 아니지만 생활 환경이 전혀 다른 이곳보다는 낫지 않을까 하는 생각뿐이었다. 그러면서도 이스턴 대륙에서 겪었던 수많은 일들로 인해 자신이 변한 것을 느끼고 있었다.

"빨리 갑시다."

로빈의 설명에 데미안이 앞장서서 말을 몰았다.

변한 것은 데보라뿐만이 아니었다. 데미안과 라일, 차이렌과 로빈 등 모두들 스스로가 변했다는 것을 느끼고 있었다. 유일하게 변하지 않은 사람(?)은 레오뿐이었다.

점심이 조금 지난 시간 일행들은 산 정상에서 말을 멈췄다. 아니, 멈춰야만 했다.

짙은 녹음에 싸여 있던 산의 이쪽 면과는 달리 산의 반대 편은 제대로 선 나무를 찾아볼 수 없을 정도로 황폐한 모습을 하고 있었던 것이다.

화재가 난 지 얼마 되지 않은 듯 군데군데 시커멓게 탄 곳이 보였고, 어떤 곳은 지면이 녹았다 굳어 유리처럼 매끄럽게 된 곳도 있었다.

드문드문 겨우 새싹을 내고 있는 풀의 모습만 보일 뿐 너무나 황폐한 모습이었다.

아무리 생각해 봐도 자연스러운 장면이 아니었다. 마치 화가 치민 무엇이 주위의 산들을 향해 화풀이를 한 것처럼 보였다.

산과 산 사이에 위치한 마법진만이 무사할 뿐 마법진을 둘러싼 주위 산들은 모조리 파헤쳐져 있거나 불탄 모습을 하고 있었다.

일행들이 알고 있는 상식으로 이런 짓을 할 수 있는 존재는 단 하나뿐이었다. 하지만 어느 누구도 입을 열어 그 사실을 말하지는 않았다.

말에서 내린 일행들은 조심스럽게 산을 내려갔다.

일행들이 조심스럽게 주위를 둘러보는 것에 반해 데미안은 거침없이 마법진의 중심에 섰다. 그리고는 강찬휘와 이세문을 향해 포권지례를 했다.

"그동안 저에게 보여주신 두 분의 후의에 진심으로 감사드립니다."

"별말씀을. 저 역시 대인을 만나 일행이 될 수 있어 영광이었습니다. 조심해서 가십시오."

"대인을 만나게 되어 크게 안계를 넓혔습니다. 그리고 이 이세문, 대인을 영원히 잊지 못할 겁니다."

"감사합니다, 두 분. 저 역시 두 분을 영원히 잊지 못할 겁니다. 부디 강녕하십시오."

데미안이 말을 마치자 일행들도 마법진의 이곳저곳에 섰다. 그런데 데보라의 표정이 조금 이상했다.

"데보라, 왜 그래? 무슨 걱정이라도 있어?"

"어. 다름이 아니라 우리가 이곳에 올 때 전부 뿔뿔이 흩어졌잖아. 만약 이번에도 그러면 어쩌지? 게다가 시간도 다 다르게 도착했잖아."

"그렇지 않기를 바래야지. 별 도리가 없잖아. 만약 헤어진다면 우선 싸일렉스에 있는 내 집으로 모이도록 하는 것이 좋다고 보는데 다른 사람들은 어떻게 생각해?"

"그러는 것이 좋겠습니다."

로빈의 대답에 모두들 고개를 끄덕였다. 자신들의 생각에도 그러는 것이 가장 좋을 것이란 생각이 들었다.

올 때와는 달리 인원도 한 명 더 늘었기에 뮤렐은 한참 동안 계산을 해야만 했다. 마법진 전체의 균형을 겨우 맞춘 뮤렐은 신중하게 스펠을 캐스팅했다.

웅— 웅— 웅— 웅—!

뮤렐의 음성이 이어지는 동안 마법진에서 희미하게 빛이 뿜어져 나오기 시작했고, 그 빛은 시간이 지날수록 점점 강해져 똑바로 쳐다보기조차 힘들 정도가 되었다. 그리고 그때 뮤렐의 음성이 들려왔다.

"워프!"

뮤렐의 음성이 메아리로 울려 퍼지기 전 마법진에서 눈을 뗄 수 없을 정도로 환한 빛이 허공으로 쏘아져 갔고, 그 순간 데미안 일행의 모습이 시야에서 사라졌다.

그런 모습을 감명 깊은 눈으로 지켜보던 두 사람은 천천히 몸을 돌려 그 자리를 떠났다.

"강 대협께서는 이제 어디로 가실 겁니까?"

이세문의 질문에 강찬휘는 잠시 데미안들이 사라진 마법진을 다시 보고는 곧 입을 열었다.

"도망친 백목존자를 쫓을 생각이오."

"백목존자가 도망을 가다니, 그게 무슨 말입니까? 그는 죽지 않았습니까?"

"아니오. 비록 그가 목이 잘리기는 했지만 우리가 없앤 것은 그의 몸뿐이었소. 이 대협도 직접 봤으니까 잘 알겠지만 멸신교의 신관이나 사제는 목이 잘려도 금방 죽지 않았소. 더구나 그의 머리만 없어졌다는 것은 잘린 머리가 도망친 것이라고 난 생각하오."

강찬휘의 설명에 이세문은 고개를 끄덕였다.

"제가 강 대협을 따라가도 되겠습니까?"

이세문의 말을 들은 강찬휘는 잠시 이세문의 얼굴을 바라보았다. 그리고는 곧 미소를 지었다.

"이 대협께서 도와주시면 본인에게는 큰 힘이 될 겁니다. 감사합니다."

"아닙니다. 제가 강 대협께 폐가 되지나 않을지 걱정입니다."

서로를 바라보며 미소 짓던 두 사내는 조금 전 자신들이 매어 놓았던 말이 있는 산 정상을 향해 몸을 날렸다.

* * *

자신의 몸이 어둠에 내팽개쳐졌다고 느끼는 순간 어딘가를 향해 날아가는 것을 느꼈다. 이전에 느꼈던 느낌과 거의 비슷한 느낌이었다.

이미 한 번 경험을 했기 때문일까? 비교적 침착한 상태를 유지할 수 있었다.

수없이 많은 빛과 어둠이 반복되었지만 몽롱한 기분보다는 지루한 기분이 들었다. 그러는 순간 수많은 빛 가운데 하나가 가까이 다가오는 것을 발견했다.

약간 어지러운 기분이 들었지만 때마침 불어오는 서늘한 바람이 기분 좋게 느껴졌다.

눈을 뜬 데미안은 재빨리 주위를 둘러보았다. 하지만 아무도 보이지 않았다. 또다시 일행들과 헤어진 것이란 생각에 조금은 침울한 기분이 들었다. 그때.

"데미안! 데미안, 어디 있어?"

재빨리 소리를 증폭해 위치를 파악한 데미안은 그곳을 향해 달려갔다. 그리고 그곳엔 데보라와 로빈, 수국과 레오가 있었다.

"휴우, 다행히 이번에는 그리 흩어지지……."

"이봐, 데미안. 우리는 안 챙길 거야?"

고개를 돌리고 보니 뮤렐, 아니, 차이렌과 헥터, 그리고 라일이 다가오고 있었다.

"다친 사람은 없습니까?"

데미안의 물음에 모두 괜찮다는 듯 고개를 끄덕였다.

그제야 안심한 데미안은 자리에서 일어나 주위를 둘러보았다. 현재 자신들이 있는 곳은 나지막한 구릉이었다.

주위가 어둠에 싸여 있는 탓에 확실하게 볼 수는 없었지만 현재 자신들이 서 있는 곳을 제외하고는 높은 산들로 둘러싸여 있어 더욱 어두웠다.

일행들은 누가 먼저랄 것도 없이 불빛을 목표로 해 이동하기 시작했다. 하지만 로빈과 수국 때문에 좀처럼 속도를 낼 수 없었다.

결국 수국은 데보라가, 로빈은 헥터가 업고서야 빠른 속도로 이동할 수 있었다.

그렇게 거의 1시간을 달리고서야 일행들은 그리 작지 않은 마을에 도착할 수 있었다. 하지만 멀리서 보았을 때와는 달리 도착하고 보니 불이 켜 있는 집이 단 한 곳도 없었다. 게다가 일행들이 더욱 이상하게 생각한 것은 온전하게 서 있는 집이 한 채도 없다는 것이었다.

무너진 집의 벽과 담에는 갖가지 무기들의 흔적이 남아 있거나 구멍이 뚫려 있었고, 어떤 곳은 과거 집이 있었다는 흔적만을 남긴 것처럼 완전히 무너져 내린 곳도 한두 곳이 아니었다.

쉽게 말하자면 격렬한 시가전(市街戰)이 벌어진 곳처럼 보였다. 그리고 그것을 발견한 일행들은 각자의 무기를 뽑아 든 채 조심스럽게 주위를 둘러보았다. 하지만 어디에서도 생명체의 움직임은 느껴지지 않았다.

데미안과 라일이 거의 동시에 외쳤다.

"바로 앞이야!"

"멀지 않은 곳에서 싸움이 벌어졌다!"

두 사람의 외침에 일행들은 잔뜩 긴장했다. 그리고 조심스럽게 전진하기 시작했다.

거의 2킬로미터쯤 전진했을 때 일행들은 야트막한 구릉에 도착했다. 그러자 다른 일행들에게도 외침 소리와 울부짖는 소리, 또 갖가지 무기들이 토해내는 날카로운 금속음이 귓전을 울리고 있었다.

조심스럽게 고개를 든 일행들은 자신들의 눈앞에 펼쳐진 광경에 할 말을 잃었다.

일단의 무리가 성을 공격하는 모습이 일행들의 눈에 보인 것이다. 하지만 일행들을 놀라게 한 것은 성을 공격하는 무리가 바로 몬스터들이라는 점이었다.

천여 마리의 오크들이 손에 조잡하게 만든 무기를 든 채 성을 공격하고 있었고, 그런 오크들의 앞에는 오거와 트롤들이 무식하게 커다란 나무 둥치로 성벽을 무너뜨리려 하고 있었다.

일행들이 놀란 점이 바로 그 점이었다.

오크들을 먹이로 삼는 오거와 트롤들이 그들과 함께 행동한다는 것이 거짓말처럼 느껴졌다.

　성벽 위에 선 인간들은 성벽을 무너뜨리려는 몬스터들의 공격을 막아내느라 필사적이었다.

　데보라는 그 모습을 발견하자마자 바로 달려가려 했다. 하지만 데미안의 제지로 그럴 수 없었다.

　"데보라, 그 심정은 알겠는데 몬스터는 한 마리가 아니야. 너 혼자 모조리 해치울 수 있는 숫자가 아니잖아. 작전을 세워야 해."

　"데보라 양, 나도 데미안의 말이 옳다고 생각하네."

　라일마저 데미안의 의견에 찬성하자 데보라는 다시 주저앉아야만 했다. 잠시 격전을 지켜보던 일행들은 각자의 생각을 이야기했다.

　"제가 아는 상식으로 오크와 오거, 그리고 트롤은 절대 함께 있을 수 있는 몬스터가 아닙니다. 그럼에도 불구하고 그들이 함께 있는 것은 본인의 의지가 아닌 어떤 절대적인 힘에 의한 것이라고 생각합니다."

　"저도 로빈의 의견에 찬성입니다. 과연 오크와 오거, 트롤 가운데 어떤 몬스터가 저 무리를 이끄는 우두머리인지는 모르겠지만 그 우두머리를 찾아 없앤다면 아마 나머지 몬스터들은 도망가지 않을까 생각합니다."

　헥터의 말에 대부분 찬성하는지 고개를 끄덕였다. 하지만 데미안은 그렇게 간단한 일이 아닐 것이란 생각이 들었다. 해서 자신이 태국의 익주에서 겪었던 경험을 일행들에게 얘기해 주었다.

　"그러니까 네 말은 우두머리를 제외하고도 또 다른 우두머리들이 있을지 모른다는 말이냐?"

"예, 조잡한 수준이지만 그들은 분명 조직적으로 움직이고 있었습니다. 가장 하급의 몬스터들에게 명령을 내리는 존재가 있고, 다시 그 존재를 다스리는 중간 우두머리 역할을 하는 존재가 있습니다. 그리고 가장 위에 그들을 다스리는 우두머리가 있었습니다."
 곰곰이 당시의 상황을 기억해 낸 데미안은 그들의 특징에 대해 일행들에게 말했다.
 "가장 특징적인 것은 무엇보다도 눈빛이 붉었다는 점입니다. 마치 붉은 수정처럼 빛나는 눈을 가진 존재가 바로 마력을 가진 존재이거나 마력의 지배를 받는 자들입니다. 그러니 그들을 먼저 공격하는 것이 좋을 것 같습니다."
 데미안의 설명에 일행들은 고개를 끄덕였다. 다만 수국의 안전을 위해 로빈은 그녀를 성안으로 피신시키기로 했다.
 일행들은 각자의 무기를 뽑아 들고 조심스럽게 전진했다.
 성안의 병사가 얼마나 되는지는 모르지만 일행들의 생각에 몬스터들보다 소수인 것 같았다. 일행들이 그렇게 생각할 때 몬스터들의 공격이 다시 거세졌다.
 무식하기 이를 데 없는 오거와 트롤의 공격에 성벽과 성문은 금방이라도 무너질 것처럼 보였다. 그러나 성벽 위에 서 있는 병사들이 그저 활을 쏘아댈 뿐인 것을 보면 별다른 대처 방법이 없는 것 같았다.

 "백작님, 곧 성문이 파괴될 것 같습니다. 서둘러 지시를 내려주십시오."
 사십 대 중반의 사내에게 고개를 숙인 사람은 삼십 대 후반으로 보이는 중무장한 사내였다.

풀 플레이트 메일을 걸치고 있는 삼십 대 사내의 얼굴은 오랫동안 이어진 몬스터들의 공격 탓인지 피곤함이 잔뜩 묻어 있었다. 중무장한 사내의 질문에 중년 사내는 고개를 돌려 성을 공략하는 몬스터들을 바라보았다.

벌써 20일째였다.

이미 몬스터들이 입은 피해도 상당하건만 도무지 물러설 줄을 모르고 있었다. 마치 마지막 한 마리만 남더라도 공격을 멈추지 않을 것처럼 보였기에 중년 사내의 가슴은 더욱 답답해졌다.

비록 아직까지는 성벽이 몬스터들의 진입을 막고 있지만 만약 중무장한 사내의 말처럼 성문이 파괴된다면 천여 마리나 되는 몬스터들을 막을 병력이 없는 아르파이넨 캐슬Castle로서는 종말을 고하는 순간이 될 것이다.

파병을 요구하는 세 명의 사자를 제각기 다른 방향으로 보낸 지도 벌써 열흘이 지났지만 아직까지 아무런 소식도 없다. 전체 인구가 2천 명밖에 안 되는 곳이기에 막상 적이 침입하면 칼을 들고 창을 들어 적과 싸울 수 있는 사람은 5백 명도 채 되지 않았다.

중년 사내는 이곳 아르파이넨 캐슬을 영지로 둔 로렐 드 화이슈 백작이었다. 아르파이넨 캐슬은 내륙에 위치한 탓에 해자를 설치하지는 않았지만, 더 큰 이유는 해자를 설치할 필요를 느끼지 못할 정도로 오랫동안 평화스러운 시절이 계속되었기 때문이라는 것이 더 정확한 말일 것이다.

로렐은 비록 백작 가문의 주인이기는 하지만 기사보다는 시인 쪽에 가까운 사람이었다. 그렇기에 검술에 뛰어난 사람들을 모아 기사단을 만들었지만 이곳 영지의 인원이 워낙 적었기 때문에 기사단의 수 역시 적을 수밖에 없었다.
로렐이 들리지 않을 정도로 작은 한숨을 내쉴 때였다.
갑자기 서쪽 하늘이 환하게 밝아졌다.
자신도 모르게 고개를 돌린 로렐과 그의 기사단 단장인 루이스 그린리버의 눈은 찢어질 듯 부릅떠졌다. 그들은 지금 자신들의 눈에 보이는 광경을 도저히 믿을 수 없었다.
마치 신의 분노가 지상에 베풀어진 듯 사방에서 새하얀 번개가 번쩍였고, 농부의 낫질에 밀들이 베어지듯 몬스터들이 쓰러지고 있었다.
지난 20여 일 동안 자신들을 지긋지긋하게도 괴롭혔던 몬스터들이 너무도 무력하게 쓰러지고 있었다. 분명히 환호를 터뜨려야 할 상황이지만 무엇이 몬스터들을 쓰러뜨리고 있는지조차 알 수 없었다.
갑자기 이상한 느낌이 들어 고개를 옆으로 돌린 루이스는 갑자기 모습을 드러낸 십대 후반의 소년과 소녀를 발견하고는 자신도 모르게 롱 소드를 뽑으며 로렐의 앞을 가로막았다.
"꼼짝 마라!"
다급하게 루이스가 외치자 그제야 로렐도 소년과 소녀를 발견하고는 깜짝 놀랐다. 하지만 소년은 그런 두 사람의 놀람에는 아랑곳하지 않고 같이 나타난 소녀를 먼저 살폈다.
"어디 다친 곳은 없나요?"
"예, 전 괜찮아요."
"그래요. 그렇다면 다행이군요."
잠시 고개를 끄덕인 소년은 그제야 두 사람을 바라보며 부드러운 미소를 지었다.

"저희가 두 분을 놀라게 해드린 것 같군요. 전 라페이시스의 사제인 로빈이라고 합니다. 그리고 이쪽은 제 동료이자 약혼자인 수국이라고 합니다."

제26장
아르파이넨 캐슬

로빈의 설명에도 두 사람은 로빈의 말을 듣지 못한 사람처럼 꼼짝도 하지 않았다. 아니, 오히려 롱 소드를 겨누며 경계심 가득한 음성으로 루이스가 외쳤다.

"그대가 라페이시스의 사제라는 것을 무엇으로 증명할 수 있는가? 만약 증명하지 못한다면 우린 두 사람을 적으로 간주할 수밖에 없다!"

경계심 가득한 루이스의 태도에 로빈은 어깨를 움찔했지만 자신이 라페이시스의 사제라는 것을 달리 증명할 방법이 없었다. 다만 치유의 구슬을 앞으로 내세우고 나직하게 주문을 영창했다.

"리커버리."

"꼼짝 마라!"

로빈의 말에 치유의 구슬이 잠시 푸른 빛을 내뿜었고, 그것을 로빈이 자신들을 공격한 것이라고 여긴 루이스가 지체없이 롱 소드를 휘둘렀다. 하지만 루이스는 곧 이상함을 느낄 수 있었다. 로빈을 공격하는 자신의 몸이 갑자기 가벼워짐과 동시에 상쾌해진 것을 느낀 것이었다.

가까스로 롱 소드를 멈추었을 때 롱 소드는 로빈의 목과 불과 5센티미터쯤 떨어졌을 뿐이었다. 하지만 로빈은 여전히 미소를 지은 채 꼼짝도 하지 않고 있었다. 오히려 안색이 창백해진 사람은 루이스였다.

로빈의 회복 주문에 활력을 찾은 것을 깨달은 로렐도 황급히 루이스를 제지했다.

"잠깐, 루이스."

이미 루이스가 롱 소드를 거두어들인 것을 발견한 로렐은 로빈에게 미안한 듯 어색한 미소를 지었다.

"함부로 의심한 것 죄송스럽습니다, 사제님."

"아닙니다. 누구든 저희처럼 갑자기 나타난다면 의심을 받는 것이 당연하겠지요. 두 분의 심정 이해합니다."

날카로운 금속음이 들리고 있는 곳으로 고개를 돌린 로빈의 얼굴이 조금 어두워졌다. 로빈의 곁에 서 있던 수국은 아직 놀란 가슴을 진정시키지 못했는지 조금 창백한 안색을 하고 있었다.

로빈의 눈이 몬스터들로 향하자 루이스가 입을 열었다.

"지금 몬스터를 상대하고 있는 사람들이 혹시 사제님의 일행이십니까?"

"예, 그렇습니다."

로렐은 두 사람의 대화를 듣고서야 몬스터들을 상대하고 있는 존재가 로빈의 일행이라는 것을 알았다. 하지만 루이스의 놀람에는 비할 바가 아니었다.

비록 이곳 아르파이넨 캐슬이 그렇게 넓은 영지는 아니라고 해도 독학으로 깨우친 자신의 검술에 은근히 자부심을 가지고 있던 루이스였다. 하지만 소드 익스퍼트 상급에 달하는 검술 실력을 가지고 있는 자신의 눈으로도 상대의 모습을 확실하게 확인할 수 없었다.

갑자기 어디선가 커다란 음성이 들려왔다.

"헬 버스트!"

그 음성을 듣는 순간 루이스는 가슴이 답답해지는 것을 느꼈다. 가까운 곳에서 소용돌이치는 엄청난 마나의 파동에 꼼짝도 할 수 없었던 것이다.

이렇게 격렬한 마나의 파동은 경험해 본 적도, 상상해 본 적도 없었다. 그런 루이스의 눈에 몬스터들이 모여 있던 중앙 부분에 붉은 안개가 피어나는 것이 발견됐다.

잠시 후 격렬하게 느껴졌던 마나의 파동이 사라진 것을 느낀 루이스가 정신을 차렸을 땐 사방으로 도주하는 몬스터들을 발견했을 뿐이었다.

천여 마리의 몬스터들이 비명을 지르며 사방으로 도망치는 모습은 한마디로 엄청난 광경이었다. 수백 년을 산다고 하더라도 결코 볼 수 없는 장관이었다. 그리고 성을 향해 걸음을 옮기는 여섯 명의 인간들이 보였다.

붉은 머리를 가진 사내와 보라색 머릿결을 가진 요염한 복장의 여인이 가장 앞쪽에 서 있었고, 짐승 가죽으로 몸을 가린 여자 하나와 근육질의 사내가 뒤를 따르고 있었다. 그리고 마법사 복장을 한 사내와 검은 망토로 전신을 가린 사내가 마지막으로 따라오고 있었다.

한 번도 본 적이 없는 독특한 분위기를 가진 일행들이었다.

로렐과 루이스가 멍한 표정으로 데미안 일행들을 바라볼 때 성 바로 밑에 도착한 데미안 일행은 열리지 않는 성문을 보고 조금 곤란하다는 표정을 짓고 있었다.

"나참, 몬스터를 물리쳐 주면 그래도 성문을 열어줄 것이라 생각을 했었는데……. 어쩌지, 데보라?"

"그래도 열어줄 때까지 기다려야지. 그렇다고 우리가 성문을 부술 수는 없잖아."

"뭘 걱정해. 그냥 넘어가면 되잖아."

"차이렌, 넌 주인이 저 위에서 우릴 뚫어져라 쳐다보고 있는데도 넘어가자는 말을 하는 거야?"

일행들이 주고받는 말에 정신을 차린 로렐이 황급히 부하들에게 명령을 내렸다.

"어서 성문을 열어 저분들이 들어올 수 있도록 해라."

끼이익—

로렐의 명령에 지난 20여 일 동안 굳게 닫혀 있던 거대한 성문이 요란한 비명을 지르며 열리기 시작했다. 성문을 여는 병사들의 얼굴에는 피곤함이 잔뜩 묻어 있었고, 또한 데미안 일행들에 대한 호기심이 어려 있었다.

태연한 얼굴로 성문을 통과한 일행들은 자신들을 마중 나온 사람들과 곧 마주쳤다. 그리고 앞에 서 있던 로빈과 수국을 향해 미소를 지었다.

"별일없었어?"

"예, 다행히도."

대꾸를 한 로빈은 자신의 곁에 서 있던 로렐을 일행들에게 소개했다.
 "여기 계신 이분은 이 성과 영지의 주인이신 로렐 드 화이슈 백작님이십니다. 그리고 이분은 루이스 그린리버라고 하며 기사단의 단장님이십니다."
 로빈의 설명에 로렐과 루이스는 그저 고개만 끄덕였다. 비록 로빈이 사제라고는 하지만 일행들의 복장이 대부분 용병들에게서나 찾아볼 수 여행복과 간단한 라이트 레더를 걸치고 있었기 때문이다.
 "여기 계신 분들은 저의 일행들로 앞에 계신 저분은 트레디날 제국의 후작인 데미안 싸일렉스님이시고, 저분은 아마조네스의 대족장인 데보라 칸님. 그리고 저분은 호인족의 족장인 레오님이십니다. 그리고 저분은 레토리아 왕국의 공작인 라일 페리우스님이시고, 곁에 계신 분은 레토리아 왕국의 후작 가문의 후계자인 헥터 티그리스님이십니다. 그리고 마지막으로 저기 저분은 6싸이클의 마스터이신 뮤렐 로완스님이십니다."
 로빈의 소개에 로렐은 기가 막힌 듯 아무런 말도 할 수 없었다. 소개하는 자마다 귀족이 아닌 자가 없었다. 하지만 곁에 있던 루이스의 놀람은 조금 달랐다.
 호인족이라고 밝힌 여인과 마법사라고 밝힌 뮤렐이란 청년을 제외한 다른 사람 가운데 자신보다 약해 보이는 자는 단 한 사람도 없어 보였다. 비교는커녕 그저 바라보는 것만으로도 숨이 막힐 것 같은 엄청난 위압감을, 그것도 일행 모두가 아주 자연스럽게 흘리고 있었다.
 "호, 혹시 조, 조금 전 몬스터들을 공격한 분들이 여러분이십니까?"

"그렇습니다만……."

데미안이 고개를 끄덕이자 루이스는 더욱 기가 질리는 것을 느꼈다. 물론 자신도 충분히 짐작을 하고 있었지만 막상 당사자들에게서 대답을 듣고 나니 저절로 몸이 떨려왔다.

태어나 한 번도 본 적이 없는 엄청난 검술 실력을 가진 자를 한 사람도 아니고, 이렇게 여러 명을 한꺼번에 본다는 생각 때문인지 호흡까지 가빠져 왔다.

재빨리 정신을 추스른 루이스가 로렐에게 귓속말로 뭔가를 이야기하자 루이스의 충고에 정신을 차린 로렐이 데미안 일행들을 향해 입을 열었다.

"참, 인사가 늦었습니다. 오늘 저희를 도와주셔서 진심으로 감사를 드립니다. 저의 집에서 여러분들을 모시고 싶습니다만… 어떠신지요?"

일행들의 정체를 알았기 때문일까? 로렐의 음성은 자연스럽게 공손해졌다.

그런 로렐의 제의에 일행들은 잠시 서로의 얼굴을 쳐다보다가 데미안이 대표로 대답했다.

"저희를 초대해 주신다니 고맙기는 하지만 저희는 오늘 저녁 마을에서 쉬고 내일 아침 일찍 떠날 생각입니다. 백작님의 말씀은 감사하지만……."

"안 됩니다. 저희 아르파이넨 성과 성민들을 구해준 은인이신 여러분을 이대로 보낼 수는 없는 일입니다. 부디 저희 집으로 가서 제가 여러분에게 입은 은혜에 조금이라도 보답할 수 있도록 저희에게 기회를 주십시오."

간곡하기 이를 데 없는 로렐의 말에 데미안은 더 이상 사양할 수 없어 결국 고개를 끄덕이고 말았다.

　데미안 일행들의 수가 많은 관계로 갑자기 말을 준비할 수가 없어 결국 백작의 집까지 걸어가기로 했다. 백작의 집으로 향하는 거리에서 데미안 일행은 성민들의 대대적인 환영을 받았다.

　성민들은 먼저 데미안과 데보라의 환상적인 아름다움에 넋을 잃었지만 곧 정신을 차리고 환호성을 지르며 그들을 환영했다. 하지만 5백 명의 병사들로서도 막지 못한 몬스터 무리를 어떻게 단 8명만으로 물러가게 한 것인지 궁금해하는 기색이 역력해 보였다.

　로렐 역시 그제야 불빛에 드러난 데미안과 데보라의 미모를 발견하곤 감탄을 금치 못했다.

　자신으로서도 두 남녀만큼 아름다운 커플은 본 적이 없었다. 또 두 사람처럼 어울리는 남녀 또한 본 적이 없었다.

　물론 인간의 미추(美醜)가 그 사람의 성격을 대변하는 것이 아니라는 것쯤은 로렐도 익히 알고 있었다. 하지만 아름다운 얼굴에 어려움에 처한 사람을 도울 수 있는 엄청난 검술 실력마저 가지고 있다면 그것이야말로 금상첨화(錦上添花)가 아니겠는가?

　백작의 곁에서 걸음을 옮기고 있던 루이스는 일행들을 연신 힐끔거리고 있었다.

　비록 자신이 엄청나게 뛰어난 검술 실력을 가지고 있지는 않지만 사람 보는 눈은 누구보다 확실하다고 자부했었다. 하지만 데미안 일행이 가진 독특한 분위기는 난생처음 경험하는 것이었다.

　뭐라고 표현하면 좋을까?

　갖가지 인종이 모여 있으면서도 그들 사이에는 묘한 연대감이 있었다. 게다가 뛰어난 실력 탓인지는 모르지만 그들 모두가 침착했고, 얼마나 대단한 경험들을 했는지는 모르지만 그들에게선 넉

넉한 여유가 느껴졌다.

그런 생각을 하는 동안 일행들을 따르는 성민들의 수는 갈수록 늘어났고, 일행들이 백작의 저택으로 들어가고 난 후에도 좀처럼 흩어질 생각을 하지 않았다.

로렐은 어쩔 수 없이 그들에게 술과 음식을 내주도록 지시를 내렸고, 그런 로렐의 지시에 감사하며 성민들은 밤새도록 웃고, 떠들고, 마시고, 노래하며 오늘의 기쁨을 만끽했다.

겨우 성민들에게서 풀려난 일행들은 백작이 안내한 응접실에 앉고서야 겨우 한숨을 돌릴 수 있었다.

일행들을 대접할 음식과 잠자리를 지시한 로렐이 곧 다시 돌아와 일행들과 마주 앉았다. 그는 다시 한 번 일행들을 바라보고는 부드러운 미소를 짓고 있는 데미안을 향해 입을 열었다.

"아까 소개를 들을 때 트레디날 제국의 후작이라고 하셨는데 그 말이 사실입니까?"

무슨 생각에서 그걸 묻는 것인지 짐작할 수는 없었지만 일단 대답을 했다.

"그렇습니다."

"그럼 저희 투르카스탄 왕국에는 무슨 일로 오셨는지 그 이유를 알 수 있겠습니까?"

"투르카스탄 왕국? 여기가 말입니까?"

그때까지 자신들이 도착한 곳이 어디인지 짐작도 못하고 있던 일행들은 그제야 알 수 있었다. 오히려 멍청한 표정을 지은 사람은 로렐이었다.

자신이 보기에 그들은 지금 자신들이 어디에 있는지조차 몰랐다는 표정이 역력했다. 물론 그들이 자신의 성과 성민들을 구해준 것은 사실이지만 갑자기 불안한 생각이 들었다.

"투르카스탄 왕국은 트레디날 제국의 서쪽에 위치한 그리 크지 않은 왕국입니다. 하지만 중간에 크로네티아 왕국이 자리하고 있는 관계로 트레디날 제국에는 잘 알려져 있지 않은 왕국입니다."

로빈의 설명에 다른 사람들은 고개를 끄덕였지만, 데보라는 알고 있었는지 보충 설명을 했다.

"그리 크지 않은 것이 아니라 작은 왕국이야. 게다가 엄청나게 폐쇄적인 곳으로 유명한 나라라고. 내가 순결의 검을 찾아 동쪽으로 여행을 시작하면서 투르카스탄 왕국에 잠시 들른 적이 있었는데 그때 엄청 열받은 적이 있었어."

데보라의 말에 로렐의 얼굴이 어색하게 변했다.

모든 것이 그녀의 말대로였다. 작은 왕국인 관계로—그렇다고 레토리아 왕국보다 작은 것은 아니었다—외부인에 대해 배타적일 수밖에 없었다. 나라를 지키고, 국민들을 지키기 위해서는 다른 선택을 할 여지가 없었다.

그런 탓인지는 모르지만 여행자나 용병, 모험가들에게는 가장 여행하기 싫은 곳 1순위가 바로 투르카스탄 왕국이었다.

"실례지만 이곳에서 트레디날 제국까진 얼마나 떨어져 있습니까?"

"글쎄요? 전 태어나 단 한 번도 투르카스탄 왕국을 떠나본 적이 없어서……."

"대략 7백 킬로미터쯤 떨어져 있다고 보시면 될 겁니다."

루이스의 대답에 일행들은 고개를 끄덕였다. 그러는 사이 식사 준비가 끝났다는 하녀의 말에 로렐이 직접 일행들을 식당으로 안내했다. 그리고 그곳에는 로렐의 부인과 남매가 일행들을 기다리고 있었다.

간단히 인사를 나눈 뒤 조금은 시끌벅적한 식사가 시작되었다. 그렇다고 누가 떠들었다는 이야기는 아니지만 조그맣게 이야기를 해도 워낙 사람들이 많다 보니 시끄러워진 것이다.

백작 부인은 나란히 앉은 데미안과 데보라의 모습을 관심있는 눈으로 바라보았다. 너무나 잘 어울리는 두 사람의 모습에 그런 자신의 생각을 남편에게 이야기했고, 로렐 역시 아내의 생각에 동감을 표시했다.

올해 열다섯 살이 된 백작의 딸은 난생처음 보는 아름다운 청년 데미안의 모습에 가슴이 떨려 도저히 식사를 할 수 없을 지경이었다.

엷은 미소를 지은 채 그의 일행들과 식사를 하는 모습이 그렇게 아름답고 멋있어 보일 수 없었다. 하지만 그 아름다운 왕자님(?)은 자신의 그런 마음을 아는지 모르는지 무정하게 동료들과만 이야기를 나눌 뿐이었다.

게다가 그녀를 더욱 속상하게 만드는 것은 데미안의 곁에 바짝 붙어 있는 두 여인 때문이었다.

그의 오른편에 앉은 여인은 특이하게도 보라색의 머릿결을 가진 독특한 아름다움을 가진 여인이었다.

중무장한 여인을 한 번도 본 적이 없는 것은 아니지만 그녀처럼 다양한 무기로 중무장한 여인은 본 적이 없었다. 하지만 백작의 딸을 더욱 가슴 아프게 만드는 것은 그녀의 미모였다. 중성적인 매력에, 육감적인 몸매를 한껏 자랑하는 듯한 그녀의 모습에 기가 죽을 수밖에 없었다.

또 그의 왼쪽에 앉아 있는 여인은 희한하게도 짐승 가죽—그러니까 호랑이나 표범인 것 같았다—으로 만든 옷을 걸치고 있었다. 전혀 꾸미지 않은 그녀의 모습은 약간의 백치미와 함께 야생의 아름다움이 깃들어 있었다. 하지만 그렇다고 그녀의 아름다움이나 몸매가 보라색 머릿결을 가진 여인보다 떨어진다는 것은 아니었다.

두 여인을 보고 있자니 아직까지 발육하지 못한 자신의 몸이 원망스러웠다. 그녀가 그 사실에 나직하게 한숨을 쉬고 있을 때 곁에 있던 소년은 호기심이 가득한 눈으로 일행들을 바라보고 있었다.

이렇게 독특한 분위기를 가진 사람들은 난생처음 보는 것이었다. 마법사에 용병, 사제, 기사, 그리고 어둠의 마왕 같아 보이는 사람.

소년이 이리저리 눈을 굴리는 모습을 발견한 로빈이 그에게 미소를 지었다. 하지만 소년은 숫기가 없는지 얼굴을 빨갛게 붉히며 황급히 고개를 숙였다.

식사를 마친 일행들은 다시 응접실에 모여 미리 준비한 술을 마셨다.

오랜만에 취하는 휴식이기 때문일까?

몇 잔의 술만으로도 충분한 취기를 느낄 수 있었다. 은은하게 얼굴이 붉어진 데미안과 데보라는 차가운 물을 마셨고, 로렐은 다른 사람에게도 연신 술을 권하고 있었다.

"몬스터들이 아까처럼 무리 지어 인간들을 습격하기도 합니까?"

"글쎄요, 다른 곳은 어떤지 잘 모르겠지만 제 영지에서 이렇게 많은 수의 몬스터들이 모습을 드러낸 것은 오늘이 처음입니다. 물론 4, 50마리씩 무리를 지은 오크들이 출몰하기는 했지만 오늘처럼 많은 수의 오크들이 나타난 적은 한 번도 없었습니다."

"하지만 아까처럼 천여 마리가 넘는 오크가 모이려면 근처에 드래곤의 레어가 있거나, 아니면 인적이 닿지 않는 깊은 산맥이 근처에 있어야만 할 텐데 조금 전 제가 보았을 때 그런 산은 보지 못했습니다. 혹시 저희가 모르는 다른 이유가 있습니까?"

"그것에 대해서는 제가 말씀드리겠습니다."

곁에 서 있던 루이스가 입을 열었다.

"저희 백작님 말씀처럼 가끔 4, 50마리의 오크들이 나타나 소동을 피우기는 했지만 저희 기사단의 힘만으로 충분히 막아내 왔습니다. 또 후작님께서도 말씀하셨지만 저희 영지 주위에는 몬스터들이 살 만한 산이 별로 없습니다. 그렇기에 저희 영지에서는 몬스터들로 인한 피해가 별로 없었습니다. 하지만 얼마 전부터 몬스터들이 인간을 습격하는 일이 빈번히 벌어진다는 연락을 받고 조심하던 중 오늘 몬스터들의 습격을 받게 된 겁니다."

일행들이 고개를 끄덕일 때 누군가의 다급한 발걸음 소리가 들렸다.

사람들의 시선이 자연스럽게 소리가 들린 쪽으로 향했고, 하드 레더를 걸친 병사 하나가 와서는 한쪽 무릎을 꿇고 로렐에게 보고를 올렸다. 그런 병사의 왼팔에는 조악하게 만든 화살이 박혀 있었다.

"아까 흩어진 오크들 가운데 일부가 다시 모여 산발적으로 공격을 시도하고 있습니다. 하지만 오크들이 매복하고 있을지 몰라 함부로 성을 나갈 수 없으니 어떻게 해야 좋을지 모르겠습니다. 지시를 내려주십시오."

먼저 입을 연 사람은 로빈이었다.

"일단 상처부터 치료를 해야겠군요."

로빈이 일어서자 자연스럽게 수국도 자리에서 일어나 병사 곁으로 다가가 섬세한 손길로 로빈의 수술 도구를 늘어놓았다. 병사에게 다가선 로빈은 먼저 치유의 구슬을 앞으로 내밀며 나직하게 외쳤다.

"디씬펙션(Disinfection: 소독), 나르코티즘(Narcotism: 마취)."

병사는 난데없이 소년이 다가와 이상한 소리를 하자 멍하니 하는 행동을 바라보고 있었다. 그리고 그 구술에서 푸른빛이 흘러나와 자신의 팔에 스며드는 것을 보았지만 달라진 것은 아무것도 없었다. 그리고 화살을 움켜잡은 로빈은 힘차게 화살을 뽑아냈다.

"윽!"

병사는 자신도 모르게 이를 악물며 신음을 터뜨렸다. 통증이 있을 것이라 생각했기 때문에 신음을 터뜨렸지만 그가 생각한 통증은 느껴지지 않았다.

화살이 제거된 그의 왼팔에서는 분수처럼 선혈이 뿜어져 나왔지만 그 모습을 보고 있는 로빈이나 수국은 전혀 낭황하지 않았다. 뿜어져 나온 선혈이 점차 붉은빛을 띠는 것을 보고서야 손을 쓰기 시작했다.

먼저 지혈제를 뿌려 선혈을 멈추게 하고는 수국에게서 전해 받은 바늘과 실로 두 바늘씩 상처를 꿰맸다.

"큐어."

치유의 구슬에서 푸른빛이 상처로 스며드는 것을 본 로빈이 입을 열었다.

"이제 팔을 움직여 보세요."

로빈의 말에 자신도 모르게 팔을 움직여 보던 병사는 자신의 팔이 깨끗하게 나아 있는 것을 발견했다. 그리고 눈앞에 있는 소년이 말로만 듣던 라페이시스의 사제라는 것을 깨달을 수 있었다.

"감사합니다. 사제님. 정말 감사합니다."

"팔은 괜찮은가요?"

"예, 감쪽같이 나았습니다. 감사합니다."

병사의 거듭된 인사에 로빈은 담담한 미소를 지었고, 수국은 재빨리 수술 도구를 챙겼다.

그 모습을 지켜본 로렐은 빠르고 정확한, 숙련된 로빈의 행동에 감탄을 금치 못했다. 자신의 자식들과 거의 비슷한 나이에 불과한 로빈이 언제 그런 솜씨를 익힌 것인지 감탄을 금치 못했다. 또 곁에서 로빈을 돕는 수국 역시 한마디 말도 없었건만 익숙한 솜씨로 보조하는 것도 로렐이 보기에는 놀랄 만한 일이었다.

하지만 로렐이 가장 감탄한 것은 로빈이 보여준 신성력이었다. 일반적으로 신성력이 타인의 눈에 보일 정도라면 그 사람의 믿음이나 능력이 상상할 수 없는 경지에 도달한 것이라는 걸 잘 알고 있었기 때문이다.

로빈이 자신의 자리로 돌아왔을 때 이번엔 뮤렐이 자리에서 일어섰다.

"데미안님, 제가 가보도록 하겠습니다."

"그래? 참! 차이렌은 어떻게 됐지?"

"정확한 이유는 알 수 없지만 뮤란 대륙에 도착하고부터는 갑자기 약해지셔서 지금은 쉬고 있습니다."

"알았어. 그리고 조심하도록 해."

"네."

목례를 취한 뮤렐은 멍한 얼굴로 서 있는 병사의 손을 끌고 응접실을 떠났다. 하지만 그 모습을 보고 있던 로렐은 불안감을 느끼는 듯 보였다.

"저분 혼자 괜찮겠습니까?"

"뮤렐은 6싸이클의 마법사이니 괜찮을 겁니다."

태어나 한 번도 마법사를 본 적이 없는 로렐로서는 6싸이클의 마법사가 지닌 힘이나 능력이 어떤 것인지 모르기에 불안감은 여전했다.

"하지만 저분은 검을 가지고 계시던데……."

"걱정하지 않으셔도 될 겁니다."

부드러운 미소를 지은 채 대답하는 데미안의 모습에 로렐은 일단은 믿고 기다리는 수밖에 없었다. 그 모습을 본 루이스가 응접실을 떠났다.

일행은 여유를 즐기며 술을, 로렐은 불안감을 이기기 위해 술을 마셨다. 그렇게 30분 정도가 지났을 때 루이스가 상기된 얼굴로 응접실로 뛰어 들어왔다.

"백작님."

"오, 그래, 어떻게 되었나?"

"성을 공격하던 오크들의 상당수를 죽였고, 나머지 오크들은 겁을 먹고 도망쳤습니다."

"병사들의 피해는 어떤가?"

"아까 저와 함께 가셨던 마법사님 덕분에 피해를 크게 줄일 수 있었습니다."

잠시 생각을 정리한 루이스가 말을 이었다.

"그분 정말 엄청난 마법사이셨습니다. 그분이 뭐라고 외칠 때마다 들고 계셨던 검에서 엄청난 불길이 오크들에게 쏟아졌습니다. 불길이 회오리치거나 불덩어리 수십 개가 길게 날아가 오크들을 태워 버렸습니다. 또 오크들이 딛고 서 있던 지면에서 갑자기 불길이 치솟아 수십 마리의 오크들이 숯덩이로 변하는 모습을 본 것만 해도 여러 번이었습니다."

"젊은 나이에 그렇게 뛰어난 능력을 가지고 있다니 놀랄 일이군. 그래, 그 마법사란 분은 왜 함께 오지 않았는가?"

"오크들의 공격에 부상을 입은 병사들을 치료하고 계십니다. 부상자의 수가 얼마 되지 않으니 곧 돌아오실 겁니다."

"알았네."

고개를 돌린 로렐은 일행들에게 감사의 인사를 했다.

"저희 아르파이넨을 구해주신 여러분께 다시 한 번 감사드립니다. 아르파이넨은 언제든 여러분을 환영합니다."

로렐의 말에 일행들은 그저 담담한 미소를 지을 뿐이었다.

다음날 데미안은 별로 달갑지 않은 소리에 눈을 떠야 했다. 가볍게 몇 번 팔다리를 움직인 데미안은 천천히 침대에서 내려와 창문 쪽으로 다가갔다.

창문을 열고 주위를 둘러보는 데미안의 눈에 풀 플레이트 메일을 걸친 일단의 기사들이 보였다. 약 100여 명쯤으로 보이는 기사들은 말에 탄 채 자신들끼리 대화를 나누고 있었는데, 그들이 움직일 때마다 그들이 걸친 플레이트 메일과 말을 보호하기 위해 씌운 마갑(馬甲)이 부딪쳐 요란한 소리를 내고 있었다.

가볍게 눈살을 찌푸린 데미안은 세수를 마치고 아래층으로 내려갔다. 다른 일행들도 그들로 인해 잠이 깬 듯 조금은 불편한 얼굴을 하고 있었다.

"무슨 일이지?"

"로렐 백작님께서 부탁했던 구원병들이 아침에 도착한 모양입니다."

뮤렐의 대답에 데미안은 조금 떨어진 곳에서 대화를 나누고 있는 두 사람의 모습을 바라보았다.

한 사람은 로렐 드 화이슈 백작이었고, 또 한 사람은 보기만 해도 질려 버릴 것 같은 육중한 갑옷을 걸치고 있는 40대 기사였다.

"지금 화이슈 백작은 날 놀리는 것이오?"

"아니외다. 내가 드미첼 백작을 놀릴 리 있겠소?"

"그렇다면 백작이 말한 천여 마리의 몬스터들은 어디 있단 말이오?"

"조금 전 설명한 것처럼 우리 성을 찾아온 모험가 여러분들이 몬스터들을 쫓아주셨습니다."

"난 백작의 말을 도저히 믿을 수 없소이다. 그 모험가들이 대체 얼마나 뛰어난 능력을 가지고 있기에 천여 마리에 달하는 몬스터들을 쫓아버렸단 말이오?"

40대 기사의 딱딱한 음성에는 은은한 분노가 실려 있었다.

한편 기사 앞에 서 있던 로렐은 곤란함을 이기지 못해 어쩔 줄 몰라 했다.

로렐의 곤란한 모습을 발견한 데미안은 자신이 나설 수도, 또 그렇게 하지 않을 수도 없어 난감함을 감추지 못했다. 하지만 자신이 나서지 않으면 로렐이 더욱 곤란한 상황에 처할 것 같아 그에게로 가 발걸음을 멈추었다.
"편히 쉬셨습니까?"
"오랜만에 편히 쉴 수 있었습니다. 무슨 일이 있습니까?"
"그대가 몬스터들을 쫓았다는 그 모험가인가?"
기사의 근엄한 말에 데미안은 그의 얼굴을 바라보았다.
상대의 모습은 한마디로 기사의 표본이라 할 수 있었다. 오른팔에는 헤드피스(투구)를 끼고 있었고, 왼팔은 자연스럽게 검집에 올려져 있었다.
일평생 동안 전장에서 지낸 사람처럼 검게 그을린 얼굴은 크고 작은 상처로 뒤덮여 있었고, 특히 왼쪽 이마에서 눈을 지나 왼쪽 뺨까지 이어진 긴 상처가 그의 인상을 더욱 강한 모습으로 보이게 만들었다. 하지만 곁에서 테일러 드미첼이 한 말을 들은 로렐은 깜짝 놀라 테일러에게 주의를 주었다.
"드미첼 백작, 저분은 트레디날 제국의 후작이신 데미안 싸일렉스 각하이시오. 무례를 범해서는 안 되오."
로렐의 말에 테일러는 조금 놀란 표정을 지었다.
이제 스물을 갓 넘어 보이는 청년이 후작 신분이라니……. 게다가 사내치고는 근육도 별로 없어 보이는 청년이 대체 무슨 능력이 있어 몬스터들을 물리쳤다는 것인지 도무지 이해할 수 없었다.
게다가 데미안 뒤에 늘어선 그의 일행들을 봐도 몬스터들을 쫓을 만한 사람은 근육질의 용병으로 보이는 자와 검은 망토를 걸친 자밖에 없어 보였다.
테일러가 일행들을 바라보고 있을 때 데미안이 테일러에게 입을 열었다.
"본인이 데미안 싸일렉스요. 귀하는?"

"투르카스탄 왕국의 라이온 기사단을 맡고 있는 테일러 드미첼 백작이오."

테일러의 말에 고개를 끄덕인 데미안이 질문했다.

"우리 일행 때문에 무슨 문제가 생긴 것 같은데… 실례가 안 된다면 무슨 일인지 알 수 있겠소?"

"본인은 며칠 전 한 명의 기사로부터 이곳 아르파이넨 캐슬이 몬스터들의 공격을 받아 위급하다는 보고를 받았소. 해서 휘하의 기사단을 모두 이끌고 꼬박 삼 일을 달려 이곳까지 왔소. 그런데, 그런데……"

끼익―

강철로 만든 건틀릿Gauntlet이 금방이라도 우그러들 듯 움켜쥐어 있었다.

"당신들이 개입해 처리할 수 있을 정도의 몬스터들이었다면 그 숫자가 얼마나 되었을지 충분히 짐작할 만한 일이오. 겨우 그 정도 숫자의 몬스터도 처리하지 못한 로렐 백작의 능력도 마음에 들지 않지만, 겨우 그 정도의 몬스터들을 해치우고 거들먹거리는 당신들도… 솔직히 마음에 들지 않소."

테일러의 말에 로렐은 치밀어 오르는 분노와 모멸감을 견디기 힘들었다. 비록 자신이 검술을 익히지는 못했지만 그래도 분명히 한 명의 사내였다.

"드미첼 백작, 날 모욕하지 마시오. 내 비록 검술을 익히지는 못했지만 이곳 기사단과 병사들은 모두 용감하고, 절대 비겁한 사람들이 아니오. 그리고 난 결코 당신에게 거짓말을 하지 않았소."

상기된 얼굴로 입을 여는 로렐의 모습에 테일러는 자신의 말이 너무 심하지 않았나 하는 생각도 들었지만 굳이 사과는 하지 않았다. 하지만 문제는 엉뚱한 곳에서 발생했다.

"이봐! 당신 뭐야? 대체 뭔데 아침부터 시끄럽게 떠들어 사람 잠도 못 자게 만드는 거냔 말이야!"

갑자기 들린 여자의 음성에 고개를 돌린 테일러의 눈에 보랏빛 머릿결을 가진 여전사의 모습이 보였다. 그는 감히 여자가 나서서, 그것도 이렇게 무례한 어투로 자신에게 말하는 사람은 처음 보았다.

"그대는 누군데 건방지게 나서는 것인가?"

"이봐, 당신은 남에게 정체를 묻기 전에 자신의 이름부터 밝혀야 한다는 아주아주 기본적인 예절조차 모르나? 아침부터 자는 사람 깨우질 않나, 또 집주인에게 무례하게 굴지를 않나, 하나같이 마음에 들지 않는 행동뿐이군."

데보라는 노골적으로 테일러를 비난했다.

그녀의 어깨에 손을 올려 가볍게 두드려 준 데미안은 테일러를 바라보며 천천히 마나를 끌어올렸다. 그러자 당장 데미안의 몸 주위로 붉은색의 마나가 소용돌이쳤고, 그의 머리카락이 흩날리기 시작했다.

데미안의 갑작스런 변화에 테일러는 흠칫 놀랐다. 한 번도 그런 모습을 본 적이 없기 때문인지 놀란 표정이 역력했다.

"귀하는 마법사요?"

"자신의 눈으로 확인하지 못한 것은 무조건 믿지 못하는 인간이군. 또한 다른 사람의 말을 믿지 못한다는 것이 얼마나 가슴 아픈 일인지 모르는 사람이군."

담담한 데미안의 말을 듣는 순간 테일러의 얼굴이 참혹하다 할 정도로 일그러졌다. 데미안의 말을 듣는 순간 마치 그에게 자신의 알몸을 들킨 것 같은 수치심이 솟구친 것이다. 그리고 단 한 번도 남에게서 이런 말을 들은 적이 없었다.

"그대는 날 모욕했다. 그대에게 결투를 신청한다."

딱딱하게 굳은 얼굴로 입을 여는 테일러의 모습을 본 데미안은 곧 루이스에게 입을 열었다.

"잠시 그 롱 소드를 빌려주겠소?"

데미안의 말에 루이스는 곤란한 표정을 감추지 못했다. 슬쩍 로렐을 바라보았지만, 그때까지 로렐은 치미는 분노를 억누르기 위해 애를 쓰고 있었다.

루이스가 어쩔 줄 몰라 할 때 로렐의 음성이 들렸다.

"루이스, 이건 귀족들끼리 해결해야만 할 일이네. 후작 각하께 자네의 검을 빌려드리도록 하게."

로렐의 명령 아닌 명령에 루이스는 그에게 롱 소드를 내밀었다. 가볍게 몇 번 롱 소드를 휘둘러 본 데미안은 곧 테일러에게 말을 건넸다.

"대결은 정원에서 하는 것이 어떻겠소?"

데미안의 말에 테일러는 대꾸도 하지 않은 채 현관을 나섰다. 데미안 일행들이 태연한 표정인 반면 로렐과 루이스의 얼굴에는 걱정스런 빛이 가득했다.

테일러 드미첼이 투르카스탄 왕국 내에서도 몇 손가락 안에 드는 뛰어난 검술 실력을 가지고 있다는 것을 잘 알고 있기 때문이었다. 동서로 길게 늘어서 있는 투르카스탄 왕국의 서쪽 국경을 책임지고 있는 테일러이기에 그의 영향력은 왕국 내에서 상당한 것이었다.

정원에서 대기하고 있던 기사들은 테일러가 잔뜩 굳은 표정으로 나오자 영문을 몰라 어리둥절한 표정을 지었다. 하지만 곧 이어 따라나온 데미안이 검을 들고 있자 그제야 어떻게 된 일인지 짐작할 수 있었다.

기사들이 물러나 빈자리를 만들자 두 사람은 서로를 향해 마주 보고 섰다. 테일러가 풀 플레이트 메일로 중무장을 하고 있는 반면 데미안은 가벼운 옷차림에 롱 소드를 들고 있을 뿐이었다.

가볍게 눈살을 찌푸린 테일러가 아랫사람에게 충고하듯 말을 꺼냈다.

"그대는 무장을 하도록 해라. 기다려 주겠다."

물론 상대가 자신의 유리함을 이용하지 않으려는 생각 때문에 그런 말을 한 것이라는 것을 모를 데미안은 아니지만 고개를 저었다. 마치 일부러 테일러의 성미를 건드리려는 것처럼 비아냥거렸다.

"그대가 내 몸에 감히 상처를 남길 수 있을 것이라고 자신하는가?"

끼끼끽—

데미안의 말에 테일러는 다시 한 번 강철 건틀릿을 부숴 버릴 듯 움켜쥐었다. 그러나 그의 얼굴에는 아무런 변화도 없었다. 그리고는 부하의 도움을 받아 걸치고 있던 풀 플레이트 메일을 벗었다.

먼저 헤드피스를 부하에게 넘긴 테일러는 고짓 플레이트Gorget Plate(갑옷의 목 가리개)를 벗었다. 그리고 차례로 폴드런 Pauldron(견갑(肩鉀)), 카우터Cowter(갑옷의 팔꿈치 보호대), 건틀릿을 벗었다. 또 브레스트 플레이트Blest Plate, 스커트Skirt와 토셋 Tasset, 허벅지 보호대인 퀴스Cuisse와 폴린Poleyn(무릎 보호대)과

그리브Greave(정강이 보호대)와 서배튼Sabbaton(강철 신발)을 벗었다.

아무런 말 없이 체인 메일을 벗는 테일러의 모습을 지켜보던 기사들은 데미안이 대체 뭘 믿고 저리도 태연한 모습으로 있는 것인지 이해가 가지 않았다. 또 그의 일행으로 보이는 자들이 전혀 긴장한 빛을 보이지 않는 것도 이해가 가지 않았다.

간단한 옷으로 갈아입은 테일러는 검집을 버린 채 데미안과 마주 보고 섰다.

검을 가슴 앞에 세운 테일러와 검을 내리고 있는 데미안.

굳어 있는 테일러와 여유로워 보이는 데미안.

누가 보아도 이상한 모습이었다.

산전수전(山戰水戰)을 다 겪었을 것 같은 테일러가 이제 겨우 약관을 벗어난 애송이에 불과한 데미안을 대하면서 왜 저렇게 굳어 있는 것인지 기사들은 그저 아리송할 뿐이었다.

공격은 테일러로부터 시작되었다.

데미안이 짐작한 대로 테일러의 공격은 직선적이었고, 그 공격에는 그의 강한 힘이 실려 있었다. 어중간한 실력을 가진 사람이라면 당장 손목이 부러져 나갈 것이었다. 하지만 데미안은 그 자리에서 꼼짝도 하지 않은 채 손목을 움직여 그의 공격을 부드럽게 막아냈다.

챙—

귓전을 자극하는 날카로운 금속음이 주위로 퍼졌다.

두 손으로 바스타드 소드를 잡고 있는 테일러와 한 손으로 롱 소드를 들고 막아내는 데미안의 모습을 발견한 기사들은 기가 막혀 아무 말도 할 수 없었다.

데미안이 자신의 공격을 피하리라 생각했던 테일러는 데미안이 너무나 쉽게 자신의 공격을 막아내자 즉시 공격 방법을 바꾸었다.

테일러의 행동이 갑자기 기민해졌다.

엄청난 속도로 움직이는 테일러의 모습은 사람들의 눈엔 그저 희미하게 보일 뿐이었다. 후작 신분이라는 데미안의 검술 실력이 얼마나 되는지는 모르지만 자신에 비해 대전(對戰) 경험이 떨어질 것만은 확실하다고 판단했기에 조금은 변칙적인 공격을 시도한 것이다.

테일러는 어려 보이는 상대의 얼굴 때문에 경시하던 자신의 생각을 버린 것으로 생각했지만 아직까지도 데미안을 얕보는 면이 없지 않았다. 하지만 상황은 테일러가 의도한 대로 돌아가지 않았다.

테일러가 빨라진 만큼 데미안의 움직임도 빨라진 것이다. 그것도 테일러가 움직이는 속도의 몇 배가 넘는 속도로.

데미안이 기사들의 시야에서 완전히 사라지자 기사들 가운데 몇몇은 데미안이 자신들의 상관인 테일러보다 강할지도 모른다는 생각을 했다. 그런 생각들은 시간이 지날수록 점점 주위로 퍼져 기사들의 얼굴은 갈수록 어두워져 갔다.

기사들의 예측대로 테일러는 데미안의 움직임을 제대로 포착하지 못하고 있었다. 미처 테일러가 바스타드 소드를 움직이기도 전에 데미안은 이미 사라지고 없었다.

몇 번 그런 상황이 반복되자 테일러는 데미안 쫓기를 포기했다. 어차피 자신이 데미안의 움직이는 속도를 따라가지 못할 바에는 그가 자신을 공격할 때 반격하려는 생각을 했기에 데미안의 움직임을 유심히 살피고 있었다.

그때까지 피하기만 하던 데미안은 테일러가 멈춰 서자마자 그를 향해 달려들었다. 테일러가 잠시 멈칫하는 사이 데미안의 롱 소드가 그의 오른쪽 어깨를 향해 날아들었다.

바스타드 소드를 들어 어깨로 날아드는 롱 소드를 막으려 했지만 허공에서 궤적이 변했다.

급격하게 떨어진 롱 소드가 노리는 곳은 테일러의 왼쪽 허벅지. 그는 바스타드 소드를 끌어내려 막기보다는 직접 다리를 움직여 피하는 쪽을 택했다.

테일러가 뒤로 물러서는 순간 롱 소드는 마치 인간을 덮치는 뱀처럼 그의 가슴을 노렸다.

깜짝 놀란 테일러가 바스타드 소드를 비스듬히 들어 데미안의 롱 소드를 막으려 했지만 롱 소드는 다시 한 번 움직이며 그 궤적을 변화시켰다.

현란한 움직임을 보이는 롱 소드를 막아내는 테일러의 얼굴에는 황당함이 어려 있었다. 이제껏 기사로 살아오면서 수백 번도 넘는 대전 경험이 있었지만 지금 데미안의 공격처럼 움직임이 많은 검술은 난생처음 보는 것이었다.

서걱―

롱 소드가 테일러의 어깨를 스치며 옷깃을 사르고 지나갔다. 재빨리 바스타드 소드를 올려 쳐 데미안을 공격하려던 테일러는 자신의 목에서 느껴지는 서늘한 감촉에 움직임을 멈추고 고개를 내렸다.

그리고 이미 자신의 몸 주위에서 벗어난 줄 알았던 롱 소드가 자신의 목에서 떨어지지 않은 채 붙어 있는 것을 발견했다.

테일러는 데미안이 보여준 비상식적으로 빠른 롱 소드의 움직임에 도저히 믿을 수 없을 지경이었다. 그리고 자신의 눈을 의심하게 만드는 데미안의 검술 실력에 아무 말도 할 수 없었다.

기사들 역시 자신의 상관인 테일러가 변변한 공격 한번 하지 못한 채 일방적으로 데미안에게 제압당하는 모습을 보고는 아무 말도 할 수 없었다.

로렐과 루이스 역시 테일러가 너무나 쉽게 패하는 모습을 보고 충격을 받은 기색이 역력했다.

천천히 검을 거두는 데미안 곁으로 다가온 데보라가 그에게 말을 건넸다.

"이봐, 데미안. 뭐 하고 있어? 빨리 출발해야 하잖아. 여기서 이렇게 보내고 있을 시간이 없어. 그리고 싸일렉스에 있는 네로브도 만나봐야 하잖아."

"그래, 그러고 보니 네로브를 잊고 있었잖아? 많이 컸겠지?"

"그럼, 원래 그만한 나이일 때가 제일 빨리 자란다고 하니 꽤 많이 자랐을 거야."

데보라의 말을 들으며 루이스에게 롱 소드를 넘겨준 데미안은 로렐을 바라보았다.

"화이슈 백작님, 저희 일행은 갈 길이 바쁘기 때문에 이만 이별을 해야 할 것 같습니다."

"무슨 말씀이십니까? 수많은 생명을 구해주신 분들을 이렇게 보낸다면 전 앞으로 고개를 들고 살 수 없을 겁니다. 그러지 마시고 제가 며칠 더 여러분을 모실 수 있도록 기회를 주십시오."

데미안의 말에 로렐이 깜짝 놀라며 입을 열었지만 데미안은 엷은 미소를 지은 얼굴로 고개를 저었다.

"그렇다면 아침 식사라도 대접할 수 있도록 허락해 주십시오.

그것마저 거부하시면……."

"백작님의 뜻이 그러시다면 아침 식사를 마치는 대로 길을 떠나도록 하겠습니다."

"감사합니다, 후작 각하. 뭘 그리 쳐다보고만 있는 것이냐! 어서 이분들께서 식사를 할 수 있도록 준비하도록 해라. 그리고 드미첼 백작과 기사들의 아침도 준비하도록 해라."

로렐과 일행들이 저택 안으로 사라지고도 한참의 시간이 지나도 테일러는 움직일 줄을 몰랐다.

"단장님, 잠시 휴식을 취하시는 것이 좋을 것 같습니다. 지난 삼 일 동안 단장님은 조금도 쉬질 못하지 않으셨잖습니까? 그렇지 않았다면 아까 본 그 계집애 같은 애송이는 상대도 되지 않았을 겁니다."

자신을 위로하려는 빛이 역력해 보이는 부하의 말에도 테일러는 꼼짝도 하지 않고 주먹만 부서뜨릴 듯 움켜쥐고 있었다. 아주 짧은 시간 데미안과 겨룬 것이지만 데미안의 실력이 어느 정도인지도 모를 테일러는 아니었다.

감히 자신 정도로는 고개도 들지 못할 정도의 검술 실력을 가진 상대, 어떻게 그렇게 젊은 나이에 그런 검술 실력을 가지고 있는지도 의문이시만, 그보다 더 큰 충격은 단지 상대가 자신보다 어리다는 이유로 상대의 실력을 경시했던 자신의 경솔함 때문이었다.

천천히 고개를 든 테일러는 데미안들이 들어간 현관을 하염없이 바라보았다.

제27장
또 한 번의 Comeback Home

　간단하게 아침 식사를 마친 데미안 일행은 아르파이넨 캐슬을 떠날 준비를 마쳤다.
　일행들이 탈 말을 준비하도록 지시한 로렐은 대표로 데미안에게 인사를 했다.
　"다시 한 번 감사하다는 인사를 드립니다. 앞으로 여러분들을 이 아르파이넨 캐슬을 구한 영웅으로 영원히 추앙하도록 하겠습니다. 그리고 여러분의 동상을 세워 후세까지 여러분께서 이 아르파이넨 캐슬을 구하신 일을 전하도록 하겠습니다."
　로렐의 말에 데미안의 얼굴은 잠시 어색하게 변했지만 곧 원래의 표정으로 돌아왔다.
　"저희 일행들도 이곳 아르파이넨 캐슬과 좋은 인연을 맺게 되어 기쁘게 생각합니다. 로렐 백작님과 아르파이넨 캐슬에 사는 성민들이 저희 일행들에게 보여주신 우정에 진심으로 감사드립니다.

그럼 다음 기회에 찾아뵙도록 하겠습니다."

데미안이 로렐에게 인사를 건네는 동안 로빈은 루이스에게 자신이 알고 있는 몬스터 퇴치법에 대해 설명했다.

"단장님도 보셨으니까 아시겠지만 인간들을 공격하는 몬스터들의 행동은 정상적인 것이 아닙니다. 몬스터들을 지배하는 어떤 존재가 있다는 것이지요. 그들을 물리치기 위해서는 사제나 신관이 가진 신성력이 반드시 필요합니다. 신전의 협조를 얻어 신성력이 깃들어 있는 아티펙트를 몬스터들이 접근할 만한 곳에 묻어두도록 하십시오."

"그럼 몬스터들이 신성력에 반대되는 어떤 사악한 힘에 지배를 받기 때문에 인간을 공격하는 것이란 말씀이십니까?"

루이스는 로빈이 자신보다 어린 소년이라는 것을 모르는 것은 아니지만 쉽사리 말을 낮출 수 없었다.

"그렇습니다. 어떤 종파(宗派)이든 상관이 없습니다. 그리고 사제나 신관의 수는 많으면 많을수록 좋다는 것을 절대 잊으시면 안 됩니다."

"명심하겠습니다, 로빈 사제님."

루이스의 대답을 들은 로빈은 그제야 말에 올랐다. 일행 모두가 말에 탄 것을 확인한 데미안은 로렐에게 가볍게 목례를 취하고는 말 옆구리를 걷어찼다.

히히히힝—

잠시 앞발을 들고 힘찬 울음을 터뜨리던 말은 곧 지면을 박차고 빠르게 앞으로 달려갔다. 그리고 일행들이 그의 뒤를 따랐다.

그 모습을 지켜보던 로렐은 혼잣말처럼 입을 열었다.

"내가 얼마나 더 오래 살지는 모르지만 저런 사람들을 다시 만나기는 힘들겠지?"

"제가 생각하기에도 그렇습니다. 그리고 제가 얼마나 좁은 눈으로 세상을 보아왔는지 저분들을 뵙고 깨달았습니다. 게다가 그동안 어설픈 검술 솜씨를 뽐내왔다는 사실을 깨닫고는 정말 숨고 싶을 정도로 부끄러웠습니다."

루이스의 말에도 로렐은 점점 멀어지는 데미안 일행들을 바라보고 있었다. 그리고 조금 떨어진 곳에 서 있던 테일러도 기사들과 함께 자신에게 패배를 안겨준 데미안의 모습을 쫓고 있었다.

아르파이넨 캐슬을 떠난 데미안 일행이 투르카스탄 왕국과 크로네티아 왕국의 접경 지역에 도착한 것은 아르파이넨 캐슬을 떠난 지 거의 20여 일이라는 시간이 지난 후였다. 물론 그들의 여행이 편한 것은 아니었지만 그렇다고 큰 문제가 생기지는 않았다.

일행들이 여행 동안 수집한 정보로는 투르카스탄 왕국 내에서 몬스터들의 습격을 받아 심각한 피해를 입은 곳은 불과 한두 곳에 불과하다는 것이었다. 그런 이야기를 들었을 때 아직까지 악의 기운이 뮤란 대륙에 별로 퍼지지 않았다는 점에 일행들은 안도하기도 했지만 혹시 그것이 더 큰 불행을 예고하는 폭풍 전야와 같은 것은 아닌가 하는 생각을 떨쳐 버릴 수 없었다.

그런 생각이 일행들을 지배하고 있을 때 일행들의 눈에 이상한 것이 보였다.

5백여 명의 중무장한 병사들이 그리 떨어지지 않은 곳에서 대치하고 있었던 것이다. 일행들이 알고 있는 지식으로는 투르카스탄 왕국과 크로네티아 왕국 간의 사이는 상당히 우호적이었다. 하지만 지금 일행들의 눈에 보이는 모습은 그것과는 반대되는 상황이었다.

　팽팽하게 긴장하고 있는 병사들의 모습에서는 간간이 살기까지 비치고 있었다.

　"멈추시오."

　일행들의 앞을 서너 명의 병사들이 가로막았다. 그들 중앙에 서 있던 30대 중반으로 보이는 사내가 잔뜩 인상을 쓰면서 일행들을 바라보고 있었다. 그러다 데미안과 데보라의 얼굴을 보고는 상당히 놀란 표정을 지었다. 그는 일행들의 구성이 상당히 독특하다는 것을 알 수 있었다.

　"그대들의 정체를 밝히시오."

　"우리들은 지금 트레디날 제국을 향해 여행을 하는 여행자들입니다."

　"트레디날 제국? 지금 국경은 사정에 의해 일정 기간 동안 폐쇄되었소. 어느 누구도 이곳을 통과할 수 없소."

　상대의 말에 일행들은 곤란하다는 표정을 감추지 못했다. 한시라도 빨리 트레디날 제국으로 돌아가야만 하는 일행들로서는 난감한 일이 아닐 수 없었다.

　"여기 아르파이넨 캐슬의 로렐 드 화이슈 백작님의 소개장이 있습니다. 그래도 안 되겠습니까?"

　데미안이 내민 편지를 받아 든 기사는 천천히 편지의 내용을 살폈다. 그리고는 깜짝 놀라며 일행들의 모습을 하나하나 쳐다보았다.

　"저, 정말 화이슈 백작님께서 쓰신 편지의 내용처럼 그대들이 몬스터들을 물리친 것이 사실입니까?"

　"그렇습니다만……."

"자, 잠깐만 기다리십시오. 지금 즉시 이곳 사령관께 보고를 드리겠습니다."

기사는 황급히 어디론가로 달려갔다. 일행들이 잠시 기다리고 있는 동안 사라졌던 기사가 중년의 기사와 함께 일행들에게로 돌아왔다.

짧게 다듬은 수염이나 구릿빛 얼굴을 가진 중년 기사는 보기만 해도 강철 같은 느낌을 주는 사람이었다.

"귀하들이 국경을 통과하려는 여행자들입니까?"

"그렇습니다."

"화이슈 백작의 편지에 의하면 귀하들이 대규모 몬스터들의 공격을 막아냈다고 적혀 있던데 사실입니까?"

"맞습니다."

데미안의 대답에 중년 기사는 잠시 생각을 하더니 곧 다시 입을 열었다.

"그렇다면 잠시 우리를 도와줄 수 있겠습니까?"

뜻하지 않은 중년 기사의 말에 데미안 일행은 잠시 서로 간의 얼굴을 쳐다보다가 다시 중년 기사를 바라보았다.

"저희가 도울 일이라는 것이……."

"잠시 제 막사로 가시지요."

중년 기사의 안내를 받아 간 곳은 삼엄하게 군사들이 지키고 있는 막사였다. 막사 안에는 커다란 탁자 하나와 십여 개의 의자, 그리고 구석에 놓여 있는 간이 침대가 전부였다.

의자에 앉은 중년 사내는 데미안 일행들을 면면이 살폈다.

"잠시만 기다려 주십시오. 곧 한 사람이 도착할 겁니다. 그때 여러분께 부탁을 드리겠습니다. 참! 그리고 보니 제가 여러분께 무례를 저질렀군요. 전 레스 루테나 백작입니다. 드미첼 백작의 편지에 여러분들이 트레디날 제국과 레토리아 왕국의 귀족들이라고 하던데……."

"모두 그런 것은 아니니 그렇게 신경 쓸 필요는 없습니다."

데미안의 말에 레스는 잠시 멈칫거렸다. 그때 막사 안으로 들어오는 사람이 있었다.

"무슨 일이기에 날 부른 것이오? 그렇지 않아도……."

조금은 신경질적으로 입을 여는 사람은 50대 초반으로 보이는 사내로 웬일인지 잔뜩 짜증이 난 얼굴이었다. 하지만 막사 안에 레스 외에 다른 사람들이 있는 것을 알고는 곧 입을 다물었다.

"어서 오시오, 다이슨 백작."

"루테나 백작이 날 부른 이유가 이들과 연관이 있는 것이오?"

"그렇소이다. 여기 이분들이 아르파이넨 캐슬을 몬스터의 공격에서 구해주신 분들이오. 이분들이라면 우리에게 큰 도움이 되지 않겠소?"

레스의 말에 초로의 사내는 잠시 자신의 턱을 쓰다듬으며 입을 열었다.

"그 말이 사실이라면 도움이 될 수도 있겠군."

사내의 말에 레스가 일행들에게 사내를 소개했다.

"여기 계신 이분은 크로아 제국의 다이슨 윌포드 백작이십니다. 그리고 이분들은……."

"크로아 제국?"

레스의 소개에 일행들의 얼굴에 일제히 어리둥절한 빛이 떠올랐다.

크로아 제국이라면 크로네티아 왕국이 루벤트 제국에 의해 왕국으로 격하되기 전에 부르던 이름이었다. 하지만 대체 언제 크로네티아 왕국이 크로아 제국으로 이름을 바꾸었는지 그걸 알 수 없었다.
　먼저 정신을 차린 데미안이 다이슨에게 자신을 소개했다.
　"이 파티의 리더를 맡고 있는 데미안 싸일렉스입니다."
　"데미안 싸일렉스?"
　데미안의 대답에 다이슨은 깜짝 놀란 표정을 지었다. 데미안의 모습을 유심히 살핀 다이슨이 조심스럽게 물었다.
　"혹시 트레디날 제국의 후작이신 그 데미안 싸일렉스님이십니까?"
　다이슨의 조심스런 질문에 데미안은 고개를 끄덕이면서도 조금은 놀라지 않을 수 없었다. 자신의 신분을 크로아 제국의 백작인 다이슨이 어찌 알고 있는 것인지 의문이 아닐 수 없었다.
　"실례지만 저의 신분을 어찌 알고 계십니까?"
　데미안의 대답을 들은 다이슨은 자신의 짐작이 맞다는 것을 깨닫고는 자리에서 일어나 그를 향해 정중하게 인사를 했다.
　"윌포드 가문의 다이슨이 싸일렉스 후작 각하를 만나뵙게 된 것을 무한한 영광으로 생각하옵니다."
　"여기는 공식적인 자리도 아니니 그런 인사는 부담스럽습니다. 우선 앉으시지요."
　데미안의 말에 다이슨은 조금 전과는 달리 조심스럽게 자리에 앉았다. 레스 역시 데미안의 신분을 알고는 조금은 불편한지 데미안의 얼굴을 흘깃거렸다.
　그런 두 사람의 모습을 발견하지 못할 데미안이 아니었다.
　"방금 말한 것처럼 이 자리는 공식적인 자리가 아니니 편히 대해주셨으면 고맙겠습니다. 게다가 지금은 단순히 여행자 신분이니까요. 그것보다 언제 크로네티아 왕국이 크로아 제국으로 이름을 바꾼 겁니까?"

데미안의 질문에 다이슨의 얼굴 표정이 이상하게 변했다. 그렇기는 레스도 마찬가지였다. 두 사람의 표정이 이상하게 변한 것을 발견한 데미안은 재빨리 변명을 했다.

"실은 전쟁이 끝나자마자 여기 있는 동료들과 여행을 떠났었습니다. 그래서 아직 크로아 제국이나 트레디날 제국의 사정은 잘 모릅니다."

그제야 이해를 한 듯 다이슨이 입을 열었다.

"아! 그러셨군요. 저희 크로네티아 왕국이 크로아 제국으로 이름을 바꾼 것은 전쟁이 끝난 직후였으니까 벌써 10년이 지났군요."

다이슨의 설명에 데미안 일행은 경악을 속으로 삭여야만 했다. 하지만 대부분 일행들의 표정이 창백해진 것만은 사실이었다.

"그, 그러니까 전쟁이 끝난 지 벌써 10년이 지났단 말씀이십니까?"

사제복을 입은 소년이 질문을 하자 다이슨의 표정이 다시 이상하게 변했지만 데미안의 직위를 생각해서인지 공손하게 대답했다.

"그렇습니다, 사제님."

다이슨의 대답에 일행들의 얼굴에는 황당함과 불신의 기색이 완연했다. 그러나 어느 누구도 입을 여는 사람은 없었다.

잠시 시간이 지나 데미안이 입을 열었다.

"여러분은 무슨 이유로 이렇게 대치하고 있는 겁니까?"

"사실은… 말씀드리기 부끄럽지만 몬스터 때문입니다."

"몬스터?"

"그렇습니다. 저희 투르카스탄 왕국은 후작 각하께서도 아시다시피 주로 평야 지대로 이루어져 있습니다. 험한 산이나 숲이 별로 없기 때문인지 몬스터라고 해봐야 오크나 오거, 트롤 같은 것이 전부입니다. 그래서 저희들이 몬스터에 입은 피해도 미미한 수준이었습니다. 하지만 얼마 전부터 크로아 제국에서 국경을 넘어오는 몬스터들의 숫자가 증가해 어쩔 수 없이 이렇게 국경에 병사들을 주둔시키고 있습니다."

레스의 대답에 다이슨이 보충 설명을 했다.

"무슨 이유에서인지 몇 해 전부터 몬스터들이 인간들이 사는 마을을 습격하는 사태가 종종 발생하고 있습니다. 그러던 중 투르카스탄 왕국에서 루테나 백작이 말한 것과 동일한 내용을 알려왔고, 필립 폐하께서 양국의 우정을 생각해 병사들을 파견하신 겁니다."

두 사람의 말을 들은 데미안은 고개를 끄덕였다.

자신이 막사로 들어오기 전에 살펴본 지형으로 판단해 보면 지금 병사들이 지키고 있는 이곳이 유일한 통행로였다. 깎아지른 듯한 절벽과 험한 산세 사이로 난 이 길을 이용하지 않으려면 상당한 거리를 우회해야만 할 것 같았다.

"잠깐 이 주위 지형을 그린 지도를 보여주겠습니까?"

"여기 있습니다."

재빨리 레스가 근처에 있던 지도를 탁자 위에 펼쳤다.

역시 자신의 예상대로 상당히 험준한 지형이었다. 하지만 5백 명의 병사로 지키기에는 상당히 넓은 지역이었다.

"몬스터의 침입은 있었습니까?"

"예, 두 번의 공격이 있었습니다만 겨우 백여 마리 정도라 어렵지 않게 막아낼 수 있었습니다."

다이슨의 대답에 데미안은 잠시 생각에 빠졌다.

아르파이넨 캐슬처럼 작은 지역을 공격하는 데도 천여 마리의 몬스터들이 집결했는데 겨우 백여 마리가 몇 번 공격한 것으로 끝났을 리 만무했다. 그렇다고 이들에게 자세한 사정을 이야기할 수도 없었다.

이들이 자신의 말을 이해할 리도 없겠지만 이들을 이해시킬 시간도 없었다.

"가까운 거리에 혹시 신전은 없습니까?"

"신전? 어떤 신전을 찾으십니까?"

"어느 신전이든 상관없습니다. 하지만 상당한 신성력을 가진 신관이라야 합니다."

잠시 생각에 빠졌던 레스가 먼저 입을 열었다.

"가까운 곳에 상업의 신이신 하렌의 신전이 있습니다. 그곳에 계신 알슈나 신관께서 상당한 신성력을 가지고 계시다는 말을 전해 들은 적이 있습니다."

"다행이군요. 그럼 제 생각을 말씀드리겠습니다."

데미안은 지형의 유리함, 주둔 병력이 몬스터들의 수에 비해 열세일 수도 있다는 점, 또 그들이 사악한 힘에 의해 지배를 받는 존재들이기 때문에 일반적인 무기보다는 신성력을 이용한 방법을 사용해야 한다는 점 등을 상세히 설명했다.

두 사람은 몬스터가 사악한 힘에 의해 지배를 받는다는 데미안의 말에 의문을 가졌지만 전혀 불가능한 일도 아니기에 수긍을 했다.

하지만 데미안은 일시적으로라도 그들을 지켜줄 무엇인가가 필요하다고 생각을 하고는 일행들과 상의했다. 그리고 두 사람에게 백여 자루의 대거를 모아주기를 부탁했다.

잠시 후 병사들이 모아온 대거를 크게 세 덩이로 나누었다.

천천히 그 앞으로 다가간 로빈이 치유의 구슬을 앞으로 내밀고는 나직하게 주문을 영창했다. 그러자 치유의 구슬에서 뿜어져 나온 푸른빛이 마치 모래밭에 물이 스며들듯 대거 속으로 스며들었다.

그 모습을 레스와 다이슨은 신기한 듯 바라보고 있었다.

잠시 후 로빈이 뒤로 물러서자 이번에는 데보라가 아로네아를 꺼내 들고는 지그시 눈을 감았다. 그러자 아로네아의 끝에서 뿜어져 나온 푸른빛이 다시 대거 속으로 스며들었다.

데미안의 눈이 휘둥그레졌을 때 이번에는 헥터가 블레이즈를 앞으로 세우고는 경건하게 무릎을 꿇고 눈을 감았다. 그러자 눈을 아리게 하는 푸른빛이 막사 안을 가득 채우며 대거 속으로 스며들었다.

푸른빛이 사라지고 나자 데미안이 데보라에게 질문했다.

"데보라는 언제부터 그런 능력을 가진 거지?"

"이거? 벌서 아니야. 로빈이 라페이시스의 사제이기 때문에 치유의 구슬을 사용할 수 있다면, 아마조네스인 내가 아로네아가 가진 신성력을 이용하지 못할 이유가 없잖아. 그건 아마 헥터도 그럴걸."

"데보라님의 말씀이 맞습니다. 어차피 제가 사용하는 공격도 따지고 보면 블레이즈가 가진 신성력을 이용하는 것이니 전혀 불가능한 것은 아닙니다."

고개를 끄덕인 데미안은 대거를 들고 밖으로 나갔다. 그리고 전면을 향해 나직하게 스펠을 캐스팅했다.

데미안의 손이 앞으로 내밀어지는 순간 전면의 지면에서 흙먼지가 피어 올랐다. 흙먼지가 가라앉자 사람들의 눈에 거의 20미터는 충분히 되어 보이는 거대한 마법진이 모습을 드러내고 있었다.

마법진의 중앙에 선 데미안은 마법진의 곳곳에 대거를 꽂기 시작했다. 약 5분 정도가 지나자 백여 자루의 대거는 모두 지면에 꽂혔다.

다시 한 번 찬찬히 마법진을 둘러본 데미안은 만족스런 미소를 짓고는 가볍게 손을 주위로 뻗었다. 그러자 갑자기 돌풍이 불어와 지면에 새겨져 있던 마법진을 깨끗하게 지워 버렸다. 갑작스런 돌풍에 고개를 돌렸던 사람들이 다시 고개를 돌렸을 땐 이미 데미안이 그들 곁에 서 있었다.

"아마 몬스터들이 저 마법진을 통과하려면 상당히 고생을 할 겁니다. 그리고 여러분들이 될 수 있으면 많은 화살을 준비해 활로 몬스터들을 상대하시면 인명 피해를 최소한으로 줄일 수 있을 겁니다."

"싸일렉스 후작 각하께서 저희 투르카스탄 왕국에 베풀어주신 호의에 진심으로 감사를 드립니다. 이런 사실을 반드시 여왕 폐하께 보고를 드려 트레디날 제국에 후작 각하의 선행을 알리도록 하겠습니다."

"저 역시 필립 폐하께 보고드려 후작 각하께서 저희 크로아 제국을 형제의 나라로 여기고 있음을 확실하게 전해드리겠습니다."

두 사람의 말에 데미안은 그럴 필요 없다고 하고 싶었지만 애써 못 들은 척했다. 이제 남은 일은 트레디날 제국으로 떠나는 일

뿐이었다.

크로아 제국 진영에 소속된 마법사에게 크로아 제국의 정밀 지도를 구할 수 있는지 물었다. 하지만 겨우 4싸이클의 마법사에 불과한 그로서는 거의 불가능한 일이었다. 대신 이곳에서 3일 거리가 되는 곳에 마법사 길드가 있다는 정보를 얻을 수 있었다.

다이슨 윌포드의 소개장을 받아 든 일행들은 다시 마법사 길드를 향해 말을 달렸다.

마법사 길드에 들른 일행들은 그들이 원했던 워프 용 지도를 구할 수 있었고, 데미안과 차이렌이 번갈아 이동용 마법진을 만들어 비교적 빠르게 크로아 제국을 통과할 수 있었다.

중거리용 마법진을 십여 번 사용해 일행은 4일 만에 크로아 제국의 동쪽 국경에 도착할 수 있었다.

그동안에도 일행들은 짬짬이 정보를 수집했다. 투르카스탄 왕국에 비해 산이 많았기 때문인지 크로아 제국 내에서 몬스터들 때문에 피해를 입은 도시는 상당수에 달했다. 그리고 대부분 병사들이 감당하기 힘들 정도로 조직적으로 공격을 해 완전히 멸망한 도시도 적지 않았다.

그런 이야기를 들을 때마다 데미안의 마음은 더욱 불안해져 갔다.

비록 싸일렉스 영지가 자렌토의 지속적인 몬스터 사냥으로 다른 영지에 비해 몬스터의 수가 상당히 적다고는 하지만 전혀 없는 것이 아니기에 불안한 마음을 감출 수 없었던 것이다. 그리고 또 한 가지 수집한 정보에 의하면 도저히 믿을 수 없었지만 자신들이 뮤란 대륙으로 다시 돌아온 사이 10년의 세월이 지났다는 것이다. 처음 그 이야기를 들었을 때만 하더라도 무슨 오해가 있을 것이라는 생각을 했지만 더 이상 부정만 할 수도 없는 일이었다.

데미안 일행이 조금은 다급한 심정으로 말을 몰아 도착한 곳은 국경이었다. 양국 간에 맺은 협정 탓인지는 모르지만 양국을 잇는 길은 상당한 넓이를 가지고 있었고, 양편에 설치되어 있는 초소에도 겨우 두세 명의 병사들만이 한가롭게 서 있을 뿐이었다.

병사들은 하품을 하며 오가는 여행객들과 상인들을 바라보고 있었다. 그러던 병사들의 눈빛이 돌변한 것은 데미안 일행을 발견하고부터였다.

천천히 일행들의 앞을 가로막은 병사들은 일행들에게 가볍게 고개를 숙이고는 입을 열었다.

"저희는 트레디날 제국의 국경을 지키고 있는 병사들입니다. 실례지만 여러분들은 무슨 이유로 트레디날 제국을 찾아오셨는지요?"

"본인은 트레디날 제국의 후작인 데미안 싸일렉스다."

"데미안 싸일렉스 후작?"

데미안의 말에 잠시 서로의 얼굴을 바라보던 병사들은 당장 창을 들어 데미안을 향해 겨누었다.

"감히 트레디날 제국의 영웅이신 싸일렉스 후작 각하를 사칭하다니… 당장 말에서 내려라! 그대들을 체포한다!"

조금 나이가 들어 보이는 병사의 말에 옆에서 창을 겨누고 있던 다른 두 병사들도 고개를 끄덕이고는 분노한 표정을 감추지 못했다.

병사의 말에 데미안은 난감함을 느끼지 않을 수 없었다. 천천히 말에서 내린 데미안은 장년의 병사에게 물었다.

"그대는 데미안 싸일렉스 후작에 대해 잘 아는가?"

"물론이다. 그분은 우리 트레디날 제국을 악적 루벤트의 손아귀에서 구하신 제국의 영웅이시다."

"오해한 것 같은데, 내 말은 그가 어떻게 생겼는지 잘 아느냐 질문이었다."

데미안의 질문에 장년의 병사는 약간 생각을 하더니 곧 대답을 했다.

"이글거리는 불꽃 같은 붉은 머리, 여인도 부끄러워할 미모, 6싸이클의 마법, 그리고 소드 마스터에 이르는 검술 실력을 가진 분이시다."

데미안은 장년의 병사가 외치듯 말하는 내용을 듣고는 자신도 모르게 실소를 지었다. 너무나 과장되어 있어 얼굴이 다 화끈거릴 정도였다. 하지만 장년의 병사는 데미안이 자신이 존경해 마지않는 데미안 싸일렉스 경(?)을 비웃는다고 판단하고는 창을 겨눈 손에 힘을 주었다.

"닉! 어서 본진에 연락해라. 싸일렉스 후작을 사칭하는 자가 나타났다고 해라."

뒤에 서 있던 젊은 병사 하나가 그 말을 듣고는 지체없이 초소로 달려갔다. 그리고 10분노 채 지나기 전 일단의 기마병들이 모습을 드러냈다.

국경을 오가던 여행객들이나 상인들은 황급히 길옆으로 이동하면서 호기심 가득한 눈으로 사태를 지켜보았다.

풀 플레이트 메일을 걸친 기마병들은 머리에 헤드피스까지 쓰고 있어 용모를 전혀 확인할 수 없었다. 또 그들의 전신에서 풍겨지는 분위기로 보아 상당한 전투를 경험해 본 기병들처럼 보였다.

질서 정연하게 도열해 있던 기병들 가운데 병사 한 명이 앞으로 말을 몰았다.

"저들이 싸일렉스 후작 각하를 사칭했다는 자들인가?"

"그렇습니다, 대장님."

고개를 돌린 기병은 헤드피스의 바이저(Visor: 투구의 전면에 위치한 두 개의 가리개 가운데 위 가리개)를 들어 올려 일행들을 노려보았다. 그러던 기병의 표정이 이상하게 변했다. 데미안의 표정 역시 이상하게 변했다.

"그대는?"

"저, 정말 싸일렉스 후작 각하십니까?"

"문슬로 테이스 자작?"

데미안의 말을 들은 문슬로는 허둥지둥 말에서 내렸다. 그가 움직일 때마다 플레이트 메일에서는 날카로운 금속음이 울렸다. 지면에 한쪽 무릎을 꿇은 문슬로는 고개를 숙여 데미안을 향해 인사를 했다.

"싸일렉스 후작 각하께 인사 올립니다."

"어서 일어서시오, 테이스 자작."

데미안이 문슬로를 일으켜 주자 이번엔 말 위에 있던 기병들이 왼쪽 브레스트 플레이트에 강철 건틀릿을 낀 손을 대고 힘차게 인사를 했다.

"후작 각하께 인사드립니다."

데미안이 고개를 끄덕이는 모습을 보고서야 기병들은 손을 내렸다.

"후작 각하, 어떻게 되신 겁니까? 그때 전쟁이 끝난 직후 어디론가 떠나셨다는 말을 듣긴 했지만 설마 여기서 뵙게 될 줄은 생각도 못했습니다."

"나도 테이스 자작을 여기서 보게 될 줄은 몰랐소. 아까 저 병사가 자작을 대장님이라고 부르던데 그대가 이곳의 경비를 맡고 있소?"

"그렇습니다. 과분하신 폐하의 은총으로 제가 국경수비대의 대장을 맡고 있습니다. 참, 여기서 이럴 것이 아니라 제가 머무는 곳으로 가시지요. 제가 모시겠습니다."

테이스가 중무장에도 불구하고 가볍게 말에 오르는 것을 본 데미안은 그가 제국 전쟁을 치를 때에 비교해 상당히 실력이 늘었다는 것을 쉽게 짐작할 수 있었다.

데미안 일행은 국경에서 약 2킬로미터쯤 떨어진 곳에 위치한 아담한 크기의 성 하나를 발견할 수 있었다.

그리 크지는 않지만 단단한 외벽이나 외벽을 따라 깊게 파여 있는 해자, 그리고 높이 지어진 망루를 보면 그 성을 공략하기가 쉽지 않을 것 같았다. 일행들이 성으로 다가가자 망루에 있던 병사 하나가 큰 소리로 외쳤다.

"백작님께서 돌아오셨다! 어서 성문을 열어라!"

기기기끽―

귓전을 자극하는 소리와 함께 해자 위로 성문이 내려왔고, 일행들이 건넌 후 성문은 곧바로 다시 올라갔다.

말에서 내리던 데미안은 잘 정비된 성의 모습에 고개를 끄덕였다. 하지만 무슨 일이 있는지 오가는 병사들이 대부분 중무장한 모습이었고, 곳곳에서 병사들이 훈련을 하고 있는 모습이 보였다.

유심히 그 모습을 본 데미안은 곧 문슬로의 뒤를 따라 내성으로 걸음을 옮겼다.

응접실에 도착한 일행은 편안한 자세로 쉴 수 있었다. 곧 이어 하녀가 내온 차를 마시고 있던 일행들은 편안한 옷으로 갈아입은 문슬로가 걸어오는 것을 발견했다.

문슬로가 쉽사리 자리에 앉지 못하자 데미안이 그에게 앉으라고 손짓을 하고는 곧 자신이 궁금하게 생각하고 있던 것을 질문했다.

"테이스 자작, 아니, 백작, 언제 백작에 봉해진 것이오?"

"3년 정도 되었습니다. 황제 폐하의 은총으로 이곳의 국경수비대의 대장으로 임명되면서 백작의 작위를 받았습니다."

"정말 축하하오, 테이스 백작."

"감사합니다, 싸일렉스 후작 각하."

어색함과 기쁨이 섞인 문슬로의 얼굴을 바라보던 데미안은 조금 전 자신이 보았던 모습에 대해 질문했다.

"이미 전쟁이 끝난 지 상당한 시일이 지났는데 어째서 병사들이 중무장을 하고 있는 것이오?"

자신의 말에 문슬로의 표정이 이상하게 변하는 것을 보고는 곧 부연 설명을 했다.

"실은 황제 폐하의 명을 받아 비밀리에 작전을 수행하고 오는 길이기 때문에 나라 안의 사정에 어둡소."

그 말을 들은 문슬로는 곧 고개를 끄덕였다.

"그러셨군요. 실은 전쟁이 끝나고 5, 6년 동안은 꽤나 평화스러운 나날을 보낼 수 있었습니다. 매년 풍년이 들어 막대한 곡식이 창고에 쌓였고, 전쟁으로 인한 시름이 씻겨갈 때쯤 이상한 일이 발생했습니다."

"혹시 몬스터들이 인간들을 습격한 것은 아니오?"

"맞습니다. 한데 후작 각하께서는 그 일을 어떻게 알고 계시는 겁니까?"

"얼마 전 지나온 투르카스탄 왕국과 크로아 제국에서 그런 일이 발생했다기에 짐작해 본 것에 불과하오."

"후작 각하의 짐작이 맞습니다. 처음에는 수십 마리씩 몰려다니던 몬스터들이 지금은 수백 수천 마리씩 몰려다니며 마을과 도시를 마구 습격하고 있습니다. 이미 작은 마을은 거의 폐쇄된 상황입니다."

"그렇다면 피해가 상당했었을 텐데……"

"처음 피해가 제대로 파악이 되지 않아 사소한 것으로 치부했다가 더욱 많은 피해를 입었습니다."

"흐음……"

문슬로의 설명에 데미안은 자신도 모르게 침음성을 토했다.

그렇기는 다른 일행들도 마찬가지였다. 투르카스탄 왕국에서의 모습을 잊을 수 없었던 것이다.

천여 마리의 몬스터들이 조직적으로 아르파이넨 캐슬을 공격하던 모습이 뇌리에 새겨져 지워지지 않았다. 그때는 천여 마리의 오크와 수십 마리의 오거와 트롤이 전부였기에 어렵지 않게 그들을 상대할 수 있었다. 하지만 만약 화이트 드래곤 카이시아네스의 레어를 찾아갔을 때 자신들이 만났던 그런 몬스터들이 나타난다면 그때 입을 피해는 짐작도 되지 않았다.

지금 데미안의 뇌리를 지배하고 있는 생각은 자신의 집이 있는 싸일렉스 지방에 대한 걱정이었다. 트레디날 제국의 동쪽과 남쪽 지역은 높고 깊은 산들이 많아 평소에도 몬스터들이 많이 발견되는 곳이었다.
　일단 싸일렉스로 돌아가기로 결심했다.
　"테이스 백작, 이곳에 마법사가 있는가?"
　"예, 잠시만 기다리십시오. 제가 불러다 드리겠습니다."
　테이스가 응접실을 나가고 얼마 되지 않아 30대 중반으로 보이는 청년이 로브를 걸친 채 응접실로 들어왔다.
　"잠깐, 넌 슈벨만의 동료인 마블레인 아냐?"
　"역시 절 기억하고 계시군요, 싸일렉스 후작 각하."
　상대가 빙그레 미소를 짓자 데미안은 곁에 서 있던 문슬로를 바라보았다.
　"마블레인의 말이 맞군요. 매직 칼리지 시절 후작 각하와 함께 마법을 배웠다고 하더니. 마블레인은 지금 저에게는 없어서는 안 될 소중한 동료입니다."
　"마블레인, 이곳 생활은 마음에 들어?"
　"예."
　"내가 부탁할 것이 있는데……."
　"말씀하십시오."
　"다름이 아니라 싸일렉스까지 워프를 할 수 있는 지도가 필요한데 구할 수 있겠어?"
　"후작 각하를 위해 제가 직접 보내드리겠습니다."
　말을 마친 마블레인은 응접실을 빠져나갔고, 일행들은 잠시 서로의 얼굴을 바라보다가 곧 자리에서 일어섰다. 데미안과 일행들이 밖으로 나갔을 때 이미 정원에는 상당히 커다란 마법진이 설치되어 있었다.
　짧은 시간 안에 완성한 것으로는 믿을 수 없을 만큼 정교한 이동 마법진이었다. 이 정도의 마법진을 설치할 실력이라면 4싸이클은 완벽하게 마스터한 실력이었다.

일행들이 마법진의 중앙에 선 것을 확인한 데미안은 문슬로에게 입을 열었다.

"테이스 백작, 응접실에 편지를 남겼으니 꼭 읽어보도록 하시오."

"알겠습니다, 후작 각하."

"후작 각하, 싸일렉스에 도착하면 슈에게 안부를 좀 전해주십시오. 워프!"

마블레인이 외치는 순간 일행들과 말들의 모습이 사람들의 시야에서 사라졌다.

일행들이 정신을 차렸을 때 그들은 싸일렉스 영지에서 그리 멀리 떨어지지 않은 곳에 도착해 있었다. 정신을 차린 일행들은 일제히 말 위에 올라 데미안의 집을 향해 말을 몰아갔다.

장거리 이동 마법진을 이용해 이동했기 때문에 아직 저녁이 되기까지는 상당한 시간이 남아 있었다. 말 달리기를 30분, 일행들은 저택의 입구에 도착했다. 하지만 예전에 보았던 분위기와는 뭔가 많이 다른 것을 느꼈다.

저택의 정문을 지키는 병사들의 모습이 보이지 않는 것은 물론 곳곳에 잡초가 자라고 있는 것을 발견한 데미안은 갑자기 가슴이 두근거리기 시작했다. 황급히 주위를 둘러보니 곳곳에 전투의 흔적이 남아 있었다.

불안함을 느낀 데미안은 저택 안을 향해 말을 몰았다.

저택으로 향하는 길 양편에 조림(造林)해 놓았던 숲이나 정갈하게 꾸며져 있던 정원은 거의 완벽하다고 할 정도로 파괴되어 있었다. 계속해서 보이는 모든 것이 파괴되어 있자 데미안은 더욱 조급함을 느꼈다.

잠시 후 데미안의 눈에 보인 저택은 처참하다고 할 정도였다. 곳곳에 화재의 흔적이 보였고, 허물어진 곳도 여러 곳이었다. 또 아담했던 화단은 흔적도 없이 사라졌다.

재빨리 말에서 내린 데미안은 저택 안으로 달려갔다.

현관 문이 떨어져 나간 실내에 멀쩡한 곳은 단 한 곳도 찾아볼 수 없었다. 게다가 바닥에 먼지가 자욱하게 쌓인 것을 보면 이미 이곳을 떠난 지 상당한 시일이 지난 것 같았다.

데미안이 멍하게 서 있을 때 뒤이어 도착한 일행들도 곧 실내로 들어왔다. 그들 역시 을씨년스러운 실내의 풍경에 할 말을 잃은 듯 그냥 그렇게 서 있었다.

침착한 얼굴로 주위를 둘러본 헥터가 입을 열었다.

"데미안님, 이미 오래전에 모두 피하신 것 같습니다."

"헥터, 피하다니 어디로 피했다는 거지?"

"데보라님, 여기서 조금 떨어진 곳에 히그리안이라고 하는 숲이 있습니다. 그리고 그곳에는 상당히 커다란 별성(別城)이 있습니다. 원래는 그곳이 싸일렉스 가문의 본성이었습니다만 영지의 주민들과 함께 어울리기를 좋아하셨던 싸일렉스 가문의 선조 중 한 분이 이곳에 저택을 지으신 겁니다."

"그러니까 헥터의 말은 싸일렉스 가문의 사람들과 영지에 사는 사람들이 그 별성으로 갔을 거란 말이야?"

"아마 그럴 것으로 추측됩니다, 데보라님."

헥터의 대답을 들은 데보라는 데미안의 어깨를 툭 하고 건드렸다.

"데미안, 뭐 해?"

"아, 아니야."

조금은 착잡한 얼굴로 대답하는 데미안의 모습에 데보라는 별 거 아니라는 듯 입을 열었다.

"걱정하지 마. 모두들 무사하실 테니까."

데보라의 말에 고개를 끄덕인 데미안은 다시 실내를 빠져나와 말 위에 올랐고, 히그리안 숲을 향해 말을 몰았다.

로빈의 허리를 잔뜩 힘을 주고 껴안고 있던 수국은 뭐가 어떻게 되는 것인지 정신을 차릴 수 없었다. 자신이 이 이상한 세계에서 믿고 신뢰할 수 있는 사람은 오직 로빈뿐이기에 어떤 일이 있어도 로빈의 곁에서 떠날 생각이 없었다. 하지만 이렇게 장시간 말을 타고 달리는 것만은 험한 일로 단련이 된 그녀로서도 정말 참기 힘든 일이었다.

태양이 서산에 걸릴 무렵 마침내 데미안 일행은 히그리안 숲을 통과해 별성에 도착할 수 있었다.

성문은 굳게 닫혀 있었고, 검붉은 돌로 쌓여진 성벽과 해자는 낙조(落照)를 받아 더욱 붉게 빛나고 있었다. 또 성벽의 중앙에 설치되어 있는 망루에는 싸일렉스 가문을 상징하는 흰 사자가 그려진 깃발이 걸려 있었다. 망루에는 세 명의 병사들이 사방을 경계하고 있었고, 성벽 위에도 서너 명의 병사들이 주위를 살피며 순찰을 하고 있었다.

그 모습을 보니 안심이 되기도 했지만 가족들이 안전한지 그것이 궁금해 잠시도 기다릴 수 없었다. 그때 순찰을 돌던 병사들이 데미안 일행을 발견했다.

"멈춰라! 그대들은 누구인가?"

"이분은 영지의 후계자이신 데미안 싸일렉스님이시다. 어서 책임자를 불러라."

한 발 앞서 외치는 헥터의 말에 경비병들은 깜짝 놀라며 황급히 어디론가로 달려갔다. 그리고 잠시 후 40대 후반의 날카로운 인상을 가진 사내와 병사들이 모습을 드러냈다.

헤어질 당시 싸일렉스 저택의 경비대장이었던 루안이 30대 후반이었으니 정말 10년이라는 세월이 지났다는 말이 사실인 것 같았다.

한편 데미안의 모습을 발견한 루안은 그야말로 혼이 빠져나간 듯 멍한 표정으로 데미안과 일행들을 바라보고 있었다. 그러다 문득 정신을 차리고는 부하들에게 신경질적으로 외쳤다.

"네 녀석은 뭘 하고 있는 것이냐, 어서 문을 열어드리지 않고! 저분이 바로 데미안 싸일렉스 후작님이란 말이다!"

루안이 외치는 소리를 들은 병사들은 소스라치게 놀라며 성문으로 달려갔다. 그리고 수레바퀴처럼 생긴 도르래를 이용해 성문을 내려 해자 위에 걸쳤다.

천천히 성문 쪽으로 다가간 데미안 일행은 자신들을 맞이하는 루안의 모습을 발견할 수 있었다.

"어서 오십시오, 데미안님."

"정말 오랫동안 기다렸습니다, 데미안님."

"보고 싶었습니다, 데미안님."

루안의 곁에서 함께 입을 연 사람은 매직 칼리지에서 함께 공부를 했던 슈벨만과 파이야였다. 뮤란 대륙을 떠나기 전에 비슷한 나이였던 그들도 지금은 30대 중반으로 보이는 장년의 아저씨(?)

로 변해 있었다.

말에서 내려 그들의 손을 잡아준 데미안은 무슨 말을 먼저 꺼내야 좋을지 몰랐다.

"잘 있었어?"

비록 짧은 말이지만 여러 가지 의미가 함축된 말이었다. 그리고 그들은 그것이 무슨 뜻인지 충분히 짐작할 수 있었다. 하지만 그들은 데미안들이 떠나기 전과 전혀 달라진 점이 없다는 것을 깨닫고는 놀라움을 감추지 못했다. 그들이 자신들의 의문을 묻기도 전에 데미안이 먼저 입을 열었다.

"어머님과 아버님은? 다른 사람들은? 모두 무사한 거야?"

데미안의 말에 루안은 자신의 이마를 치며 곧 대답했다.

"모두 무사하십니다. 어서 안으로 드시지요."

루안이 부하가 끌고 온 말 위에 오르자 데미안도 곧 말을 타고 그의 뒤를 따랐다.

히그리안 숲에서 이름 따 히그리안 성이라고 불리는 이 별성은 상당한 규모를 가지고 있는 성이었다.

원래는 군사적인 성격이 강한 성이었기에 기본적인 것은 거의 완벽하게 준비되어 있었다. 군량미로 비축해 놓은 식량도 상당히 되었고, 식수로 사용할 수 있는 우물도 6개나 되었다. 거의 2만 명이 생활할 수 있는 시설이 꾸며져 있는 작은 도시라고 볼 수 있었다.

싸일렉스 가문에서 다스리는 영지가 트레디날 제국에서도 몇 손가락 안에 꼽히는 곳이라고는 하지만 실제 인구는 얼마 되지 않았다.

길을 오가던 사람들은 데미안과 일행들의 모습을 발견하고는 경계심이 가득한 눈으로 바라보았다. 하지만 이 히그리안 성의 경비대장인 루안이 일행들을 마치 안내하기라도 하듯 앞장서서 말을 모는 모습을 보고는 고개를 갸웃거렸다.

말을 몬 지 10분 정도 지나자 일행들은 내성에 도착할 수 있었다.

루안의 모습을 발견한 병사들은 곧 내성의 성문을 열었고, 일행들은 연신 주위를 살피며 내성에 들어섰다. 루안이 말에서 내리자 일행들도 따라 말에서 내렸다. 근처에 있던 하인들에게 말을 맡긴 일행들은 마법 등이 켜진 긴 복도를 걸어 어느 방 앞에 도착했다.

"자렌토님, 루안입니다."

"무슨 일인가? 어서 들어오게."

몇 달 만에(?) 듣는 자렌토의 음성이었다. 그의 음성을 듣는 순간 데미안은 마치 사랑하는 사람의 음성을 들은 연인처럼 가슴이 떨리는 것을 느꼈다.

조용히 방문이 열리고 루안이 먼저 안으로 들어섰다. 그리고 데미안이 그 뒤를 따라 들어갔다.

책상에서 뭔가를 쓰고 있던 자렌토는 아직 고개를 들지 않은 상태였고, 곁에 있던 소파에는 어린 아가씨와 차를 마시며 이야기를 나누고 있는 마리안느의 모습이 보였다.

그들의 모습을 보는 순간 코끝이 찡해지며 눈에 습막(濕膜)이 어리는 것을 느끼는 데미안이었다.

루안이 들어와서도 아무런 말을 하지 않자 이상함을 느낀 자렌토는 고개를 들었고, 그 순간 자렌토는 얼어붙은 듯 꼼짝도 하지 못했다.

남편의 태도가 평상시와 다른 것을 느낀 것일까? 마리안느의 시선도 자연스럽게 문 쪽으로 향했고, 그녀 역시 굳어버린 듯 우두커니 데미안의 얼굴만 바라보고 있었다.
쨍그랑!
마리안느의 손에 들려 있던 컵이 그녀의 손에서 빠져나가 테이블에 부딪치며 날카로운 소리를 내며 깨졌다. 마치 그것이 신호라도 된 듯 자렌토와 마리안느는 자리에서 일어났다.
"데미안!"
"데미안―!"
눈 깜짝할 사이 데미안 곁으로 다가온 두 사람은 거의 동시에 데미안을 껴안았다. 마리안느는 거의 실성한 사람처럼 데미안의 얼굴을 쓰다듬고 키스하며 눈물을 흘렸다.
자렌토의 눈에도 습막이 어렸고, 마법 등의 불빛을 받아 반짝이고 있었다.
한동안 데미안을 어루만지던 두 사람은 그제야 방 안에 데미안의 일행들이 들어와 있는 것을 발견했다. 곧 데미안에게서 떨어진 두 사람은 일행들을 향해 입을 열었다.
"잘 오셨습니다."
"여러분들을 진심으로 환영해요."

제28장
새로운 만남

두 사람의 환대를 받으며 일행이 자리에 앉자 맞은편에 앉아 있는 15, 6세쯤으로 보이는 소녀가 입을 열었다.
"엄마, 아빠, 네로브는 아는 척도 안 할 거예요?"
소녀의 말에 데미안과 데보라는 눈이 휘둥그레졌다.
"네, 네가 네로브라고?"
"정말 네로브 맞아?"
당황한 두 사람의 말에 소녀는 뾰로통한 표정을 지었다.
"그럼 엄마하고 아빠는 네로브의 얼굴을 잊어버렸단 말이야? 어떻게 그럴 수가 있지?"
단단히 심통이 난 음성이었다. 그런 네로브의 모습에 데미안과 데보라는 당황해 어쩔 줄 몰라 했다.
"아, 아니. 우리가 널 잊을 리 있겠니?"
"맞아, 우리는 널 잠시도 잊은 적이 없어. 네로브, 우리 말을 정말 못 믿어?"

 허둥대는 두 사람의 모습을 잠시 쳐다보던 네로브는 곧 웃음을 터뜨렸다.

 "깔깔깔. 내가 엄마하고 아빠의 말을 못 믿으면 누구의 말을 믿겠어? 네로브는 정말 아빠하고 엄마가 보고 싶었어."

 그 말을 하는 네로브의 커다란 눈에는 벌써 글썽글썽하게 가득 눈물이 고여 있었다. 그 모습을 발견한 데미안과 데보라는 누가 먼저라고 할 것도 없이 네로브를 껴안았다.

 잠시 네로브를 안고 있던 데미안은 곧 네로브를 풀어주고 그녀를 바라보았다.

 아직 네로브의 모습에서 어린 시절의 모습이 간간이 보였다. 하지만 누가 보아도 아름다운 소녀라는 점에는 이의를 달 수 없었다.

 특이하게 붉은 보라색을 띤 머리카락을 제외하고도 연한 보라색을 띤 커다란 눈망울이나 오똑한 콧날, 앙증맞은 입술, 갸름하고 하얀 얼굴을 보아 그녀가 몇 년 안에 절세미녀로 불리게 될 것이 분명해 보였다.

 그런 데미안의 눈길을 발견한 네로브는 씽긋 웃고는 혀를 날름 내밀었다. 그 모습을 보니 아직도 네로브의 어린 시절 모습이 남아 있음을 다시 한 번 느낄 수 있었다.

 네로브 곁에 앉아 그녀의 머리를 쓰다듬어 주는 데미안의 모습을 흐뭇한 미소를 지으며 바라보던 자렌토가 입을 열었다.

 "데미안, 너에게 묻고 싶은 것이 있는데… 괜찮겠니?"

 "예."

 "먼저 네가 떠난 후의 일에 대해 듣고 싶구나."

데미안은 자신이 후작의 작위를 받고 난 후 발생한 일에 대해 간략하게 설명을 했다. 듣고 있던 자렌토나 마리안느, 슈벨만과 파이야는 놀라움을 감추지 못했다.

전설로만 전해지는 이스턴 대륙에 갔다는 것만 해도 보통 일이 아닌데 괴물들과 싸웠다는 말을 들었을 땐 자신들도 모르게 손을 땀이 나도록 쥐고 데미안의 말에 귀를 기울였다.

특히 마리안느는 데미안이 거대한 바다 오징어와 싸우다가 쓰러졌다는 말을 듣자 자신도 모르게 곁에 있던 자렌토의 손을 잡으며 어쩔 줄 몰라 했다.

이상한 이름을 가진 사람들과 낯선 생활 방식, 인간들을 습격하는 괴상한 모양의 괴물들, 그리고 고통받는 인간들.

데미안의 이야기를 듣고 있던 사람들은 자신들의 상상력으로는 도저히 그 모습을 정확하게 그릴 수 없음을 자인해야만 했다. 하지만 무엇보다 듣는 사람을 긴장시킨 것은 데미안 일행이 들어보지도 못한 괴물들과 싸웠던 상황과 지상에 강림한 마신 지하르트에 대한 이야기였다.

그 말에 다른 사람들이 깜짝 놀란 표정을 지은 반면 유일하게 네로브만이 데미안의 품에 안겨 좀 전 같은 표정으로 앉아 있었다. 그녀의 표정을 유심하게 살피니 이미 그런 사실을 알고 있었던 것인지, 아니면 아예 관심이 없는 것인지 알 도리가 없었다.

하지만 이미 그녀가 어린 시절 보여주었던 놀라운 능력을 생각해 보면 당연히 알고 있는 것일지도 모른다는 생각이 들었다. 게다가 깊이를 더한 그녀의 눈빛은 어쩌면 그 능력이 그때보다 더욱 강해진 것이 아닌가 하는 생각마저 들었다.

결국 데미안 일행이 멸신교의 교주인 무한존자를 제거하고 뮤란 대륙으로 이동해 투르카스탄 왕국에 도착했었다는 말을 듣고서야 마리안느는 안도의 한숨을 쉴 수 있었다. 하지만 곧 이어 몬스터들과 싸웠다는 말을 듣고는 다시 긴장해야만 했다.

곁에서 아내와 같이 긴장하고 있던 자렌토는 마리안느와는 조금 다른 시각으로 데미안의 이야기를 듣고 있었다.

자신의 검술 실력을 인정받아 후작의 작위를 받은 자렌토였기에 지금 데미안 일행의 실력을 누구보다 정확하게 알고 있었다. 사제인 로빈이나 마법사인 뮤렐, 그리고 호인족인 레오를 제외하면 남는 사람은 셋.

과거 전쟁 직전만 해도 자신과 비슷하던 데미안의 검술 실력이 전쟁이 끝난 후에는 자신보다 좀 더 강해진 것을 알고 있었다.

비록 10년이라는 세월이 지났다고는 하지만 지금 자신이 데미안에게서 느끼는 기운은 오직 에이라 폰 샤드에게서만 느꼈던 위압감과 똑같은 것이다. 하지만 당시 에이라의 나이는 60이 넘었을 때였다.

만약 데미안이 지금과 같은 속도로 검술 실력이 늘어난다면 단 한 번도 나타난 적이 없었던 소드 그렌저의 경지에 이르는 것도 전혀 불가능한 것만은 아닐 것 같았다.

그런 데미안이나 상당한 실력을 가진 나머지 일행들이 곤란을 겪었다는 것은 상대의 실력이나 능력이 그만큼 뛰어나다는 것을 뜻한다는 것을 모를 자렌토가 아니었다. 게다가 상대가 마신의 지배를 받는 존재라면 검술 실력이 아무리 뛰어나도 소용이 없지 않은가?

아직까지 데미안이 말한 존재가 나타났다는 말을 들은 적은 없지만 마신이 등장했다면 곧 마신의 지배를 받는 존재가 세상에 나올 것은 뻔한 일이었다.

"그러니까 네 말대로라면 마신에게 영혼을 팔아버린 자들과 엄청난 능력을 가진 괴상한 존재가 곧 세상에 등장할 것이란 말이냐?"

"예. 제가 뮤란 대륙에 도착해 수집한 정보로 판단해 보면 이상한 일이 생기기 시작한 것이 2, 3년 사이인 것 같았습니다. 이스턴 대륙의 경우를 보면 대충 3, 4년이 지났을 때부터 괴물들이 등장했습니다. 그렇게 따지고 보면 진정한 뮤란 대륙의 위기는 지금부터라 할 수 있습니다."

데미안의 말에 자렌토는 가슴이 답답해져 오는 것을 느꼈다. 겨우(?) 몬스터의 공격을 받는 지금만 하더라도 어지간한 마을은 폐쇄를 해야만 할 정도였다. 그런데 지금 상황에서 데미안이 말한 그런 엄청난 괴물들이 등장을 한다면 이건 국가의 존망이 걸린 문제가 아닐 수 없었다.

데미안에게 묻고 싶은 것이 하나둘이 아니었지만 일단 그들에게 휴식이 필요하다고 판단한 자렌토는 하녀에게 저녁 식사를 준비하도록 지시했다.

데미안이 뭔가를 곰곰이 생각하고 있을 때 마리안느는 그와 그의 곁에 앉아 있는 데보리에게 빙그레 미소를 지었다.

"뭘 그렇게 생각하니?"

"제니 누나는 어디 있죠? 참! 시간이 많이 지났으니 결혼을 했겠군요."

"그래, 제레니는 제국 전쟁이 끝난 다음 해에 결혼을 했단다. 그리고 다음 해에 아들을 낳았고, 또 그 다음 해에 귀여운 딸을 낳았지. 정말 사랑스런 아이들이란다."

아이들의 모습이 생각나는지 마리안느의 얼굴에는 푸근하게 느껴지는 미소가 걸렸다.
"누구와 결혼을 했죠? 그리고 어디에서 살고 있습니까?"
"귀한 가문의 차남과 결혼을 해 지금은 페인야드에서 살고 있단다."
마리안느의 대답에 이어 하녀가 식사 준비가 되었음을 알렸다. 식당으로 이동한 일행들은 간만에 푸짐한 저녁 식사를 할 수 있었고, 곧 자신들에게 배당이 된 방으로 가 실로 오랜만에 푹신한 침대에 누워 편안한 숙면을 취할 수 있었다.

다음날 데미안은 눈을 떴을 때 누군가가 자신을 바라보고 있다는 것을 느꼈다. 고개를 돌리고 보니 네로브였다.
"어어, 네로브? 벌써 일어났어?"
"피이, 아빠. 벌써 점심때가 다 되었다고요."
입술을 삐죽거리는 네로브의 모습에 데미안은 고개를 돌려 창쪽을 바라보았다. 그녀의 말처럼 점심때가 다 된 것은 아니지만 아침 식사 시간이 지난 것만은 사실이었다.
침대에서 일어나 가볍게 기지개를 켜는 데미안을 향해 네로브가 몸을 날렸다.
"어이쿠, 이 녀석. 이제 보니 시집갈 나이가 다 되었구나."
"어머! 아빠 지금 무슨 말씀을 하시는 거예요. 꼭 늙은 할아버지 같아."
가볍게 몇 번 그녀의 머리를 쓰다듬어 준 데미안은 침대에서 일어나 옷을 입었다. 그리고 침대에 앉아 있는 네로브에게 물었다.
"다른 사람들은 모두 일어났니?"

"그럼요. 벌써 일어나서 아침 식사를 하고 주위를 둘러본다고 나가셨어요."

"그래? 그럼 엄마는?"

너무나 자연스럽게 데보라를 엄마라고 지칭한 데미안은 속으로 찔끔하면서도 애써 태연한 얼굴을 하고 있었다.

"엄마는 지금 할머니하고 차를 들고 계세요."

고개를 끄덕이던 데미안은 네로브를 향해 팔을 내밀었다.

"그럼 레이디, 함께 나갈까요?"

"호호호, 후작 각하의 말씀이시라면."

네로브는 양손으로 드레스를 잡고 살짝 무릎을 구부리며 데미안의 말에 미소를 지었다. 그런 네로브의 모습에서는 귀족가의 영양(令孃)다운 기품과 예절이 배어 있었다.

2층에서 내려오는 데미안과 네로브를 발견한 하인과 하녀들은 너무나 잘 어울리는 두 사람의 환상 같은 자태에 인사를 하면서도 몽롱한 눈빛을 감추지 못했다.

응접실에 도착하고 보니 자렌토와 마리안느, 그리고 데보라와 레오가 앉아 있었다.

평상시 잠시도 가만히 있지 못하는 레오가 다소곳한 모습으로 앉아 있는 모습은 오랜 시간을 같이 보냈던 데미안으로서도 처음 보는 광경이었다. 하지만 조금은 불편한 듯 레오는 계속해서 몸을 꼼지락거리고 있었다.

"어, 데미안? 어서 와."

데미안의 모습을 발견한 데보라는 자신도 모르게 말을 꺼냈다가 황급히 입을 닫고는 조심스럽게 마리안느의 안색을 살폈다. 하지만 마리안느는 그저 미소를 짓고 있을 뿐이었다.

"저어, 이런 것은 귀족가의 예법에 어긋나는 행동이겠죠?"

"후후후, 괜찮아요. 지금까지 이런 생활을 하지 않은 사람이 갑자기 될 리 있겠어요? 시간이 해결해 줄 것이니 조급하게 생각할 필요 없어요."

"무슨 이야기를 나누고 계셨어요?"

"데보라 양이 이스턴 대륙에서 경험했던 사건들을 이야기해 줘서 그것을 듣고 있었다. 어제 너에게서 들었던 이야기보다 훨씬 재미있더구나."

자렌토의 말에 잠시 머리를 긁적이던 데미안은 문득 생각난 것이 있어 그에게 질문했다.

"참! 아버지, 어제 전에 살던 저택에 들러 살펴보니 곳곳에 전투의 흔적이 남아 있던데, 혹시 몬스터들의 공격을 받았기 때문에 이곳에 옮긴 것은 아닙니까?"

"아니다. 너도 알다시피 네로브는 아레네스께서 관심을 보이신 아이가 아니냐. 몇 해 전 어느 날 네로브가 갑자기 이곳 히그리안 성으로 이사를 해야 한다고 하더구나. 내가 그 이유를 물으니 아레네스께서 몬스터들이 곧 싸일렉스를 공격할 것이라 알려주셨다고 말하는 것이 아니겠니? 해서 서둘러 추수를 마치고 인근 지역의 모든 주민을 이곳으로 불러들였지. 그리고 며칠이 지나지 않아 엄청난 수의 몬스터들이 싸일렉스로 몰려왔단다. 정말 내 평생 그렇게 많은 몬스터들은 본 적이 없었다."

자렌토의 말에 마리안느는 그날의 기억이 떠오르는지 가볍게 몸을 떨었다.

"다행히 평상시에도 식량을 보관하는 장소로 이용했던 곳이기에 많은 주민들이 성에 모여들었지만 굶주리지 않고 지낼 수 있었단다. 그 후에도 네로브가 여러 번 몬스터들의 공격 시기를 알려주어 큰 피해 없이 지낼 수 있었단다."

"그럼 다른 곳의 피해 상황은 잘 모르시겠군요."

"아니란다. 우리는 루벤트 제국과의 전쟁 때 사용했었던 마법통신을 이용해 비교적 먼 거리에 떨어져 있는 곳에서 일어나는 일도 상세히 알고 있단다."

대답을 하는 자렌토의 얼굴이 조금 어두워졌다.

"특히 평야 지대가 별로 없는 남부와 남동부 지역에는 상당한 피해를 입었다는구나."

"그럼 몬스터들에 대한 대책은 있는 겁니까?"

"대책이라……. 솔직하게 말하자면 아직까진 특별한 대책이 없단다. 평원 지대라면 기마대나 골리앗으로 상대를 하겠지만 몬스터들은 교활하게도 주로 산간 지역에서만 출몰을 하니 그들을 상대할 방법이 없지 않겠니? 황제 폐하께서도 많은 걱정을 하고 계시지만 아직까지는 별다른 방법이 없단다."

자렌토의 설명에 데미안이 고개를 끄덕이고 있을 때였다.

다다다—

누군가 복도를 달려오는 소리가 들렸다.

사람들의 시선이 응접실로 들어오는 입구로 향했을 때 조금은 상기된 표정으로 루안이 들어왔다.

"자렌토님, 급히 보고드릴 것이 있습니다."

"보고?"

"그렇습니다. 지금 성 밖에 약 천여 명으로 보이는 엘프들이 몰려들어 자렌토님을 뵙기를 청하고 있습니다."

"엘프들이? 무슨 이유로 날 만나자고 하는지 아는가?"

"자렌토님을 뵙고 직접 용건을 밝히겠다는 말 외엔 한마디도 하지 않고 있습니다."

"알았네. 곧 나가지."

자렌토가 일어나는 모습을 보고 데미안도 따라 일어섰다. 그리고 따분함에 온몸을 비비 꼬고 있던 레오도 벌떡 자리에서 일어났다.

"나도 갈래."

"저도 갈래요, 아빠."

초롱초롱한 눈망울로 자신을 바라보는 네로브의 눈길에 어쩔 수 없이 데미안은 고개를 끄덕였다.

잠시 후 성벽 위에 오른 자렌토는 성문 앞에 모여 있는 무리에게로 눈길을 주었다. 한눈에 보아도 엘프의 무리임을 알 수 있었다.

짙은 녹색의 옷이나 조금은 엷어 보이는 녹색의 긴 머리를 늘어뜨린 모습을 보니 과거 동료로 함께 지냈던 카프가 생각났다. 무리의 앞쪽에 선 늙은 엘프의 모습이 보였다.

루안에게 경비를 철저히 하도록 지시를 내린 자렌토는 성문을 열도록 명령했다.

잠시 후 해자 위에 걸쳐진 도개교로 엘프의 무리 가운데 일부가 건너왔다. 가장 앞쪽에 서 있는 늙은 엘프의 걸음이 느렸기 때문일까? 기다리고 있던 자렌토 앞에 도착한 것은 도개교가 내려지고 한참이 지난 후였다.

"난 이 히그리안 성을 책임지고 있는 자렌토 싸일렉스입니다. 무슨 일로 찾아오셨는지요?"

"우리는 싸일렉스에서 상당히 떨어져 있는 쿠와이레 산맥에서 살고 있는 엘프들입니다. 자렌토님께 부탁이 있어 이렇게 찾아왔습니다."

늙은 엘프의 말에 곁에 서 있던 젊은 엘프들은 자존심이 상한 듯 인상을 잔뜩 찌푸리고 있었다. 물론 그런 엘프들의 모습을 자렌토가 발견하지 못한 것은 아니지만 그보다는 늙은 엘프가 말한 부탁이라는 것이 더욱 궁금했다.

"여기서 이럴 것이 아니라 안으로 들어가서 이야기하도록 하는 것이 어떻겠습니까?"

"저희는 불청객의 신분이니 자렌토님의 말씀을 따르도록 하겠습니다."

늙은 엘프의 말에 다시 젊은 엘프들의 얼굴에 노골적인 불만이 떠올랐다. 하지만 늙은 엘프가 자렌토를 따라서 걸음을 옮기자 젊은 엘프들 가운데 셋이 황급히 따라갔다.

그들이 향한 곳은 내성이 아니라 근처에 있던 술집이었다. 눈치 빠른 주인은 재빨리 아침부터 모여 있던 술꾼들을 쫓아버리고 테이블을 정리했다.

자렌토가 자리를 잡자 맞은편에 늙은 엘프가 앉았다. 그리고 자렌토의 뒤에는 데미안과 네로브, 그리고 레오가 둘러섰고, 늙은 엘프의 뒤에는 젊은 엘프들이 팔짱을 낀 채 조금은 기민한 눈길로 자렌토와 데미안들을 바라보았다.

술집 주인에게 차를 내오도록 지시한 자렌토는 늙은 엘프를 바라보았다.

세월의 흐름을 느낄 수 있는 주름이 여러 곳에 깊이 패여 있는 늙은 엘프의 얼굴을 보니 그의 나이가 적지 않음을 쉽게 짐작할 수 있었다. 하지만 인간을 멀리하는 엘프들이, 그것도 무리를 지어 찾아왔다는 것은 좀처럼 보기 힘든 일인 것만은 사실이었다.

"저는 쿠와이레 산맥에 있는 엘프들의 마을에서 촌장을 맡고 있던 나이트로인이라는 늙은이입니다. 저희가 이렇게 이곳을 찾아온 이유는 저희가 마을을 떠나야 할 상황이 닥쳤기에 이곳에서 잠시 지낼 수 있는지 그것을 여쭤보기 위해서입니다."

늙은 엘프 나이트로인의 말에 자렌토는 그들이 살던 마을을 떠나야 할 상황을 그려보았다. 그가 판단하기에 원인은 한 가지밖에 없었다.

"혹시 몬스터들의 공격을 받았기 때문이 아닙니까?"

"그렇습니다."

자렌토의 질문에 나이트로인의 뒤에 서 있던 젊은 엘프들의 얼굴에 순간적으로 분노와 함께 수치스러워하는 빛이 흘렀다.

비록 엘프들이 조화와 평화의 종족이라고는 하지만 자신들을 핍박하는 적에게조차 관대한 것은 아니었다. 그들의 숫자가 적다고는 하지만 적이라 여긴 상대에게는 항상 처절한 보복을 해왔었다. 그런 엘프들이 살던 곳에서 쫓겨올 정도라면 상황이 얼마나 심각한지 충분히 짐작이 가는 일이었다.

"오신 분들은 전부 얼마나 됩니까?"

"약 천백 명 정도 됩니다."

현재 히그리안 성에 비축되어 있는 식량의 양을 따져 보던 자렌토는 곧 미소를 지으며 고개를 끄덕였다.

"기꺼이 여러분들을 환영합니다."

자렌토의 대답에 나이트로인은 안도의 한숨을 쉬었다.

엘프들이 평소 경멸해 왔던 인간들에게 머리 숙이는 것을 수치스러운 일이라 생각해 왔기에 이곳까지 오기가 얼마나 힘들었는지 모른다. 만약 자렌토가 거절을 했다면 엘프들은 자신들의 생각이 맞았다고 떠들어댔을 것이 뻔한 일이었다.

물론 자신들에 비하면 어린아이 정도의 나이에 불과했지만 나이트로인이 보기에 자렌토는 좀처럼 찾아보기 힘든 인물이라는 것을 충분히 느낄 수 있었다.

마음에 여유가 있어서일까?

그때까지도 눈에 들어오지 않던 세 사람의 모습이 눈에 들어왔다. 그리고 나이트로인은 놀라지 않을 수 없었다.

붉은 머리 청년은 분명 인간이 아니었다. 게다가 그의 왼쪽에 서 있는 여인은 수인족(獸人族)이 분명했다. 그렇다고 그의 오른쪽에 서 있는 여인이 그저 아름답게만 생긴 여인이냐 하면 그것도 아니었다. 뭔가 범접할 수 없는 기품과 엄청난 신성력(神聖力)이 느껴졌다.

나이트로인의 시선이 자신의 등 뒤에 서 있는 데미안들에게 쏠리는 것을 발견한 자렌토가 소개를 했다.

"이 청년은 제 아들인 데미안이고, 이쪽은 호인족인 레오 양, 그리고 저쪽은 제 손녀인 네로브라고 합니다."

자렌토가 소개를 하자 데미안과 네로브는 고개를 숙였지만 레오는 그서 상대의 얼굴을 멀뚱하니 쳐다볼 뿐이었다. 그 모습에 당황한 자렌토가 레오에게 주의를 주려고 했지만 한 발 앞서 나이트로인이 입을 열었다.

"숲 속의 모든 동물을 지배하는 위대한 자여! 이렇게 만나게 되어 반갑소이다."

정중한 나이트로인의 인사에도 레오는 그저 퉁명스럽게 한마디를 했을 뿐이다.

새로운 만남 229

"응."
그런 모습을 본 젊은 엘프들이 가만히 있을 리 있겠는가?
"건방진 년!"
"감히 이분이 누구라고……!"
챙— 챙— 챙—
세 자루의 검이 거의 동시에 뽑혀졌다.
젊은 엘프들의 경솔한 행동에 데미안의 눈살이 가볍게 찌푸려졌다.
"크앙!"
흉포한 짐승의 울음소리가 주점 안에 울려 퍼졌다. 그리고 사람들의 눈에 두 엘프의 목을 당장이라도 꿰뚫을 듯 닿아 있는 대거 같은 레오의 긴 손톱이 발견됐다.
"레오, 그만 해."
데미안의 말에도 레오는 좀처럼 움직일 생각을 하지 않았다. 평소 데미안의 말이라면 어떠한 것이든 무조건적으로 따르던 레오가 아니었다.
그 모습에 데미안도 당혹스러움을 느끼고 있을 때 레오에게 다가가는 사람이 있었다. 네로브였다.
"레오 엄마. 저예요, 네로브."
하지만 레오는 여전히 으르렁거리고만 있었다.
"저분들을 해치지 마세요. 레오 엄마는 제 말을 다 들어주시잖아요. 그러니까 그분들을 어서 풀어주세요."
이미 수컷으로 변신한 레오의 가슴을 쓰다듬는 네로브의 손에는 희미하지만 보라색의 기류가 뿜어져 나오고 있었다. 잠시 시간이 지나자 레오는 원래의 모습을 되찾았고 네로브가 이끄는 대로 걸음을 옮겼다.

레오가 진정해 원래의 모습으로 돌아가는 것을 확인하고서야 자렌토는 안도의 한숨을 쉬었다.

"죄송합니다. 아직 레오가 인간들의 예절에는 서툴러 생긴 일이니 양해를 해주셨으면 감사하겠습니다."

"아닙니다. 오히려 저희 쪽에서 사과를 드려야 하는 것이 당연합니다. 수인족들 가운데, 특히 호인족은 성격이 호전적이라서 친구를 사귀지 않는 것으로 유명합니다. 미리 주의를 주지 못한 제 잘못입니다."

"아닙니다."

"어서 잘못을 사과드리지 않고 뭐 하고 있는 것인가!"

나이트로인의 노성에 젊은 엘프들은 어쩔 수 없이 레오에게 사과를 해야만 했다. 엘프 사회에서 원로의 영향력이란 절대적인 것이라 감히 불만을 표시할 엄두도 내지 못했다.

"저희들의 무례를 용서하시기 바랍니다."

"경솔한 행동을 했습니다. 사과드립니다."

두 엘프의 사과에 레오는 그저 고개를 끄덕일 뿐이었다. 그 모습에 젊은 엘프들은 분한 표정이 지었지만 눌러 참는 표정이 역력했다. 분위기가 다시 험악해지려고 하자 자렌토가 먼저 입을 열었다.

"히그리안 성의 북쪽에 작은 숲과 가옥들이 있는데 그곳에서 생활하는 것이 어떠실런지요? 그곳에 살고 있는 사람들도 있지만 그들은 곧 다른 곳으로 이주를 시키겠습니다. 직접 가서 보시겠습니까?"

"영주님의 호의에 진심으로 감사드립니다."

나이트로인의 대답을 들은 자렌토는 자리에서 일어나 나이트로인과 엘프들을 히그리안 성의 북쪽으로 안내했다. 성안에 거주하고 있던 주민들은 갑자기 나타난 엘프들의 모습에 신기함을 감추지 못하고 쳐다봤다.

자신들이 마치 신기한 동물이라도 되는 양 바라보는 사람들의 눈길에 엘프들은 노여움을 감추지 못했다. 하지만 나이트로인의 주의가 있었는지 사람들을 향해 노골적으로 적의를 보이는 엘프들은 없었다.

잠시 후 자렌토와 엘프들은 작은 숲에 도착했다.

그 순간 엘프들이 보인 표정은 사람들이 엘프들을 '숲의 요정'이라 부르는 데 무리가 없어 보였다. 조금 전 자신들에게 보였던 인간들의 반응에 신경질적으로 반응했던 엘프들의 표정이 숲에 들어서는 순간 부드럽게 변한 것이다.

그들의 모습에 잠시 동안 동료로 지냈던 카프의 모습을 기억하던 데미안은 너무나 아름답게 생긴 엘프들이 숲 속을 뛰어다니는 모습을 보고 자신도 모르게 미소를 지었다. 숲도 엘프들이 찾아온 것을 환영이라도 하는 듯 더욱 푸른빛을 뿌리고 있었다.

잠시 숲의 모습을 바라보던 나이트로인은 만족스러운 듯 고개를 끄덕였다.

"정말 자연 그대로 잘 가꾼 숲이군요. 크기도 저희가 지내기에 적당할 것 같습니다. 뭐라고 감사를 드려야 할지……."

"아닙니다. 여러분들의 마음에 드신다니 다행이군요."

두 사람이 그런 대화를 나누는 사이 50대로 보이는 엘프 하나가 다가왔다.

"촌장님, 숲을 조사해 본 결과 세 개 정도의 마을을 만들 수 있을 것 같습니다."

"그래? 다행이군. 좁지는 않겠나?"

나이트로인의 말에 중년 엘프는 잠시 자렌토를 흘깃 바라보고는 입을 열었다.

"자세한 것은 지내봐야 알겠지만 현재로써는 괜찮을 것 같습니다. 그리고… 영주님의 성함이 자렌토님이라고 알고 있는데 맞습니까?"

"그렇습니다."

"저희가 이 숲을 조금 손봐도 되겠습니까?"

처음 상대의 말을 이해하지 못했던 자렌토는 엘프들에게 있어서 숲은 곧 생활의 터전이라는 것을 깨닫고는 고개를 끄덕였다. 자신들이 살아갈 집을 수리하겠다는데 자신이 반대해야 할 아무런 이유가 없었다.

자렌토가 흔쾌히 승낙을 하자 중년 엘프는 기쁜 얼굴로 자렌토에게 감사의 인사를 했다. 그리고는 웅성대는 엘프들에게 다가가 빠르게 뭔가를 지시하기 시작했다.

그의 명령을 받은 엘프들은 바쁘게 움직이기 시작했고, 잠시 후 엘프들의 모습은 감쪽같이 시야에서 사라졌.

데미안은 그들이 사라지고 난 직후 숲의 이곳저곳에서 격릴하게 진동하는 마나의 흐름을 감지할 수 있었다. 대체 그들이 무엇을 하기에 이런 움직임이 느껴지는 것인지 모르겠지만 감지되는 마나가 공격적은 아니었기에 모르는 척했다.

"아빠, 평온한 기분이 들지 않아요?"

그러고 보니 숲 전체의 기운이 바뀐 듯 이전보다 더욱 생명의 기운이 강해진 것 같았다.

"그렇구나. 그럼 우리는 이만 돌아갈까?"

"그래요. 지금쯤이면 엄마도 돌아오셨을 거예요."

두 사람의 대화를 들은 자렌토가 나이트로인을 바라봤다.

"저희들은 이만 돌아가겠습니다. 필요하신 것이 있으면 언제든 연락 주시기 바랍니다."

"영주님의 후의에 진심으로 감사드립니다. 이곳이 정리되는 대로 인사드리러 가겠습니다."

"그리고 지시를 내려 될 수 있으면 이 숲에는 접근하지 못하도록 하겠습니다."

"아닙니다. 꼭 그렇게 할 필요까지는 없습니다. 그리고 사람들이 설사 이 숲에 온다고 하더라도 저희들을 발견하지는 못할 겁니다. 그러니……."

"아닙니다. 여러분들이 얼마나 더 이곳에 계실지 알 수는 없지만 계시는 동안 불편함을 느끼게 해드리고 싶지는 않습니다. 그럼, 저희들은 이만."

가볍게 인사를 한 자렌토는 데미안들과 함께 그곳을 떠났다. 잠시 멀어져 가는 사람들의 모습을 본 나이트로인은 천천히 숲으로 걸어 들어갔고, 잠시 후 그의 모습은 감쪽같이 사라졌다.

점심 식사를 마친 일행들은 테라스에서 한잔의 차를 마시며 모처럼의 휴식을 만끽하고 있었다.

데미안과 일행들에게서 몬스터들이 인간을 공격하는 이유를 들은 자렌토는 사태가 더욱 심각해질 것을 염려했다. 지금까지 인간을 공격한 몬스터는 오크나 트롤, 오거, 고블린, 라이칸스롭, 코볼드 등이었다. 하지만 그런 몬스터들은 대부분 인간들이 잘 알고 있는 몬스터들이었다. 그런 탓에 그들의 공격을 방어하는 것도 어렵지 않았다.

하지만 만약 미노타우로스가 떼를 지어 인간을 습격한다면? 또, 만약 강력한 마법과 전투력으로 무장한 발록Barlog이 나타난다면? 또, 만약 와이번이 무리를 지어 인간을 습격한다면 대체 무슨 방법으로 그들을 막아낸단 말인가?

자렌토가 그런 생각을 하고 있는 것을 알았을까? 로빈과 일행들이 각자 자신들이 생각한 몬스터 퇴치 방법에 대해 그에게 이야기했다.

일행들이 이야기한 방법은 거의 비슷했다. 주로 신관이나 사제들의 신성력을 이용해서 악령의 지배를 받는 몬스터들을 방어해야 한다는 말이었다.

자렌토는 즉시 히그리안 성에 있는 각 종단에 소속된 사제와 신관들 가운데 책임자급에 해당되는 직급을 가지고 있는 사람들의 소집을 명했다. 명령을 받은 루안은 즉시 그 자리를 떠났고, 일행들은 좀 더 효과적인 몬스터 퇴치 방법에 대해 대화를 나누었다.

그들이 대화에 열중해 있는 사이 하인의 안내를 받아 나이트로인과 중년 엘프 둘이 응접실로 들어섰다.

적어도 살 곳을 정리하는 데 며칠은 걸릴 것이라고 생각했던 자렌토는 헤어진 지 얼마 되지 않아 찾아온 엘프들을 보고 자신에게 부탁할 것이 있어 왔다고 생각했다.

"필요하신 것이 있습니까? 그렇다면 뭐든 말씀하십시오. 제가 부하들을 시켜 보내드리도록 하겠습니다."

"아닙니다. 저희가 이렇게 찾아온 이유는 간략하게나마 살 곳에 대한 정리가 끝났기 때문입니다."

나이트로인의 말에 자렌토는 의아함을 감추지 못했다. 물론 다른 사람들도 마찬가지의 표정들이었다. 그런 사람들의 반응에 나이트로인은 인심 좋아 보이는 미소를 지었다.

"저희들은 될 수 있으면 자연을 훼손시키지 않습니다. 물론 나무들을 저희가 살 수 있을 만큼 마법으로 자라게는 했지만 그 외에는 전혀 손을 대지 않았습니다."

"그렇습니까? 정리가 대강 끝나셨다니 다행이군요. 앞으로도 필요한 것이 있으면 무엇이든 말씀하십시오. 그리고 이쪽으로 앉으시지요."

자렌토의 안내에 나이트로인은 두 명의 중년 엘프와 함께 자리에 앉았다. 그들이 자리에 앉자 하인은 곧 세 사람 분의 차를 준비했다. 천천히 차를 들이킨 나이트로인은 차의 훌륭함을 칭찬했다.

"상당히 신선한 허브 차군요. 오랜만에 맛보았습니다."

"입에 맞으신다니 다행이군요. 그런데 저분들은……?"

"아! 소개가 늦었군요. 이쪽은 제 자식들입니다. 이쪽은 아들인 빌리스턴, 그리고 그 옆은 며느리인 호란입니다."

"그러셨군요. 이쪽은……."

자렌토는 나이트로인의 아들 내외에게 일행들을 소개했다. 소개가 이어질 때마다 두 남녀는 무슨 이유에서인지 유심히 일행들을 살폈다. 소개를 마치자 두 사람은 서로를 바라보며 작은 음성으로 대화를 나누었다.

특이한 것은 그들이 낮은 소리로 대화를 하자 그들의 음성이 마치 새들이 지저귀는 듯 들린다는 점이었다.

"잠시 무례했던 점을 용서하십시오. 혹시 저분들이 투르카스탄 왕국을 지나오지 않으셨습니까?"

"그렇습니다만……."

"역시 그 말이 사실이었군요. 저희 엘프들이 마법과 정령술에 능통하다는 것은 잘 알고 계실 겁니다. 비록 저희들이 작은 촌락 단위로 흩어져 지내는 것은 사실이지만 마법과 정령술 덕분에 원활한 관계를 유지하면서 지냈습니다."

전혀 알려지지 않았던 엘프들의 생활에 일행들은 깊은 관심을 보였다.

"그러니까 저희들이 몬스터들의 침입을 받기 전 이웃 마을에서 전해온 소식 가운데 저분들에 대한 소식이 있었습니다. 투르카스탄 왕국의 아르파이넨 캐슬에서 불과 여섯 명의 인간이 천여 마리의 몬스터들을 가볍게 물리쳤다는 것이었습니다. 그 소식을 최초로 보낸 엘프가 당시의 전투 장면까지 이미지 마법으로 보냈기에 저흰 믿지 않을 수 없었습니다. 잠시 여러분께 보여드릴까요?"

"부탁드리겠습니다."

자렌토의 말에 빌리스턴은 신중하게 스펠을 캐스팅했다.

"어피어 이미지."

순간 테이블이 환해지더니 혼란스럽기 짝이 없는 전투 상황이 재연되었다. 성벽을 직접 공격하는 오거와 트롤의 모습이 보였고, 조잡하기 이를 데 없는 화살을 날리고 있는 오크들의 모습도 보였다. 하지만 자렌토의 눈길을 끈 것은 당연히 일행들의 활약이었다.

가차없이 오크들을 베어 넘기는 데보라와 헥터, 연속해서 검기를 날리는 라일, 오크들이 움직이는 속도보다 수십 배는 더 빠르게 움직이며 오크들의 목을 날리는 레오, 마법을 연사하는 뮤렐, 붉은 마나에 싸인 채 바스타드 소드를 휘두르는 데미안.

그리고 최종적으로 데미안이 헬 버스트라고 외치는 순간 오크 무리의 중앙 부분이 마치 지옥으로 가는 입구가 생긴 것처럼 검게 변하는 것이 보였다. 그리고 난 후 갑자기 몬스터들이 사방으로 도망치는 모습이 보였다.

곧 영상은 희미해졌고 금세 사라져 버렸다.

자신들이 몬스터들과 싸웠던 전투가 이런 방법으로 해서 엘프들 마을을 떠돌고 있을 줄은 미처 생각도 못했기에 데미안들은 얼떨떨할 뿐이었다.

영상으로 일행들의 활약상을 본 자렌토는 곁에서 어색한 미소를 짓고 있는 데미안을 바라보았다.

데미안이 이스턴 대륙으로 떠나기 전만 하더라도 그와 자신과의 실력 차라는 것은 거의 없었다. 하지만 방금 본 영상에서처럼 2백여 마리의 오크를 단숨에 날려 버릴 정도의 검술 실력을 데미안이 가지고 있다면 소드 마스터의 초입에 들어선 자신과는 엄청난 격차가 벌진다는 것을 자인해야만 했다.

"저희들이 궁금하게 생각한 것은 바로 이 장면입니다. 대체 저분들이 어떻게 공격을 했기에 몬스터들이 이렇게 흩어졌느냐 하는 것입니다. 저희 마을이 몬스터들에게 습격을 받았을 때 그들의 모습은 정말 악마 같았습니다. 온몸에 수십 발의 화살을 맞고도 멀쩡한 모습으로 저희들을 공격하는 몬스터들에게 공포심이 느껴질 정도였습니다."

분한 생각이 드는지 빌리스턴은 주먹을 불끈 쥐었다.

"그들에게는 화살이나 검, 마법, 정령술... 그 어느 것도 소용이 없었습니다. 결국 막대한 피해를 입고 마을을 떠나야만 했습니다. 제가 여태껏 살아온 420년 만에 처음 겪는 치욕입니다."

빌리스턴의 눈에서 불길이 치솟는 것처럼 보였다.

"가르쳐 주십시오. 대체 여러분들은 무슨 방법으로 그들을 상대한 것입니까? 비참한 최후를 맞이한 마을 사람들의 복수를 하기 위해서는 여러분들의 도움이 꼭 필요합니다."

그런 빌리스턴의 모습에서 일행들은 과거 만났던 카프의 모습을 발견할 수 있었다.

잠시 서로의 얼굴을 바라보던 일행들은 누가 먼저라고 할 것도 없이 고개를 끄덕였다.

"어떻게 몬스터들을 쫓았는지를 알기 전에 제가 지금부터 드리는 말씀을 잘 들어보시면 그 이유를 알 수 있을 겁니다. 그러니까 지금으로부터 10여 년 전의 일입니다. 그때가 제국 전쟁이 일어나기 전이니까 제가 페인야드에 있는 왕립……"

데미안의 이야기는 상당히 길었지만 엘프들은 집중력을 잃지 않고 그의 말에 귀를 기울였다.

데미안이 엘프들에게 도움이 되지 않는 사항은 제외시키면서 이야기를 했음에도 불구하고 상당히 긴 시간이 지나서야 이야기가 끝이 났다.

곰곰이 생각하던 빌리스턴이 마침내 결론을 내렸다.

"그러니까 여러분들이 그런 활약을 할 수 있었던 것은 여러분이 가지고 있는 그 신의 무기 때문이라는 겁니까?"

"그렇습니다. 물론 저희가 가지고 있는 신의 무기가 뛰어난 점도 있지만 신의 무기가 가지고 있는 힘을 끌어낼 능력이 되지 않는다면 무슨 소용이 있겠습니까? 그리고 이런 말씀을 드리기는 뭐하지만 저희가 신의 무기를 택했다기보다는 신의 무기가 저희를 택한 것은 아닐까 하는 생각이 듭니다."

"하지만 그런 아티펙트가 널려 있는 것이 아닌 점을 생각해 보면 복수는 거의 불가능하겠군요."

실망한 듯한 빌리스턴의 말에 데미안은 단호하게 고개를 저었다.

"절대 불가능하지 않습니다. 한 가지 물어볼 말이 있습니다. 혹시 엘프들에게도 종교라는 것이 있습니까?"

"여러분들이 말하는 종교라는 개념의 신앙은 없습니다. 하지만 저희들은 모두 저희가 페트리앙스의 자식이라고 생각하고 있기 때문에 그분에 대한 믿음은 절대적입니다. 아마 여러분들이 말하는 사제나 신관들도 저희들의 믿음을 따라오지는 못할 겁니다."

"잘되었군요. 인간이나 엘프들을 습격하는 몬스터들은 대부분 악령의 지배를 받고 있습니다. 그런 그들에게 타격을 줄 수 있는 것은 신성력뿐입니다. 그런 연후에야 물리적으로 공격할 수가 있다는 것을 기억하신다면 여러분들이 복수를 하시는 데 큰 문제는 없을 겁니다."

데미안의 말에 빌리스턴과 그의 아내 호란은 크게 기뻐했다. 전혀 불가능하다고만 생각해 왔던 동족의 복수를 드디어 할 수 있게 되었기 때문이다.

빌리스턴이 그의 아내와 기뻐하고 있는 사이 자렌토의 지시대로 각 종단의 신관들이 모였다. 그들이 상대들과 간단한 인사를 나누는 모습을 지켜보던 자렌토가 입을 열었다.

"제가 여러분들을 이렇게 소집한 이유는 히그리안 성의 안전에 관한 일에 대해 여러분들과 상의할 일이 있기 때문입니다. 저의 집무실로 가실까요? 나이트로인 촌장님, 함께 가시겠습니까? 데미안, 너도 따라오너라."

자렌토의 말에 데미안이 자리에서 일어서자 신관들은 감탄을 감추지 못했다.

말로만 듣던 데미안 싸일렉스 후작.

최연소 후작이라는 타이틀 외에도 마법과 검술을 동시에 사용하는 마검사로 이름이 높았고, 트레디날 제국이 과거의 이름을 찾는 데 기여한 일등 공신임을 모르는 사람들이 없었다.

그의 아버지 자렌토 싸일렉스가 트렌실바니아 왕국 시절 영웅이라면 아들인 데미안 싸일렉스는 트레디날 제국의 영웅이라고 불리는 인물이었다.

말로만 전해 듣던 데미안을 직접 본 신관들은 환상적인 아름다움을 소유한 데미안을 보고 하늘 아래 이보다 더 완벽한 사람이 있을까 하는 생각을 하게 되었다.

제29장
히그리안 성

지난 며칠 동안 데미안은 아주 바쁜 나날을 보내야 했다.

히그리안 성의 외곽에 펼쳐져 있는 히그리안 숲에 갖가지 함정과 덫, 그리고 알람 마법을 설치했다.

물론 몬스터의 침입에 대비하기 위해서였다. 그리고 몬스터의 침투로(浸透路)로 예상되는 지점에 고위 신관들이 땀을 뻘뻘 흘리며 만든 신성물들을 묻었다. 그리고 그 위에 다시 마법진을 설치해 그 신성물들이 가진 신성력을 몇 배나 증폭시켰다.

그것은 데미안들이 신의 무기를 찾을 때 발견했던 마법진을 축소시켜 만든 것이었다. 감히 그 마법진이 가진 증폭력에는 따라갈 수 없지만 상당한 위력을 가진 마법진이었다. 마지막 마법진의 설치가 끝나자 데미안은 고개를 돌려 주위를 둘러보았다. 함정과 덫을 설치하고 있던 사람들도 거의 끝나가는 것을 알 수 있었다.

"아빠, 물 드세요."

데미안은 네로브가 내미는 물병을 받아 들고는 단숨에 들이켰다.

"꿀꺽꿀꺽, 휴우~ 물맛이 정말 꿀 맛 같구나."

"아빠, 그거 꿀물 맞아. 내가 꿀을 탔거든."

네로브의 대답에 잠시 머리를 긁적이던 데미안은 다시 한 모금 물을 마시고는 그녀에게 물병을 내밀었다.

"데미안님, 덫의 설치를 모두 마쳤습니다."

"수고했어, 루안."

"데미안, 숲에 함정을 만드는 것도 끝났어."

"데보라, 수고했어. 그럼 일단 동쪽 방어벽 설치는 끝난 건가?"

데미안이 그렇게 중얼거릴 때 일전에 보았던 빌리스턴이 그들에게 다가왔다.

"데미안님, 북쪽 숲과 서쪽 숲에도 신관님들의 도움을 받아 방어벽 설치를 마쳤습니다."

"수고하셨습니다. 빌리스턴."

"아닙니다. 저희가 이곳 히그리안 성에 도착한 후 여러 가지를 많이 배웠습니다. 저희들이 비록 조화와 평화의 종족이라고는 하지만 다른 이종족(異種族)들과 사이좋게 지내지 못한 점이 있었습니다. 하지만 이런 입장이 되고 보니 저희들이 얼마나 배타적으로 행동해 왔는가를 알 수 있었습니다. 바로 여러분들이 그걸 깨닫게 해주셨습니다."

빌리스턴의 말에 사람들의 얼굴에 부드러운 미소가 지어졌다.

"만약 저희들의 일이 무사히 끝나게 된다면 저희들도 이종족에게 먼저 우정의 손을 내밀어볼 생각입니다."

"하하하, 아주 좋은 생각이십니다. 아마 페트리앙스께서도 그런 여러분의 선택을 축복해 주실 겁니다."

"참! 동쪽 숲에는 아직 방어벽을 설치하지 않은 것 같던데……"

"그쪽에는 저와 뮤렐이 조금 장난을 쳐 놓았으니 신경 안 써도 괜찮을 겁니다."

데미안의 말에 고개를 끄덕이며 발걸음을 옮기던 빌리스턴이 갑자기 생각이 난 듯 데미안에게 질문을 했다.

"참! 신성물이 가진 신성력을 몇 배나 증폭시킨 그 마법진은 어디에서 배우신 겁니까? 저희 아버님의 연세가 700세가 넘으셨지만 그런 마법진은 난생처음 봤다고 하시더군요."

"그 마법진 말씀입니까? 그것은 일전에 말씀드린 신의 무기가 봉인되었던 곳에 설치되었던 마법진을 흉내 낸 것에 불과합니다."

"정말 대단한 마법진이었습니다. 그렇게 간단한 구조의 마법진이 그런 위력을 가지고 있을 줄은 상상도 못했었는데 아주 획기적인 배열을 가진 마법진이었습니다."

빌리스턴의 칭찬에 데미안은 쑥스러운 표정을 감추지 못했다. 그런 데미안의 모습이 빌리스턴은 꽤나 마음에 들었다.

빌리스턴은 청년 시절 인간들의 나라를 여행한 적이 있었다. 그때 그의 눈에 비친 인간들은 자신의 능력을 과신하거나 자만심으로 가득 차 상대를 불쾌하게 만드는 사람뿐이었다. 게다가 능력이 떨어지는 상대를 얼마나 경멸하고 멸시하는지 충분히 알고 있었다. 또한 인간들이 이종족을 얼마나 경멸하고 배척하는지 빌리스턴은 자신의 눈으로 똑똑히 확인했다.

그렇기 때문에 다시 엘프들의 마을로 돌아온 후 다시는 세상에 나갈 생각을 하지 않았다. 만약 몬스터들이 마을을 공격하지 않았다면 절대 인간들을 찾아오는 일은 없었을 것이다.

한 가지 다행이라고 할 수 있는 것은 그들이 찾아온 이 싸일렉스의 영주라는 사람이나 그의 아들이 친절하다는 점이었다. 물론 인간들 사이에 이들처럼 친절한 사람들이 없는 것은 아니지만 적어도 빌리스턴의 생각으로는 너무나 적었다.

데미안이 성안으로 들어섰을 때 부산하게 움직이는 사람들이 보였다. 그들이 대부분 병사들인 것을 발견한 데미안이 그들 가운데 한 명을 불렀다.

"무슨 일이 벌어진 건가?"

데미안의 부름에 다가온 병사는 상대가 데미안이라는 것을 알고는 즉각 부동 자세를 취했다.

"부르셨습니까, 후작 각하?"

"무슨 일이 생겼기에 이렇게 부산스러운 것인가?"

"그건 내성(內城)에서 몬스터의 공격에 대비하라는 명령이 있었기 때문입니다."

"몬스터의 공격? 대체 누가 그걸 지시했는가?"

"아가씨께서, 네로브 아가씨께서 그렇게 말씀하셨다고 들었습니다."

"네로브가? 그렇다면 빨리 내성으로 가봐야겠군. 그럼 수고해주게."

"네, 후작 각하."

병사의 인사를 들은 데미안은 일행들과 함께 내성으로 향했다. 분주하기는 내성도 마찬가지였다.

하프 플레이트 메일을 걸치고 있던 자렌토가 데미안을 발견하

곧 고개를 끄덕이며 말했다.

"그렇지 않아도 부르려고 했는데 잘 왔다."

"몬스터의 침입이 있을 거라고 들었습니다."

"네로브가 그런 꿈을 꾸었다는구나. 시간은 아마 저녁때가 될 것이고, 또 성을 찾는 사람이 있을 거란 말도 했었단다."

"성을 찾는 사람?"

"그래. 그 사람이 우리 성을 찾아온 사람인지, 아니면 몬스터에게 쫓겨오는 사람인지는 모르겠지만 그들을 무사히 구할 수 있으면 좋겠구나."

"그래도 외곽 방어벽을 설치한 후라 다행이군요."

"난 병사들의 배치를 확인하기 위해 나가봐야겠다. 너도 준비를 하거라."

"알겠습니다."

"북쪽 성문은 저희 엘프들이 맡겠습니다."

"그래 주시겠습니까? 성을 대표해 엘프 여러분께 감사를 드리겠습니다."

기쁜 낯으로 빌리스턴에게 감사의 인사를 한 자렌토는 루안과 함께 밖으로 향했고, 데미안과 일행들은 저녁에 있을 몬스터와의 결전에 대비해 준비를 했다.

데미안은 가벼운 라이트 레더를 입는 것으로 준비를 마쳤다. 그리고는 조용한 방을 찾아 오랜만에 명상에 빠졌다.

눈을 감는 순간 데미안은 곧바로 평온한 상태에 들 수 있었다. 아랫배에서 시작된 마나의 흐름은 곧 온몸을 빠르게 돌기 시작했다.

한 번, 두 번, 세 번……. 마나의 흐름은 점점 빨라지기 시작해 마치 거대한 폭포가 폭포수를 쏟아내듯 엄청난 기세로 데미안의 몸 안을 돌아다녔다.

그의 몸에서 뿜어져 나온 붉은 마나가 그의 몸을 휩싸는 순간 데미안의 몸은 허공으로 떠올랐고 천천히 회전을 하기 시작했다.

그의 몸이 허공에서 맹렬한 속도로 회전을 하자 방 안에 돌풍이 일어나 모든 집기를 날려 버렸다. 하지만 데미안은 그런 사실을 아는지 모르는지 여전히 눈을 감고 있었다.

미처 그런 사실을 알지 못한 일행은 방문을 열었을 때 방 안에서 일어난 상황에 놀라움을 감추지 못했다. 특히 엘프들을 대표해 내성에 있던 빌리스턴의 놀라움은 지대한 것이었다. 이런 모습은 난생처음이었다.

마법을 사용한 것도 아닌데 사람의 몸이 허공에 떠 있을 수 있다니… 도저히 믿을 수 없었다. 게다가 인간의 몸이 회전하면서 생긴 회전력 때문에 사방의 집기가 날릴 정도로 힘이 생기다니…….

일행들이 놀라는 동안에도 데미안의 회전은 멈추지 않았다. 데미안은 지금 극도의 평온함과 무한한 자유로움을 만끽하고 있었다. 자유로운 영혼이 되어 세상에 녹아버린 듯한 극한의 쾌감을 느꼈다.

데미안의 몸 주위에서 파동 치는 마나의 양은 정말 놀라운 것이었다. 7싸이클의 마법을 익히고 있던 빌리스턴도 처음 경험하는 마나였다.

사람들이 놀라고 있는 사이 데미안의 회전이 서서히 멈췄다. 하지만 그의 몸은 여전히 허공에 뜬 상태였다.

천천히 눈을 뜬 데미안의 눈에 놀란 표정을 짓고 있는 사람들의 모습이 보였다.

"어? 지금 뭘 보고 그렇게 놀라고 있는 거야?"

"데, 데미안. 너, 너 지금 공중에 떠 있어. 그거 알아?"

"응? 내가?"

데보라의 말에 놀란 데미안이 고개를 숙이자 자신의 몸이 지상에서 1미터쯤 떠 있는 것이 보였다. 데미안은 자신이 마치 비행마법이라도 펼친 양 떠 있는 모습을 보고는 깜짝 놀랐다. 하지만 움직이는 데는 아무런 불편도 없었다.

천천히 다리를 펴자 데미안의 몸이 서서히 지상으로 내려왔다. 하지만 데미안은 조금 전 자신의 뇌리를 스쳤던 괴상한 선의 궤적을 떠올렸다.

그것은 여태껏 데미안이 알고 있던 어떤 규칙과도 달랐다. 하나인가 하면 다수였고, 곡선인가 하면 직선이었다. 정확하게 기억할 수는 없었지만 그것은 데미안이 알고 있는 지옥이도류의 궤적과도 닮았고 미디아에 적혀 있던 두 가지 공격법과도 비슷하게 느껴졌다.

"뭘 하고 있어?"

"응? 아, 아니, 날 기다리고 있었던 거야?"

"당연하지. 준비는 나 끝난 서야?"

"응, 그래."

태연한 데미안의 말에 일행들은 다시 내성의 첨탑(尖塔)에 올라갔다. 현재 히그리안 성의 외곽을 둘러싸고 있는 성벽과 숲이 멀리 보였다.

부는 바람에 흔들리는 나무들의 모습이 멀리 보였다. 너무도 평화스러운 모습에 일행들은 일단 안도의 한숨을 쉬었지만 그것이

한순간의 평화에 지나지 않을 것을 일행들은 잘 알고 있었다.

그러는 사이 천공에 걸렸던 태양이 천천히 서산으로 몸을 옮겼다. 서쪽 하늘이 마치 피를 흘리는 듯 느껴졌다. 얼마 전 이스턴 대륙에 있을 때 이무결과 함께 보았던 석양과 똑같았다.

불길하게만 느껴지는 석양.

피를 머금은 듯한 석양의 모습을 보고 있던 데미안은 왠지 그 석양이 불길한 자신들의 앞날을 예고하는 듯 느껴졌다. 왜 갑자기 그런 생각이 들었는지 그 이유를 설명할 수는 없지만 가슴 한구석이 답답해지면서 일행의 대부분을 다시 볼 수 없을 것만 같았다.

데미안의 얼굴이 어두워진 것을 발견한 데보라는 그가 무엇 때문에 그렇게 어두운 표정을 짓는지 그 이유를 알 수 없었지만 왠지 그 이유를 물어서는 안 될 것 같다는 생각이 들었다.

그러는 사이 주위는 완전히 어둠에 싸였다.

성벽을 따라 하나둘씩 마법 등이 켜졌다. 그 모습을 발견한 자렌토가 일행에게 말을 건넸다.

"난 루안과 함께 동쪽 성문으로 맡겠다. 데미안, 너는 북쪽 성문으로 가서 엘프 분들을 돕도록 해라. 그리고 나머지 분들에겐 남쪽과 서쪽 성문을 부탁드리겠습니다."

"저희에게 맡겨주십시오."

"걱정하지 마십시오."

일행들의 대답을 들은 자렌토는 루안과 함께 첨탑에서 내려갔다.

"전 레오와 함께 북쪽 성문으로 가겠습니다. 다른 분들은?"

"나와 뮤렐, 그리고 로빈이 서쪽 성문으로 가겠다. 그리고 헥터와 데보라 양은 남쪽 성문을 맡아주게."

라일의 말에 일행들은 고개를 끄덕였다. 그리고는 재빨리 첨탑을 내려가 자신이 맡은 지역으로 이동했다.

데미안은 레오와 함께 재빨리 북쪽으로 몸을 날렸다. 사람들은 자신의 곁을 스쳐 지나가는 바람을 느꼈을 뿐 두 사람의 모습은 발견하지도 못했다.

성안의 숲을 지난 두 사람은 북쪽 성벽 위로 올라갔다. 그곳에는 이미 엘프 서넛이 활에 화살을 먹인 채 주위를 감시하기에 여념이 없었다.

갑자기 누군가 허공에서 내려서는 것을 발견한 엘프들이 황급히 그들에게 활을 겨누었다. 몇몇 엘프들의 손에는 파이어 볼이 맹렬한 속도로 타고 있었다. 하지만 상대가 데미안과 레오임을 알고는 곧 마법을 해제했다.

"별일없습니까?"

"예, 아직까지는. 아, 저기 빌리스턴님이 오시는군요."

한 엘프가 가리키는 곳을 보니 빌리스턴이 조금은 가쁜 숨을 몰아쉬며 다가오고 있었다. 그리고는 놀란 눈으로 데미안과 레오를 바라보았다.

자신이 마법을 이용해 날아온 깃보다 데미안이 훨씬 빨리 도착을 한 것이다. 자신이 단지 성벽으로 통하는 계단으로 올라오는 것만으로도 이렇게 숨이 차는데 그 먼 거리를 달려온 데미안은 조금도 지친 표정이 없었다.

"휴우, 정말 대단한 분이시군요. 레비테이션을 이용한 저보다 훨씬 빨리 도착하다니……"

"제가 성안의 지리를 잘 알고 있기 때문에 조금 먼저 도착했을 뿐입니다."

　데미안의 겸손한 말에 빌리스턴은 빙그레 미소를 지었다. 만나면 만날수록 기분 좋게 만드는 분위기를 가지고 있었다. 물론 본인이 그렇다는 것을 아는지 모르는지는 알 수 없지만 말이다.

　"네로브란 아가씨가 데미안님의 따님으로 알고 있는데 맞습니까?"

　"그렇습니다. 한데 그것은 왜……?"

　"저희 엘프들이 가지고 있는 감각은 인간들의 감각보다 훨씬 예민합니다. 제가 느낀 감각으로 네로브 아가씨에게서는 순결과 풍요의 여신 아레네스님의 기운밖에 느껴지지 않습니다. 그렇게 따지고 보면 네로브 아가씨는 절대 인간일 수 없지 않습니까?"

　빌리스턴의 말에 데미안이 막 대꾸를 하려는 순간 히그리안 숲을 울리는 날카로운 소리가 있었다.

　땡— 땡— 땡—

　그 소리는 북쪽 숲에서만 들린 것이 아니라 히그리안 숲 전체에서 시끄러울 정도로 들려왔다. 시끄럽게 울리던 경보 소리가 줄어들더니 얼마 지나지 않아 숲은 다시 정적에 휩싸였다. 그러나 어디에서도 움직임은 포착되지 않았다.

　어떤 종족보다 눈과 귀가 발달되었다는 엘프들조차 숲에서 움직임을 찾지 못했다.

　엘프들이 성벽에 쭉 늘어서 어둠을 활로 겨눈 지도 상당한 시간이 흘렀다. 어둠을 노려보던 엘프들 가운데 누군가가 조용히 입을 열었다.

　"빌리스턴님, 저쪽에서 조금 전 무엇인가가 움직였습니다."

　활을 겨누고 있던 젊은 엘프의 보고에 빌리스턴은 재빨리 그쪽으로 이동했다. 그리고 젊은 엘프가 손으로 가리킨 곳을 바라보았다.

숲 사이로 난 작은 오솔길.

날이 밝은 날 거의 10킬로미터 밖의 물체를 확인한다는 엘프들의 뛰어난 시력이 유감없이 발휘되었다.

"무기를 가진 무리들이군요. 둥근 얼굴, 뚱뚱한 신체, 조잡해 보이는 무기……. 오크들이 확실합니다. 앞장선 오크들 가운데 일부는 플레이트 메일을 걸치고 있는 것이 보이는군요. 적의 숫자는… 숲에 가려 정확한 숫자는 알 수는 없지만 상당할 것 같군요."

"숲 속으로 접근하는 몬스터들은 덫과 함정이 1차 막아줄 겁니다. 하지만 오크나 놀Gnoll, 코볼드같이 작은 몬스터라면 덫과 함정이 큰 위력을 발휘하겠지만 미노타우로스나 레이미어, 그리고 오거나 트롤같이 큰 몬스터라면 함정이나 덫도 큰 위력을 발휘하지는 못할 겁니다."

"그걸 위해 곳곳에 마법진을 설치해 놓지 않았습니까?"

"마법진이 제대로 위력을 발휘한다면 피해를 많이 줄일 수 있을 텐데……."

"데미안님이 예상하신 대로 진행될 겁니다."

"이미 상당한 거리까지 접근했군요."

데미안의 말에 빌리스턴은 그래도 고개를 끄덕였지만 곁에 있던 엘프들은 대체 데미안이 지금 무슨 소리를 하는지 이해할 수 없었다. 감히 엘프 앞에서 시력과 청력을 자랑하다니…… 데미안의 정신 상태가 의심스러울 정도였다. 하지만 그의 말대로 무엇인가가 숲을 헤치고 접근하는 소리가 들렸다. 그리고 그 거리는 상당히 가깝게 들렸다.

엘프들이 긴장하며 전면을 바라보자 그들의 눈에 숲을 헤치고 성으로 접근하는 몬스터들의 모습이 보였다. 엘프들은 그 모습에 기가 막혀 한마디도 하지 못했다.

세상에 존재하는 모든 몬스터란 몬스터는 모조리 집결한 듯 보였다.

언뜻 보이는 몬스터들 가운데에는 전설로만 전해지던 히포그리프Hippogryph도 있었다. 히포그리프는 수컷 그리핀과 암말 사이에서 태어난 몬스터인데 성질이 워낙 흉포해 자신의 눈에 띄는 것은 그것이 무엇이든 잔인하게 공격하는 공격성을 가진 몬스터로 유명했다. 또 오크들 사이에서 보이는 붉은 모자를 쓴 난쟁이의 모습이 보였다.

그것은 분쟁과 작은 전쟁을 일으키는 요정으로 유명한 레드 캡 Red Cap이었다. 주로 낡은 성에 살며 그 성을 찾는 여행객들을 죽이는데 앙상하게 메마른 몸이나 날카로운 송곳니, 징그러운 손톱을 가진 노인의 외모를 하고 있었다. 게다가 그가 현재 쓰고 있는 붉은 모자는 모두 그에게 희생된 여행자들의 피 때문에 붉어졌다고 전해진다.

몬스터뿐만 아니라 사악하다고 알려진 요정까지 모습을 드러내자 그들 모두가 악한 기운의 지배를 받는 존재라는 것을 알고 있던 데미안까지 놀라지 않을 수 없었다.

레오도 상대의 존재에 대해 강렬한 적개심을 드러내고 있었다. 데미안이 그녀의 어깨를 두드려 주었지만 레오는 좀처럼 진정하지 못했다.

데미안은 계속해서 레오를 진정시키기 위해 애를 쓰면서도 빌리스턴에게 주의를 주는 것을 잊지 않았다.

"빌리스턴님, 신성력을 최대한 이용해야 한다는 것을 잊어서는 안 됩니다."

데미안의 말에 빌리스턴이 고개를 끄덕일 때 또 다른 엘프의 외침이 있었다.

"하늘에… 하늘에……!"

"이럴 수가……!"

그 말에 고개를 돌린 빌리스턴의 입에서 자신도 모르게 신음이 흘러나왔다.

밤하늘을 까맣게 덮고 가고일과 와이번, 그리고 날개를 가진 모든 몬스터들이 날아오고 있었다. 정말 어마어마한 대군(大軍)이었다. 데미안은 질리는 기분이 들었다.

생전 이렇게 많은 종류의 몬스터를 본 것은 처음이었다. 대략 육안으로 확인한 것만 해도 2, 3천 마리는 충분해 보였다.

"어떻게 해야 합니까?"

빌리스턴에게 별다른 방법이 있을 리 만무했다.

"마법과 정령술을 사용할 줄 아는 분들은 공중의 몬스터를, 그리고 궁술을 아는 분들은 원거리 몬스터를, 검술을 아는 분들은 몬스터가 근거리에 접근을 했을 때 몬스터를 상대하도록 하십시오."

잠시 웅성거리던 엘프들은 재빨리 데미안의 말대로 무리를 지어 몬스터의 공격에 대비했다.

"가고일이나 와이번은 날개가 약하니까 날개를 집중적으로 공격하도록 하십시오. 특히 아이스 계열의 마법을 사용하도록 하십시오."

데미안의 말에 마법을 준비하고 있던 엘프들은 즉시 아이스 계열의 마법을 준비했다. 그 모습을 지켜보던 데미안은 다시 눈을 돌려 몬스터를, 특히 하늘을 뒤덮으며 다가오는 몬스터들을 노려보았다. 그리고 그들과의 거리가 100미터쯤 떨어졌을 때 데미안의 손이 허공으로 향했다.

"아이스 스톰Ice Storm!"

순간 데미안의 손에서 일직선으로 뻗어져 나간 흰 선 하나가 날아오던 10여 미터가 족히 넘어 보이는 와이번을 향해 날아갔고, 와이번은 즉시 한 덩이의 얼음으로 변해 지상으로 떨어졌다.

쨍—

지상으로 떨어진 와이번은 산산조각이 났고, 그것을 신호로 몬스터들의 공격이 시작되었다.

가장 먼저 성을 공격한 몬스터는 날개를 가진 것들이었다. 그리고 엘프들이 가장 먼저 공격한 몬스터도 그들이었다.

백여 줄기의 흰 선이 허공으로 날아갔고, 갖가지 정령들이 본인이 가진 특성을 이용해 하늘을 나는 몬스터를 공격했다. 데미안의 충고가 적중했는지 가고일이나 와이번의 날개는 아주 약해 아이스 계열의 마법에 적중되는 즉시 얼음 조각으로 변해 지상으로 떨어졌다.

하지만 몬스터의 수는 너무 많았다. 만약 몬스터를 더 이상 막지 못하고 통과시킨다면 그 피해가 막대할 것은 뻔한 일이었다.

결심을 굳힌 데미안은 즉시 레비테이션 마법을 이용해 허공으로 몸을 날렸다. 그리고는 지체없이 미디아를 뽑아 들고 몬스터들을 향해 휘둘렀다.

"헬 버스트!"

자신의 뜻대로 검기를 움직일 수 있는 것은 아니지만 와이번과

가고일의 날개로 최대한 공격을 집중시켰다.

퍽퍽퍽—

그런 데미안의 뜻이 통했을까? 많은 수의 몬스터들이 지상으로 떨어져 내렸다. 하지만 아직도 하늘에는 많은 수의 몬스터가 뒤덮고 있었다.

자신을 공격하는 인간이 있음을 깨달은 가고일과 와이번들의 공격이 데미안에게 집중되었다. 그러나 그것은 데미안이 기다리던 바였다.

데미안은 다시 한 번 몸속의 마나를 끌어올려 공격할 준비를 마쳤다. 그의 몸을 둘러싸고 있던 붉은 마나가 공간으로 퍼져 나간다고 느끼는 순간 40여 마리의 몬스터들의 행동이 갑자기 허공에서 멈춰졌다. 그리고 그들의 몸에서 갑자기 선혈이 튀기 시작했다.

저절로 살이 갈라지며 튀는 모습에 엘프들은 잠시 자신들이 무엇과 대치 중이라는 사실을 잊은 것 같았다.

"데미안!"

레오는 피곤한 모습으로 지상으로 내려오는 데미안의 품 안으로 뛰어들었다.

"괜찮으십니까?"

"예, 조금 지쳤을 뿐입니다."

데미안의 공격 때문인지, 아니면 다른 이유가 있는지 그것을 알 수는 없었지만 하늘을 나는 몬스터는 거의 사라지고 모습이 보이지 않았다.

하늘을 나는 몬스터가 사라지자 엘프들의 대대적인 공격이 시작되었다.

먼저 엘프들의 강궁(强弓)이 먼 곳에 있는 몬스터를 공격하자 공격할 대상을 잃어버린 엘프들이 마법과 정령술로 몬스터들을 공격했다.

스스로에게 회복 마법을 걸어 몸을 회복시킨 데미안은 자신들의 공격이 성공한 것을 확인하고는 다시 몬스터들의 상황을 확인했다. 하지만 이미 하늘을 나는 몬스터들이 사라졌건만 몬스터들은 여전히 성을 향해 몰려들 뿐이었다.

특히 방어력이 좋은 몬스터들이 앞에 서 있었기 때문에 엘프들의 공격은 별로 실효를 거두지 못하고 있었다. 또 그들의 사이에는 지상으로 떨어진 와이번과 가고일까지 섞여 있었다.

결국 물리적인 타격을 준 후 다시 신성력을 이용한 공격을 써야만 그들을 물리칠 수 있다고 판단한 데미안은 서둘러 자신의 생각을 빌리스턴에게 이야기했다.

데미안의 말을 들은 빌리스턴은 재빨리 검술에 뛰어난 엘프들을 모았다.

곧 40여 명이 모여들었다. 데미안이 보기에 대부분 소드 익스퍼트 최상급의 실력을 가지고 있었다. 그리고 간혹 소드 마스터 초급의 실력을 가진 엘프들도 발견할 수 있었다.

"지금부터 그대들은 데미안님의 명령을 받아 몬스터들을 상대한다."

빌리스턴의 지시에 엘프들의 얼굴에는 노골적인 불만의 기색이 떠올랐다. 하지만 어느 누구도 입을 열어 불만을 이야기하지는 않았다.

데미안은 먼저 그들이 가진 무기를 살폈다.

일전에 빌리스턴에게 반드시 신성력을 가진 무기로 상대를 해야만 한다고 분명히 이야기한 적이 있었다. 하지만 지금 엘프들이 들고 있는 무기는 그저 평범한 무기뿐이었다.

"이런 무기로는 몬스터들을 상대할 수 없습니다."

"잠시만 기다려 주십시오, 데미안님."

말과 함께 나이트로인이 다가왔다. 그리고는 그들의 무기를 한 곳에 모으도록 지시했다. 무릎을 꿇은 나이트로인은 경건한 음성으로 기도를 올렸다.

[엘프들을 돌보시는 페트리앙스여— 당신의 자식들을 핍박하는 저들에게 대항할 수 있는 힘을 저희에게 주십시오. 홀리 스피리트 에드벤트Holy Spirit Advent!]

나이트로인은 엘프 어로 기도를 올렸기에 무슨 내용으로 인사를 올렸는지 정확하게 알아들을 수는 없었지만 그가 기도를 마치는 순간 숲의 색과 비슷한 진한 녹색의 빛이 잠시 엘프들의 검을 감쌌다가 곧 사라졌다.

비록 짧은 순간이었지만 나이트로인은 상당히 지친 모습이었다. 하지만 더 이상 지체할 시간이 없었다.

엘프들이 각자의 검을 회수한 것을 확인한 데미안은 지체없이 성벽에서 뛰어내렸다. 그리고 전면을 향해 달려나갔다.

그런 네미안을 맞이한 것은 성을 향해 달려오고 있던 트롤 가운데 한 마리였다.

거대한 돌도끼를 휘두르던 트롤은 자신을 향해 빠른 속도로 달려드는 데미안을 발견하고는 거대한 돌도끼를 한껏 휘둘렀다. 둔중한 소리를 내며 날아드는 돌도끼를 한 동작으로 피한 데미안은 트롤의 눈에 칙칙한 붉은색의 기운이 어려 있는 것을 발견할 수 있었다.

돌도끼를 피한 데미안은 즉시 미디아를 횡으로 휘둘러 트롤의 목을 날렸다. 허공으로 떠오른 트롤의 목을 향해 데미안이 손을 휘두르자 트롤의 머리는 부푼 가죽 공처럼 그대로 터져 버렸다. 하지만 데미안의 몸은 이미 곁의 오크를 베고 있었다.

눈부신 데미안의 행동에 뒤따르던 엘프들은 눈알이 돌 지경이었다. 이쪽인가 하면 벌써 저쪽에서 오크나 오거를 베고 있었고, 또 날개를 잃은 채 버둥거리던 가고일과 와이번의 머리를 날렸다.

특히 거대한 몸집을 자랑하는 와이번이 데미안의 휘두른 미디아에 머리가 두 쪽으로 갈리는 장면은 압권이었다.

잠시 그 모습에 놀라던 엘프들은 곧 주위로 흩어져 몬스터들을 상대했다. 특히 빌리스턴에게 주의를 들었던 대로 눈빛이 이상한 몬스터만을 집중적으로 공격했다.

하지만 그것도 처음의 일일 뿐. 몬스터와의 혼전이 계속되자 자신을 공격하는 모든 몬스터들을 공격했다.

곁눈질로 몬스터와 싸우는 엘프들의 모습을 살피던 데미안은 잠시 동안은 안심할 수 있을 것 같았다. 일단 가장 우려했던 것이 엘프들이 몬스터의 공격에 겁을 먹고 물러서는 것이었다. 하지만 엘프들은 마치 자신들이 살던 마을을 습격하던 몬스터를 대하듯 사정없이 검을 휘둘렀다.

그 모습을 보고 고개를 돌린 데미안은 오크들 사이를 헤집으며 다니는 레오의 모습을 발견했다. 레오는 주로 오크의 목만을 노렸다.

공격을 받은 오크들은 목이 잘리거나 혈관을 다쳐 엄청난 피를 쏟아내며 쓰려졌다. 물론 개중에는 다시 일어서는 오크들도 있었지만 그런 오크들은 왼손에 들고 있던 파룬느로 다시 한 번 머리를 찍었다.

 파륜느에 찍힌 오크들의 상처에서는 시커먼 연기가 피어 올랐고, 그 공격을 받은 오크들 가운데 다시 일어서는 오크들은 없었다. 그 모습에 데미안은 안심하고 다른 몬스터에게로 시선을 돌렸다.

 역시 예상대로 숲에 설치한 덫과 함정은 덩치가 커다란 몬스터들에게는 별다른 위력을 발휘하지 못한 것 같았다. 지금도 엘프들은 수백 발의 화살을 날렸지만 몬스터들에게는 특별히 위력을 발휘하지 않았다.

 페트리앙스에 대한 엘프들의 믿음이 적었기 때문인지, 아니면 몬스터들을 지배하고 있는 정체 모를 힘이 더 강한 것인지 모르지만 화살은 몬스터를 꿰뚫지 못했다.

 데미안이 보기에는 성으로 밀려드는 몬스터들의 수가 조금도 줄어들지 않은 것 같았다. 몬스터를 막기에는 엘프들의 힘이 너무나 부족해 보였다.

 이렇게 많은 몬스터를 상대하려면 어쩔 수 없이 헬 버스트를 펼쳐야만 했다. 하지만 이미 두 번이나 펼쳤기 때문에 몸속에 남아 있는 마나로는 한 번도 제대로 펼칠 수 없었다. 그렇다고 헬 버스트를 펼치고 기절할 수도 없는 일이 아닌가?

 주위를 둘러보니 엘프들도 많은 수의 몬스터들을 견디지 못하고 조금씩 뒤로 밀리고 있었다.

 시간이 지나면 지날수록 데미안이나 엘프들에게 불리할 것은 분명한 사실이었다. 후퇴를 하기는 해야 했지만 쉽게 물러설 수도 없었다. 이대로 물러선다면 성까지 위험에 빠뜨릴 수 있었기 때문이다.

잠시 동안 망설이던 데미안의 뇌리에 한 가지 생각이 스치고 지나갔다.

"엘프 여러분, 빨리 후퇴하도록 하십시오."

그렇지 않아도 잔뜩 지쳐 있던 엘프들은 데미안의 음성이 들리자마자 재빨리 성안으로 대피했다.

남은 사람은 데미안과 레오뿐. 레오는 데미안의 말에 지체없이 20여 미터가 족히 되는 성벽을 마치 평지처럼 뛰어 넘어갔다.

자신들의 앞길을 막던 엘프들과 레오가 사라지자 몬스터들은 잠시 멈칫했고, 데미안은 지체없이 지면을 박차고 허공으로 몸을 띄웠다. 하늘 높이 치솟던 데미안의 몸이 지상 50미터쯤에서 멈추는 순간 허공에 붉은 연기 같은 것이 자욱하게 퍼져 그의 몸을 가렸다.

엘프들은 지금 데미안이 몬스터들을 공격하려 한다는 것을 알았지만 그게 과연 실효가 있을까 의심스러웠다.

허공에 몸을 띄운 데미안은 천천히 하나의 구결을 떠올리며 그 구결에서 가리키는 대로 서서히 마나를 이동시켰다. 하지만 그 마나의 흐름은 평소 데미안이 명상할 때 이동하던 마나의 흐름과는 판이하게 달랐다.

아랫배에서 시작된 마나는 양쪽 다리와 팔로 동시에 흘러 들어갔다. 하지만 여느 때 같으면 다시 아랫배로 돌아왔어야 할 마나가 마치 모래밭으로 스며드는 물처럼 세포 구석구석까지 흘러 들어가는 것이 느껴졌다.

세포 구석구석까지 스며들었던 마나가 조금씩 반탄(反彈)되어 돌아오는 것이 느껴졌다. 미약하기 이를 데 없던 마나의 흐름이 조금씩 합쳐지기 시작하더니 종래에는 막을 수도, 거부할 수도 없는 거대한 흐름이 되어 다시 아랫배로 돌아오는 것이 느껴졌다.

각각 팔과 다리에서 시작된 마나의 흐름에 데미안의 아랫배에서 무지막지한 충돌을 일으켰고, 그 반작용으로 다시 마나는 데미안의 팔과 다리 쪽으로 몰려갔다. 팔과 다리로 향했던 마나는 다시 그 흐름에 세포 속에 숨어 있던 마나와 합세해 데미안의 아랫배를 향해 밀려왔다.

그러기를 세 번.

지금 데미안은 자신의 몸 전체가 터져 나가는 듯한 극심한 고통에 시달렸다.

온몸의 혈관이 일제히 부풀어 올랐고, 전신의 근육이 마치 살아있는 생명체처럼 저절로 꿈틀대기 시작한 것이다. 쉽게 말해 터지기 일보 직전인 화산을 가슴에 품은 것 같았다.

얼굴이 시뻘겋게 변한 데미안의 입에서 히그리안 숲 전체를 울리는 엄청난 고함 소리가 터져 나왔다.

"헬 버스트—!"

데미안의 몸에서 뿜어져 나온 붉은 안개는 거의 500미터를 휘감았고, 붉은 안개 속에서 더욱 붉은 무엇인가가 번뜩이는 것을 엘프들은 분명히 발견했다.

데미안이 외친 소리는 조금 전과 같은 말이었건만 결과는 판이하게 달랐다. 빌리스턴은 조금 전 자신의 머리 위에서 끔찍하게 움직이던 마나의 파동을 분명하게 느꼈던 것이다.

자신도 모르게 고개를 든 빌리스턴의 눈에 지면을 향해 무서운 속도로 떨어지고 있는 데미안의 모습이 보였다.

"플라이Fly!"

재빨리 비행 마법을 펼친 빌리스턴은 떨어지는 데미안을 받아

들었다. 황급히 데미안의 안색을 보니 핏기가 완전히 사라진 시체의 얼굴과 흡사했다.

놀란 빌리스턴은 데미안의 턱에 손을 대어보니 희미하게 맥박이 뛰는 것이 감지되었다. 하지만 그의 숨은 너무나 미약해 금방이라도 끊어질 듯했다.

리커버리 스펠을 캐스팅해 몇 번이나 데미안에게 펼쳤지만 데미안의 상태는 조금도 나아지지 않았다. 빌리스턴은 당황해 자신이 알고 있는 모든 치유 마법을 데미안에게 펼쳤지만 데미안의 상태는 조금도 나아지지 않았다.

어쩔 줄 몰라 하던 빌리스턴은 다른 엘프들이 이상한 표정으로 자신만 바라보는 것을 발견하고는 버럭 고함을 쳤다.

"자네들은 뭘 그리 보고 있는 것인가? 나나 이 사람을 바라보고 있으면 몬스터들이 저절로 물러나기라도 한단 말인가?"

"아, 아닙니다. 하, 하지만……"

활을 들고 있던 젊은 엘프 하나가 더듬거리며 말을 하다가 곧 어디를 가리키는 것이 아닌가? 재차 고함을 치려던 빌리스턴은 그 엘프뿐만 아니라 다른 엘프들의 표정까지 이상하게 변한 것을 그제야 깨닫고는 자신도 모르게 일어서서 그 엘프가 가리키는 곳을 바라보았다.

"아, 아니 이럴 수가……!"

빌리스턴은 도저히 지금 자신이 보고 있는 광경을 믿을 수 없었다.

성문 바로 앞에서부터 약 500미터 전방까지 지면이 마구 헤쳐져 있는 것을 발견한 것이었다. 얕은 것은 수십 센티미터에서 깊은 것은 족히 4, 5미터는 될 듯 보이는 구덩이가 수도 없이 파여 있었다.

 금방이라도 성을 함락시킬 것 같았던 몬스터들의 모습은 어디에서도 찾을 수 없었다. 남은 것은 불규칙하게 잘린 몬스터들의 잔해와 지면을 물들이는 붉고 푸른 정체 모를 액체뿐이었다.
 숲이 있었다는 흔적 역시 어디에서도 찾을 수 없었다.
 곳곳에 뿌리들이 드러나 있기는 했지만 그것만으로 그곳에 아름드리 나무들이 빽빽하게 서 있었던 숲이라고 주장하기에는 보이는 것이 너무 없었다.
 그제야 조금 전 젊은 엘프들이 보였던 이상한 표정이 이해가 갔다. 그들이 보인 표정은 공포, 그것도 극에 달한 공포였던 것이었다.
 설마 하는 생각에 빌리스턴은 데미안의 상태를 조사했다. 그의 현 상태나 생체 구조는 자신이 아는 한 분명히 인간이었다. 하지만 이건 도저히 인간이 가질 수 있는 파괴력이나 능력이 아니었다.
 이 정도라면 어지간한 드래곤의 브레스보다 훨씬 강력한 힘이었다. 하지만 데미안은 분명히 드래곤이 아니었다. 그럼 지금 자신의 눈앞에 펼쳐진 광경을 어떻게 설명할 것인가?
 지난 400여 년 동안 살아온 엘프의 지식과 상식을 완전히 뛰어넘는 광경에 빌리스턴은 가슴 깊은 곳에서 무엇인가가 서서히 고개를 드는 것을 발견했다. 그 역시 젊은 엘프들처럼 데미안에 대해 공포가 느껴짐을 감출 수 없었다.
 "이게 어떻게 된 겁니까?"
 고개를 돌리고 보니 사제 복장을 한 소년과 검은 가죽 망토를 걸친 자가 곁에 서 있었다. 데미안의 일행이라고 소개를 받았던 사람들이었다.

"나도 잘 모르겠소. 허공에서 공격을 하고는 그대로 정신을 잃었소이다. 7싸이클의 마법으로 리커버리를 몇 번이나 펼쳤지만 전혀 정신을 차리지 못하고 있어 나도 당황해하고 있던 차였소이다."

그 말에 로빈은 즉시 데미안의 곁에 무릎을 꿇고는 정신을 집중해 나직하게 주문을 영창하기 시작했다. 그러자 곧 치유의 구슬이 푸른빛을 뿌리기 시작했다.

"레스터레이션 오브 비거(Restoration of Vigor: 원기 회복)—"

로빈이 나직하게 외치자 치유의 구슬에서 푸른빛이 뿜어져 나와 데미안의 몸을 감쌌다. 그러는 동안 라일은 데미안의 공격이 남긴 흔적을 살폈다.

"으음, 검술이 다시 한 단계 이상 발전했군."

"세상에······! 그럼 저 흔적이 검술 때문에 생긴 흔적이란 말입니까?"

"아마 그럴 것이오."

"대체 검술이 어느 경지에 이르렀기에 저런 위력을 남길 수 있단 말입니까?"

"내 짐작이 맞다면 소드 마스터 상급, 아니면······."

빌리스턴은 라일이 말꼬리를 흐리자 영문을 몰라 했다. 그러다 무슨 생각을 했는지 그나마 창백했던 그의 안색이 더욱 창백하게 변했다.

"서, 설마······."

그런 반응에 라일은 고개를 끄덕였다.

"역사상 처음으로 등장한 소드 그렌저가 남긴 흔적일 것이오.

이건 어디까지나 내 생각이지만."

"소, 소드 그렌저……."

라일의 말에 빌리스턴은 치료를 받고 있는 데미안을 멍한 시선으로 바라보았다.

소드 그렌저라니…….

아무리 생각해 보아도 데미안이 소드 그렌저라는 것은 말도 안 되는 소리였다. 그의 나이 이제 겨우 20여 세에 불과하지 않은가?

그가 제아무리 천재라 해도 이건 도저히 불가능한 일이었다. 자신은 그가 소드 마스터라는 사실조차 믿을 수 없었다. 그런 데미안이 소드 그렌저라니…….

그 말은 데미안이 태어나면서부터 마법을 익히기 시작해 궁극의 마법이라는 9싸이클의 마법까지 모두 익힌 대마법사라는 말보다 더 실현 불가능한 일이었다.

인간보다 훨씬 생명이 긴 엘프 사회에서도 상급의 소드 마스터가 배출된 적은 단 한 번에 불과했다. 물론 인간들 사회는 거론할 필요도 없는 일이다. 하지만 그 엘프도 장장 600년 동안 검술을 익혀 상급의 소드 마스터가 된 것이었다. 특히 그가 죽어가면서 남긴 말은 엘프들 사회에서는 거의 정설에 가까운 말이라고 인정을 받았다.

…(중략)…….

엘프들이여— 검술에 미련을 갖지 마라. 엘프가 검술보다 마법이나 정령술을 더 쉽게 익힐 수 있는 것은 페트리앙스께서 숲을 지키는 엘프들에게는 파괴적인 검보다 마법이나 정령술이 더 어울린다고 정하셨기 때문이다.

물론 엘프들의 삶이 인간보다 길기에 소드 마스터가 될 수 있는 기회도 훨씬 많은 것이 사실이다. 하지만 난 지난 600여 년을 한시도 쉬지 않고 검술을 연마했기에 상급의 소드 마스터가 될 수 있었다. 하지만 만약 내가 마법을 택했다면 훨씬 짧은 시간에 궁극의 마법이라는 9싸이클의 마법을 마스터한 대마법사가 될 수 있었을 것이다.

소드 그렌저라는 것은 그저 순위를 정하기 좋아하는 인간들이 만든 허구의 경지라는 것을 깨닫고 마법과 정령술에 정진하기 바란다.

검술을 익히려 했던 엘프들이라면 누구든 이 말을 들어본 적이 있었을 것이다. 빌리스터도 선조의 말을 따라 검술을 포기하고 마법을 익혔다.

조금 전 데미안과 함께 몬스터들을 공격했던 엘프들도 상당한 기간 동안—거의 200년 이상—검술을 익히고도 겨우 소드 익스퍼트 최상급의 실력을 가졌을 뿐이다.

빌리스턴은 라일의 말을 부정하면서도 북쪽 성문 앞에 펼쳐져 있는 지면에서 눈을 떼지 못하고 있었다. 그리고 라일의 말처럼 데미안이 그렇게 높은 경지의 검술을 익히지 못했다면 결코 남길 수 없는 흔적이라는 사실 또한 뼈저리게 느끼고 있었다.

겨우 정신을 차린 빌리스턴이 라일에게 물었다.

제30장
마브렌시아의 굴복

"다른 곳은 어떻습니까?"

"우리의 판단으로는 몬스터의 주력이 몰린 곳이 아마 이곳이 아닌가 생각되오. 내가 있던 서쪽에는 겨우 수십 마리의 몬스터뿐이었고, 남쪽 역시 100여 마리뿐이었다고 들었소. 동쪽 성문에서는 약간의 접전이 있은 듯하지만 곧 물리쳤다고 했소. 이곳이 걱정이 되어 다른 사람보다 먼저 온 것이오."

라일의 설명에 빌리스턴은 엷게 미소를 지으며 고개를 끄덕였지만 그의 마음까지 개운한 것은 아니었다.

데미안이 어떤 실력을 가진 것이 중요한 것이 아니라 500여 명의 엘프들이 막아내지 못한 몬스터를 데미안 혼자서 막아냈다는 사실이 중요한 것이었다.

"여기서 이럴 것이 아니라 데미안님을 안으로 옮기는 것이 좋지 않겠습니까?"

"로빈, 데미안의 상태는 어떠냐?"

"다행히 호흡은 다시 돌아왔지만 절대적으로 안정을 취해야만 합니다."

"다행이군. 내가 데미안을 안고 가지."

조심스러운 동작으로 데미안을 안아 든 라일은 내성이 있는 곳으로 몸을 날렸다.

지독한 통증을 느끼며 데미안은 눈을 떴다. 하지만 아무것도 눈에 보이는 것이 없었다. 주위가 짙은 어둠에 싸여 있는 것이 자신이 눈을 뜨고 있는 것인지, 아니면 눈을 감고 있는 것인지조차 알 수 없을 정도였다.

한참 동안 눈을 깜빡인 데미안은 그제야 희미하게 주위의 사물들이 눈에 들어왔다. 자세히 천장의 모습을 확인하고서야 현재 자신이 누워 있는 곳이 자신의 방이라는 것을 깨달았다.

등이 뻣뻣하게 느껴져 옆으로 돌아누우려 했지만 조금도 몸을 움직일 수 없었다. 마치 몸속의 근육이 모두 사라진 듯 전혀 힘을 줄 수 없었다.

데미안은 가만히 누워 지난밤 있었던 일에 대해 생각해 보았다.

두 번에 걸친 헬 버스트의 실행으로 하늘을 나는 몬스터를 처치하는 데는 성공했지만 두 번 모두 전력을 다한 공격이었기에 당시 자신의 몸 안에 남아 있던 마나는 극히 일부분이었다. 하지만 성을 공략하려는 몬스터들을 막기 위해서는 더욱 강한 공격을 필요로 했다.

그때 데미안의 머리를 스친 것이 이스턴 대륙에서 얻은 지옥재림의 구결이었다.

자신이 그동안 모았던 자연의 마나를 훨씬 능가하는 엄청난 마나가 자신의 몸속에 숨겨져 있었다는 사실에 데미안도 놀라지 않을 수 없었다. 지옥마제가 구결에서 밝힌 것에는 마나를 몸속의 미세 혈관에 보내고 받기를 함으로써 신체 안에 숨겨져 있던 모든 마나를 끌어낼 수 있다는 것이었다.

다만 문제는 그 흐름이 너무 급격하게 늘어나기 때문에 절대 7회가 넘어서는 안 된다고 강조에 강조를 거듭했다. 몸속에 숨어 있는 마나의 힘이란 상상을 초월하기 때문에 절대 마나를 7회 이상 돌리지 말도록 주의를 준 것이었다.

하지만 자신은 7회는커녕 겨우 3회밖에 견디지 못한 것이다. 게다가 정신까지 잃다니……

무엇보다 이후의 상황이 어떻게 되었는지 너무나 궁금했다. 그러나 지금 자신은 꼼짝도 할 수 없는 신세이니 다른 사람들이 올 때까지 기다려야만 했다. 그렇지만 지금 주위가 어두운 것으로 보아 날이 밝을 때까지 기다려야만 할 것 같았다.

밖에서 별다른 소리가 들리지 않는 것을 보면 성이 무사한 것도 같았다. 데미안은 이런저런 생각을 하는 동안 어느새 피곤함이 느껴졌고, 눈이 저절로 감겼다.

데미안은 다시 눈을 떴을 때 누군가가 방 안에 있는 것을 느꼈다. 몇 번이나 눈을 뜨려고 했지만 도저히 눈을 뜰 수 없었다.

그런 데미안의 귀에 누군가 대화를 나누고 있는 소리가 들렸다.

"마리안느님, 걱정하지 마십시오. 데미안님께서는 금세 자리를 훌훌 털고 일어나실 겁니다."

"맥리버 백작님의 말씀은 고맙지만 데미안이 이렇게 쓰러져 있는 모습을 보는 것이 벌써 몇 번째인지……. 불안한 마음을 감출 수 없군요."

'맥리버? 대체 맥리버란 작자가 누군데 나를 잘 아는 것처럼 말하는 거지? 그렇게 날 잘 안다면 어서 어머니를 더 위로해 드리란 말이야. …혹시 한스? 한스 맥리버? 어라? 언제 한스가 백작이 되었지?'

뒤죽박죽인 머리 속을 억지로 정리하던 데미안은 한스가 루벤트 제국과 전쟁을 하기 전 알렌 기사단의 부단장으로 임명되면서 백작의 작위를 받았다는 것이 떠올랐다.

"로빈 사제님, 지금 데미안의 상태가 어떤 것인지 정확히 말씀해 주세요. 부탁이에요."

로빈도 와 있는 모양이었다.

"저도 이런 경우는 처음이라 정확하게 뭐라고 이야기해 드릴 수는 없습니다. 지금 데미안님의 상태는 생명과는 아무런 관계도 없습니다. 지극히 편안한 상태에서 휴식을 취하고 있는 아기와 같다고나 할까요. 데미안님께서는 지금 엄청난 생명력을 발산하고 계십니다."

"하지만 이런 상태로 있은 것이 벌써 5일째 아닙니까? 금방이라도 데미안에게 무슨 일이 생길 것 같은 불안한 마음이 들어 견디기 힘들군요."

"제가 라페이시스의 명예를 걸고 말씀드리겠습니다. 분명히 데미안님은 일어나십니다. 다만 데미안님이 지금 바꾸고 계신 몸의 변형이 언제 끝나실지는 저도 짐작을 못하겠습니다."

'야, 임마! 그렇게 말씀드리면 어머님께서 더 걱정하시잖아. 그냥 괜찮다고만 해. 한데 몸의 변형이라니? 내 몸이 어떻게 변했

다고?'

로빈의 말에 데미안은 슬그머니 손에 힘을 주어보았다. 주먹 안에서 손가락의 감촉이 느껴졌다. 주먹에서 느껴지는 힘이 설사 강철이라 하더라도 아주 간단히 으스러뜨릴 수 있을 것 같았다.

데미안 곁에 있던 사람들은 데미안이 하는 시트 안에서의 행동을 미처 깨닫지 못하고 있는 듯 보였다.

몇 번이나 입을 열려고 했지만 아직 입을 열 수 없었다. 마음을 진정시킨 데미안은 명상을 시작했다.

어찌 된 일인지 몸 안에서 마나의 존재를 전혀 느낄 수 없었다. 마치 데미안이 명상을 처음 시작했을 때처럼. 하지만 데미안은 계속해서 명상을 시도했다.

좀처럼 마나를 느낄 수 없었던 처음과는 달리 시간이 지나면 지날수록 미약하지만 마나가 아랫배로 모여들었다. 그리고 그 다음부터는 그 마나가 저절로 몸 안에서 회전을 시작하며 주위의 마나를 빨아들이기 시작했다.

마나가 마치 살아 있는 생명체처럼 주위의 마나를 빨아들이자 데미안은 신기한 생각이 들었다. 하지만 그것이 지옥이도류에서 말하는 명상의 마지막 단계라는 사실은 미처 기억하지 못하고 있었다.

이전까지는 급격하게 움직이는 마나를 제대로 통제하지 못했었지만 지금은 조금 천천히 움직여야겠다는 생각을 하는 순간 마나의 흐름이 늦어졌다. 마나의 흐름을 완벽하게 통제할 수 있다는 판단을 한 순간 데미안은 자신을 걱정하는 사람들을 위해 빠르게 명상을 끝내야겠다는 생각을 했다.

누구보다 마나의 흐름에 대해 민감한 뮤렐이 그런 데미안의 생각을 느끼기라도 한 듯 입을 열었다.

"마나의 흐름에 변화가 생겼습니다. 그리고 이런 마나의 파동은 제가 몇 번이나 경험해 본 적이 있습니다."

"뮤렐, 무슨 소리야?"

"데미안님께서 깨어나시려는 것 같습니다. 지금 주위에 있는 마나가 데미안님께로 급격하게 빨려 들어가고 있습니다."

뮤렐의 말에 방 안에 모였던 사람들은 일제히 데미안의 얼굴을 바라보았지만 그의 얼굴은 조금 전과 다를 바가 없었다. 하지만 창백하기만 했던 그의 안색에 조금씩 붉은 기운이 도는 것을 발견했다.

잠시 후 데미안은 그의 몸에서 뿜어져 나온 붉은 마나에 완벽하게 가려졌다가 곧 모습을 드러냈다. 그리고 천천히 눈을 뜬 데미안은 많은 사람들이 자신을 바라보고 있다는 것을 발견했다.

"데미안, 괜찮니?"

"예, 어머니. 걱정하지 않으셔도 돼요."

데미안이 몸을 일으키려고 하자 데보라가 한쪽에서 데미안을 부축했다. 괜찮다고 말하려던 데미안은 그녀의 얼굴에서 초췌함을 읽을 수 있었다.

"지난 5일 동안 데보라 양은 단 한 순간도 네 곁을 떠나지 않고 간호를 했단다. 제대로 먹지도, 자지도 못해 쓰러지지 않을까 걱정을 했었는데……"

조용히 손을 들어 그녀의 뺨을 쓰다듬어 주었다. 그녀의 따스한 마음처럼 따스함을 느낄 수 있었다.

"데보라, 고마워."

"당연히 할 일을 한 것뿐인데 뭘. 부모님들께서 많이 걱정하셨어. 그리고 다른 사람들도."

"걱정을 끼쳐 드려 죄송합니다. 여러분."

분명한 어조로 말하는 데미안의 모습을 보고서야 사람들은 안심할 수 있었다. 그리고 그들 가운데 머리가 하얗게 센 한스의 얼굴이 보였다.

"한스, 오랜만이야."

"데미안님, 그동안 안녕하셨습니까?"

"한스도, 아니지, 맥리버 백작도 잘 지냈나?"

"편하게 그냥 한스라고 불러주십시오. 그보다 한 가지 여쭤보고 싶은 것이 있습니다."

"뭔데? 말해 봐."

사람들은 한스가 이제 막 깨어난 데미안에게 무엇을 물으려 하는 것인지 이해를 할 수 없었다.

"혹시 이스턴 대륙에 가서 골리앗을 잃어버리고 오셨습니까? 그런 것이 아니라면 왜 골리앗을 불러내 몬스터를 상대하지 않으셨습니까? 물론 데미안님의 검술 실력이 무지막지하게 느신 것은 저도 보아서 잘 알고 있습니다만 굳이 골리앗을 불러내지 않고 싸울 필요가 있었을까요?"

한스의 말에 데미안과 일행들은 자신도 모르게 서로의 얼굴만 바라보았다.

"플레임!"

데미안의 부름이 끝나자마자 허리까지 내려오는 붉은 머리카락을 가진 엄지손가락만한 크기의 여인 하나가 공중에 모습을 드러냈다. 하지만 그녀의 얼굴은 무슨 이유에서인지 심통이 난 모습이 확실했다.

"안녕하세요, 데미안님."

"안녕, 플레임."

"치이, 전 하나도 안녕하지 못하다고요. 왜 저 할아버지의 말처럼 진작 선더볼트를 부르지 않으셨어요? 제가 얼마나 심심했었는지 데미안님은 아마 짐작도 못하실 거예요."

데미안의 얼굴 앞에 떠서 쫑알거리는 플레임의 말에 한스의 얼굴은 사정없이 일그러졌다.

"그것보다 지금 선더볼트를 호출할 수 있어?"

"예, 여기 뮤란 대륙에 도착했을 때부터 선더볼트와 다시 연결이 되었어요. 데미안님이 이스턴 대륙에서 맨몸으로 싸우는 것에 너무 익숙해지셨기 때문에 저와 선더볼트를 잊어버리신 것 같아 얼마나 슬펐다고요."

진짜 우는 듯 두 손으로 얼굴을 가린 플레임의 모습에 사람들은 멍하니 그녀의 모습을 보고 있었다. 진짜 여인보다 더 여자 같은 플레임의 모습에 정신이 하나도 없었다. 하지만 플레임과 가장 오랜 시간을 보낸 데미안은 그것에 상관치 않고 플레임에게 입을 열었다.

"미안해, 플레임. 하지만 지금은 시간이 없으니까 나중에 따로 이야기해. 난 다른 분들과 상의할 이야기가 있으니까."

"알았어요, 데미안님. 그렇지만 다음에는 꼭 불러주셔야 해요. 아시겠죠?"

그 말을 남긴 플레임은 데미안의 대답도 듣지 않고 곧 사라졌다. 플레임의 존재를 알고 있는 사람들은 놀라지 않았지만 그녀를 처음 대하는 나이트로인은 상당한 호기심을 드러냈다.

"엄청난 신성력에서 태어난 정령이군요. 일반적인 정령과는 완전히 다르지만 말입니다."

"과거 뮤란 제국 시절 선더버드의 대신관이신 드미트리우스님께서 만드신 존재입니다. 불의 정기에서 태어난 생명체이니 정령이라 부르는 것도 틀린 말은 아닙니다만, 저와 선더볼트라고 불리는 골리앗을 연결시키는 중요한 존재이기도 합니다."

데미안의 말에 나이트로인은 고개를 끄덕였지만 그의 말을 완전히 이해한 것은 아니었다. 하지만 골리앗이 무엇인가는 잘 알고 있었다. 그런 골리앗과 데미안을 연결시키는 존재라면 단순한 정령일 리 만무했다.

그 모습을 지켜보던 자렌토가 입을 열었다.

"일단 네가 체력을 회복하는 것이 먼저다. 우리는 이만 나가볼 테니 푹 쉬도록 하거라."

자렌토의 말에 사람들은 방에서 빠져나갔다. 하지만 네로브만은 나가지 않고 서 있었다. 그런 그녀를 향해 데보라가 막 입을 열려고 했다. 그렇지만 네로브의 입이 먼저 열렸다.

"아빠, 아빠는 몸이 낫는 대로 북쪽으로 여행을 시작해야만 해. 어쩌면 아주 긴 여행이 될지도 몰라. 그리고 아빠의 친구들 가운데 몇 명은 영원히 돌아오지 못할지도 몰라."

네로브의 말에 데미안은 말문이 막혔다.

그저 막연히 불안하게만 생각해 왔던 일이 네로브에게서 듣는 순간 피할 수 없는 미래의 일로 다가온 것이다. 뒤에서 네로브의 이야기를 들은 데보라 역시 얼어붙은 듯 꼼짝도 하지 못했다.

"아레네스께서 가르쳐 주신 거니?"

"응. 꿈에 나타나셨는데 아버지에게 신들께서 지켜보고 있다는 말을 전하라고 하셨어."

"북쪽······."

"그리고 나도 아빠랑 함께 갈 거야."

"너도 함께 간다고?"

"신들께서는 아빠와 아빠의 친구들이 지하르트란 마신을 어떻게 상대하는지 궁금해하시거든. 아마 내 눈을 통해 아빠와 아빠의 동료들이 하는 일을 지켜볼 생각이신가 봐."

평상시 같으면 당연히 거부했겠지만 조금 전 네로브의 말이 워낙 충격적이었기에 그저 멍한 표정으로 앉아 있었다. 잠시 그런 데미안의 모습을 바라보던 네로브는 곧 방을 나갔지만 데미안이나 데보라는 꼼짝도 못하고 있었다.

잔뜩 굳어진 표정을 짓던 두 사람은 서로의 얼굴만 쳐다보고 있었다.

* * *

짙은 어둠에 싸여 있는 공간.

깊은 심연(深淵) 같은 어둠. 그 중앙에는 거대한 신전이 서 있었다.

칙칙한 회색을 띤 신전의 기둥에는 곳곳에 선혈이 묻어 있어 더욱 음산해 보였다. 어른 서넛이 양팔을 벌려야 겨우 닿을 정도로 커다란 네 개의 기둥이 나란히 서 있었고, 중앙의 두 기둥 사이에 20여 미터는 족히 되어 보이는 문이 보였다.

문을 통과하면 어두운 홀이 보였고, 그 홀의 중앙을 가로질러 검은색의 돌이 깔려 있었다.

손을 내저으면 손에 금방이라도 어둠이 묻어 나올 것만 같았다. 그리고 그 어둠 속에서 듣기 거북한 숨소리가 들려오기 시작했다.

그 소리는 시간이 지나면 지날수록 커졌고, 또 사방에서 들려왔다.

계속 듣고 있으면 혹시 어둠이 숨을 쉬는 것은 아닐까 하는 착각마저 들 정도였다.

비록 짧은 시간에 불과했지만 어둠 속에서 느끼는 것이기에 수백 년이 흐른 것처럼 느껴졌다. 엄청나게 넓은 홀에 마나가 파동치는 순간 들려오던 숨소리가 뚝 끊어졌다.

"경배하라—!"

강철을 포크로 긁는다면 이런 소리가 날까?

날카로운 금속성 목소리에 어둠이 흔들렸다.

"암흑의 지배자이신 지하르트님께 17군단장인 몽쿠리아가 무한한 경배를 올립니다."

"공포의 주재자이신 지하르트님께 29군단장 베네트리온이 영원한 충성을 맹세합니다."

"불사의 마력을 소유자이신 지하르트님께 37군단장 저 스나이벤과 아누비스 일족의 생명을 바칩니다."

"세상 만물의 주인이신 지하르트님께 83군단장 키기모카가 경배를 드립니다."

"지옥의 율법이시자……"

"두려움과 기아를 다스리시는……"

"복수와 전쟁의……"

"절망과……"

한번 시작된 인사는 끝없이 이어져 갔다. 하지만 끝나지 않는 파티가 없듯 어느 순간 음성이 갑자기 멈춰졌다.

홀의 바닥은 이미 어둠보다 더욱 검은 물체들이 머리를 조아리고 있었다. 하지만 어둠에 싸여 있기에 그들의 모습을 확인할 수는 없었다.

그런 그들의 전면에는 십여 개의 계단이 있었고, 그 계단 위에 그리 크지 않은 의자 하나가 놓여 있었다. 그리고 그 의자에는 12, 3세쯤 되어 보이는 어린 소년이 앉아 있었다.

창백한 안색이나 조금 마른 얼굴을 제외하면 어디서나 흔히 볼 수 있는 소년에 불과했다. 하지만 소년의 몸 주위로는 검은 오로라Aurora가 끊임없이 피어 오르고 있었다.

소년의 왼쪽에는 마브렌시아에게 접근을 했던 이오시스가 서 있었고, 오른쪽에는 나체의 여인 하나가 무릎을 꿇은 채 소년의 무릎에 머리를 기대고 있었다.

암흑처럼 검은 머릿결을 가진 여인은 일반적인 여인의 모습과는 너무나 달랐다.

엉덩이에는 긴 꼬리가 매달려 있었고, 뾰족한 귀, 입술을 비집고 빠져나온 두 개의 송곳니, 끊임없이 움직이는 네 개의 눈동자, 그리고 등에는 박쥐의 날개처럼 생긴 날개가 붙어 있었다.

여인의 머리를 쓰다듬던 소년의 입이 열렸다.

"때가 되었다. 이제 지상으로 내려가 지옥까지 선혈이 흐르도록 모든 생명체를 죽이고 모든 것을 파괴해라."

소년 지하르트의 말에 신전 안의 어둠이 급격하게 움직이기 시작했다.

"귀여운 내 자식들아! 이 세상의 지배자가 누구인지 신이라고 불리는 녀석들에게 분명히 알려주거라. 가라, 내 사랑하는 자식들아—!"

"케케케, 드디어 우리들의 세상이 왔다!"

"죽이자. 죽이고, 죽이고, 또 죽이자!"

"가자!"

어둠이 출렁이는 순간 단상 위에 있던 셋을 제외하고는 신전은 삽시간에 텅 비었다.

지하르트의 손이 여인의 얼굴로 향하자 여인은 마치 애완 동물처럼 그의 손을 핥았다. 그런 그녀의 혀는 뱀처럼 둘로 갈라져 있었다.

"마브렌시아라는 그 드래곤은?"

"아직까지도 거부하고 있습니다."

"그래? 그렇다면 세월이 흐르는 동안 드래곤들에게도 능력이 생긴 것인가? 서먼스(Summons: 소환)."

지하르트의 음성이 신전 안에 메아리처럼 울려 퍼지자 홀의 중앙에 검은 물방울 같은 것이 모습을 드러냈다. 그리고 그 물방울 같은 둥근 막에는 붉은 머릿결을 가진 여인 하나가 갇혀 있었다.

두 손과 발은 검은 막 밖에 드러나 있었지만 머리는 숙여져 있어 그녀의 얼굴은 보이지 않았다. 기절했는지 꼼짝도 하지 않고 있었다.

"깨어나라!"

지하르트의 말에 머리를 떨구고 있던 여자가 천천히 고개를 들었다. 마브렌시아였다. 하지만 지금 그녀의 얼굴은 이스턴 대륙에서 보았던 모습과는 상당히 달라져 있었다.

가장 달라진 곳은 얼굴이었다.

얼굴의 좌측은 그녀가 인간으로 폴리모프했을 때의 모습이었지만 나머지 절반은 피부 조직이 악어의 가죽처럼 우툴두툴하게 변해 있었다. 왼쪽의 얼굴이 고통으로 잔뜩 찌푸려진 반면 오른쪽의 얼굴은 무표정한 채 전면을 바라보고 있었다. 또 검은 막 밖으로 드러난 그녀의 오른손 역시 괴상한 피부 조직으로 뒤덮여 있었다.

"복종하겠느냐?"

으드득—

지하르트의 말에 마브렌시아의 왼쪽 얼굴이 극심하게 일그러졌다. 반쪽만 움직이는 얼굴, 아니, 반쪽만 살아 있는 얼굴은 보는 사람으로 하여금 저절로 공포감을 느끼게 하였다.

"개소리! 내 비록 네놈에게 기습을 당해 이런 처지가 되었지만 날 복종시킬 수는 없을 것이다!"

"기습? 크하하하—!"

지하르트가 웃음을 터뜨리자 그의 몸 주위에 있던 검은 오로라가 순식간에 증폭되어 주위로 퍼져 나갔다. 지하르트 곁에 있던 이오시스와 여자는 지하르트의 웃음을 듣는 순간 자신의 몸을 잔뜩 웅크리며 떨고 있었다.

마브렌시아 역시 그의 웃음을 듣는 순간 자신의 몸에 파고들었던 암흑의 기운이 무섭게 팽창하는 것을 느꼈다. 그 고통은 마브렌시아가 태어난 이후 경험한 어떠한 고통보다도 수십 배, 아니, 수백 배 극심한 것이었다.

작게 벌어진 그녀의 입에서 검은 피가 주르륵 흘러내렸다. 얼굴의 반은 고통으로 인해 잔뜩 일그러져 있었고, 나머지 반은 희열로 활짝 웃는 얼굴이 되었다.

"빌어… 먹을… 이 막만… 아니었어도……."

그 말에 지하르트의 웃음이 그쳤다. 지하르트의 앳된 얼굴은 웃기 전과 조금도 달라지지 않았다. 마치 처음부터 웃은 적이 없는 것처럼.

"디솔루션(Dissolution : 해제)!"

텔레파시(Telepathy : 정신 감응)처럼 느껴지는 지하르트의 음성이 울리자 그때까지 마브렌시아의 손과 발을 묶고 있던 검은 막이 사라졌다.

힘없이 바닥에 쓰러진 마브렌시아는 거친 숨을 몰아쉬면서 부들거리는 팔로 지면을 받치며 일어섰다. 반신불수(半身不隨)가 된 듯 오른팔과 다리는 힘없이 덜렁거리고 있어 왼쪽 발만으로 서 있는 그녀의 모습은 위태스러워 보였다.

강렬한 살의가 실린 그녀의 눈빛에도 지하르트는 꿈쩍하지 않았다. 하지만 그의 무릎에 기대어 있던 벌거벗은 여자는 그런 마브렌시아의 모습을 발견하자마자 분노로 몸을 떨었다.

그녀의 몸이 떨린다고 느끼는 순간 그녀의 몸은 시야에서 사라졌고, 조금 당황하는 사이 마브렌시아의 뒤 머리카락을 움켜쥐고는 강제로 지면에 처박았다.

"감히 지하르트님께 불경스러운 눈빛을 보이다니⋯⋯! 지하르트시여! 당장 이 벌레 같은 년을 죽여야 합니다. 그리고 저에게 은총을 내려주십시오!"

조금 전 지하르트의 음성처럼 직접 머리 속으로 전달되는 음성이었다. 그녀가 말한 내용은 흉악스럽기 이를 데 없었지만 그녀의 음성만큼은 마브렌시아도 들어본 적이 없을 정도로 끈적끈적함을 느끼기에 충분했다.

"돌아와라. 검은 음속(音速)의 마녀여!"

거부란 있을 수 없다는 듯 검은 음속의 마녀라 불린 여자는 다시 지하르트의 발 밑에 자리했다.

다시 한 번 울컥 피를 토해낸 마브렌시아는 힘겹게 다시 일어섰다.

어떻게 된 일인지는 모르겠지만 이스턴 대륙에서 지하르트에게 제압된 후부터 전혀 마나를 운용할 수 없었다. 몇 번이나 탈출을 하려고 했지만 강력한 마력에 의해 폴리모프당한 것조차 풀 수 없었다.

드래곤에게서 있어서 폴리모프란 마치 브레스를 쓸 수 있는 것만큼이나 자연스러운 능력이었다. 그럼에도 불구하고 지하르트에게 제압당한 후 폴리모프를 사용할 수 없다는 것은 어떤 힘이 자신이 본모습으로 돌아가는 것을 방해하고 있다는 말밖에 되지 않았다. 그럴 만한 원인은 오직 지하르트밖에 없었다.

자신이 마신이라는 존재를 너무 우습게 생각했던 점도 없지 않지만, 지하르트와 자신과의 격차가 이리도 크리라고는 상상도 못 했던 것이다.

한없이 왜소함을 느끼게 하는 존재.

아마도 인간들이 자신에게 느끼는 두려움이나 경외감과 비슷하리라는 생각이 들었다.

"다시 한 번 기회를 주겠다. 만약 이번에도 반항을 한다면 죽여 버리겠다."

마치 마브렌시아 정도는 언제든 죽일 수 있는 능력을 가지고 있음을 알리듯 말하는 지하르트의 모습에 마브렌시아는 이를 악물었다.

비록 자신이 탐욕스럽고 거친 레드 드래곤이라고는 하지만 냉철한 존재이기도 했다. 그런 드래곤의 판단으로 자신이 지하르트의 지배를 거부하기에는 능력이 부족했다. 또 그에게서 도망을 칠 수도 없는 상태였다.

자포자기하기에는 그녀의 자존심이 허락하지 않았다.

지하르트에게 잡혀 있는 동안 그녀는 한 가지 가능성에 희망을 걸 수밖에 없었다.

자신이 불가능하다면 지하르트에 대한 복수를 다른 존재에게 부탁할 수밖에 별다른 도리가 없었다. 그리고 그녀에게 그런 존재는 둘.

하나는 에인션트 골드 드래곤 카르메이안이었고, 또 하나는 드라시안인 데미안이었다.

카르메이안은 그녀가 정상적인 상태에서도 흔적을 찾기 힘들었던 존재였고, 또 데미안 역시 어느 순간부터인가 그 존재감이 사라져 찾을 수 없었다.

자신이 이스턴 대륙에서 마지막 보았던 데미안의 모습에 본능적으로 펼쳤던 체이스 마크 마법. 이제 마브렌시아는 그에게 모든 것을 걸 수밖에 없었다.

"나에게 건 마력을 풀어라. 다시 한 번 너에게 도전을 하겠다. 그러고도 만약 내가 패한다면 네 부하가 되어주마."

마브렌시아의 말에 무표정하기만 했던 지하르트의 얼굴에 희미한 비웃음이 걸렸다.

"도전? 노예에 불과한 너 따위가 감히 주인인 나에게 도전을 하겠다고? 크하하하! 좋아, 좋아. 어디 얼마나 재롱을 떠는지 내 두고 보지. 디솔루션—!"

지하르트의 말에 마브렌시아의 몸 오른쪽에 스며들었던 지하르트의 마력이 빠져나오기 시작했다.

잠시 후 우툴두툴했던 마브렌시아의 피부는 원래의 모습을 되찾았고, 그녀가 가졌던 무한대에 가까운 마나도 원래대로 돌아왔다.

몇 번이나 마나의 상태를 점검하던 마브렌시아는 재빨리 마나를 주위로 보내 현재의 상황을 살폈다. 그 결과 이 신전에는 저 괴물 같은 셋을 제외하고는 아무도 없는 것을 확인할 수 있었다.

그냥 달아나 버릴까 하는 생각도 해보았지만 지하르트를 피해 현재 자신이 있는 아공간(亞空間)을 벗어날 자신이 없었다. 어차피 확률이 희박하다면 가장 확률이 높은 쪽으로 걸 수밖에 없었다.

극한의 마나를 끌어올린 마브렌시아는 동시에 두 개의 스펠을 캐스팅했다. 그리고 자신이 쓸 수 있는 브레스의 위력 역시 최대로 끌어올렸다.

잠시 태연한 모습으로 앉아 있는 지하르트의 모습을 노려본 마브렌시아는 즉시 레드 드래곤의 모습으로 되돌아갔다. 그리고는 레드 드래곤이 낼 수 있는 최대 화력의 파이어 브레스를 토해냈다.

"크아앙—! 체인 텔레포트Chain Teleport! 링킹 딜리버Linking deliver!"

새하얗게 백열된 파이어 브레스가 지하르트를 덮쳤다.

이오시스와 음속의 마녀가 황급히 피하는 모습을 보고 일말의 희망을 걸었지만 지하르트에게 충격을 주는 것에는 실패한 것 같았다. 자신의 파이어 브레스 속에서 태연하게 앉아 있는 지하르트의 모습을 똑똑히 보았기 때문이었다.

마브렌시아는 지체없이 미리 캐스팅해 두었던 체인 워프의 스펠을 펼쳤고, 그 순간 그녀의 거대한 몸은 신전 안에서 감쪽같이 사라졌다.

그 모습에 음속의 마녀가 몸을 움직이려고 하였지만 지하르트의 제지로 멈춰야 했다.

느긋한 자세로 자리에서 일어나는 지하르트의 모습은 조금 전과 전혀 달라진 것이 없었다. 말 그대로 털끝만큼도 다치지 않은 것이다.

주위를 둘러보던 지하르트가 곧 한쪽 방향을 바라보더니 코웃음을 터뜨렸다.

"흥! 가소로운 것. 돌아와라!"

지하르트를 감싸고 있던 검은 오로라가 크게 확장한다고 느끼는 순간 마브렌시아는 신전의 중앙에 쓰러져 있었다. 그녀의 표정을 보니 자신이 어떻게 다시 신전으로 돌아온 것인지 전혀 깨닫지 못하고 있는 것 같았다.

주위를 두리번거리던 마브렌시아는 자신이 현재 쓰러져 있는 곳이 신전 안임을 깨닫고는 실망한 표정을 지었다. 하지만 그녀의 내심은 달랐다.

자신의 능력으로 지하르트를 어쩔 수 없다는 것을 다시 한 번 확인한 것이었다. 그리고 계획대로 데미안에게 물건을 보냈다.

자신의 생각대로 데미안에게 정확하게 물건이 전달될지는 두고 봐야 할 문제지만 이제 자신의 능력으로 할 수 있는 일은 모두 다 처리한 셈이었다.

홀가분하다는 감정.

드래곤으로서는, 그것도 성질 더럽기로 유명한 레드 드래곤으로서는 영원히 느낄 수 없는 감정인지도 몰랐다. 자포자기와는 전혀 다른 감정을 느끼며 마브렌시아는 일어섰다.

"당신이 내 능력으로는… 어떻게 할 수 있는 존재가… 아니라는 것을… 인정합니다……"

자존심 강한 마브렌시아가 스스로 이런 말을 꺼내게 될 줄은 자신도 몰랐던 일이었다.

"나를 네 주인으로 인정하느냐?"

"인정… 합니다……."

"좋다. 첫 번째 명령을 내리겠다. 뮤란 대륙에 있는 모든 드래곤들을 소집하라."

지하르트의 명령에 마브렌시아가 고개를 들었다.

"그건 곤란합니다."

"거역하는 것인가?"

"드래곤들에게 연락을 하는 것은 그리 어려운 일이 아닙니다. 하지만 그들은 나이도 어린 저의 말을 당연히 무시할 겁니다. 드래곤 사회에서 나이란 능력과 동일합니다. 에인션트 드래곤인 카르메이안만 하더라도 저의 힘에 몇 배를 능가하는 힘을 가지고 있습니다. 그런 카르메이안이 저의 말을 듣겠습니까?"

"좋다. 그렇다면 너에게 나의 힘 가운데 일부를 주겠다. 그 힘으로 모든 드래곤들을 소집하도록 해라."

말과 함께 지하르트는 손을 들었고, 그의 손에서 뻗어져 나온 검은 오로라는 마브렌시아가 미처 피할 사이도 없이 그녀의 몸으로 스며들었다.

마브렌시아의 온몸은 당장 검은색으로 변하기 시작했다.

타오르는 불꽃 같았던 그녀의 머리색도 검게 변했고, 그녀의 안색 역시 검게 변했다. 커다란 눈동자와 눈자위도 검게 변했고, 하다못해 그녀가 걸친 옷조차 검게 변해 버린 것이다.

마브렌시아는 이제껏 단 한 번도 느껴보지 못했던 엄청난 힘을 느꼈다.

당장 살갗을 뚫고 혈관이 튀어나올 정도로 격렬한 마나의 흐름을 느꼈고, 단 한 방의 브레스로 뮤란 대륙을 날려 버릴 수 있을 것 같은 자신감이 솟아났다. 또 그와 함께 자신의 눈에 보이는 것은 그것이 무엇이든 죽이고 싶은 생각이 들었다.

광기(狂氣)에 가까운 살기를 억제하느라 마브렌시아는 정신이 없었다.

"내 힘이 느껴지느냐?"

하지만 마브렌시아는 대답을 할 수 없었다. 만약 한순간 긴장을 늦춘다면 자신은 영원히 원래의 모습을 찾을 수 없을 것 같았기 때문이다.

"가거라! 웅카르토 산맥에서 그들을 만나겠다."

"명심하겠습니다, 주인님."

마브렌시아는 지하르트가 만든 게이트 속으로 걸어갔고, 게이트는 곧 다시 닫혔다.

"이제부터 시작이야. 신이라고 거들먹거리는 놈들! 어서 모습을 드러내 어디 너희가 사랑한다고 하는 생명들을 구해봐라. 내 그 모습을 똑똑히 지켜보겠다. 크흐흐흐."

지하르트의 나직한 웃음소리가 신전 안을 울렸다.

*   *   *

데미안이 완전히 회복을 한 것은 그가 정신을 차리고도 열흘 정도가 지난 후였다.

성에 거주하는 주민들은 앞을 다투어 자원해 몬스터의 침입 때 망가진 함정과 덫을 보수했고, 또 새로운 덫과 함정을 무수히 설치했다.

처음 인간들과 서먹서먹한 관계를 유지하던 엘프들도 곧 사람들과 어울렸고, 그들이 함정과 덫 설치하는 것을 도와주었다.
주민들은 엘프들의 마법과 정령술을 신기해했고, 그런 힘을 가진 엘프들조차 몬스터들에게 쫓겨왔다는 말에 경각심을 일깨웠다.
데미안이 자리에서 일어나기는 했지만 그의 표정은 어두웠다. 그렇기는 데보라 역시 마찬가지였다.
두 사람에게 무슨 일이 있는지 모르는 일행들은 갑작스럽게 변한 두 사람의 모습에 궁금증을 감추지 못했다.

그러던 어느 날.
성을 찾아왔던 한스가 다시 페인야드로 돌아간다는 말을 꺼냈다. 그가 알렌 기사단의 부단장이라는 사실을 떠올리고 있을 때 자렌토가 데미안에게 황제를 만날 것을 지시했다.
"물론 황제 폐하를 만날 생각입니다만 꼭 한스와 동행을 해야 할 이유가 있습니까?"
"맥리버 백작과 페인야드에 가보면 이유를 알 수 있을 것이다. 루벤트 제국과의 전쟁 때 사용했던 이동 마법진을 이용하면 하루 만에 도착할 수 있을 것이다."
자렌토의 말에 데미안은 특별히 거부할 이유가 없었다.
"알겠습니다. 먼저 일행들과 상의해 보겠습니다."
응접실을 나온 데미안은 일행들이 있는 후원으로 향했다.
히그리안 성의 규모 탓인지는 모르지만 상당히 넓은 면적을 차지하고 있었다.
일행들은 여기저기 흩어져 대화를 나누고 있었다.
그들의 모습을 잠시 바라보던 데미안은 곧 그들을 불렀다. 모두 자리에 모이자 조금 전 자렌토에게 들었던 이야기를 꺼냈다.

"난 내일 한스와 함께 페인야드로 가야 할 것 같은데 다른 사람들은 어떻게 할 거야?"

"같이 가지 뭐."

"함께 가겠습니다. 어차피 언제까지나 여기에 있을 수는 없는 일 아닙니까?"

"레오, 같이 간다."

동행하겠다는 말을 들은 데미안은 일행들의 얼굴을 바라보며 조심스럽게 말했다.

"이건 며칠 전 네로브에게 들은 이야긴데 어쩌면 이번 여행이 마지막 여행이 될지도 모르겠어. 그 아이의 말에 의하면 우리들… 가운데 몇 사람은… 영원히… 돌아오지 못할 수도 있다고 했거든."

조심스러운 데미안의 말에 아무런 반응도 없었다.

자신이 괜히 분위기를 어둡게 만든 것이 아닌가 하는 생각에 일행들의 얼굴을 바라보았지만 그들의 표정은 조금 전과 전혀 달라진 것이 없었다.

혹시 일행들이 자신의 말을 못 들은 것은 아닐까?

"내 말 못 들었어? 이번 여행이 마지막이 될지도 모른단 말이야. 아무렇지도 않아? 로빈, 너 알아들은 거야?"

데미안의 질문에 로빈은 조금 어색한 미소를 지으며 곧 대답했다.

"데미안님께는 죄송하지만 전 이미 알고 있었습니다."

"알고 있었다니… 대체 뭘 알고 있었단 말이야?"

"이스턴 대륙에서 예언과 역사의 신인 트로니우스의 신전을 방문했던 일 기억하십니까?"

"그래."

"그럼 그때 저희가 보았던 뮤란 대륙의 과거와 현재, 그리고 미래의 모습을 각각 보았던 일도 기억하십니까?"

"그럼 네 말은 그때 우리들의 미래를 보았단 말이야?"

"그렇습니다."

조금은 낮은 음성으로 대답하는 로빈에게 데미안이 다시 질문을 했다.

"그럼 로빈, 너는 너의 미래가 어떻게 될 줄 알면서도 가겠다는 거야? 그럼 널 믿고 이곳까지 온 수국은? 모른 척할 거야?"

그 말에 로빈의 얼굴이 어두워졌다. 하지만 애써 태연한 표정으로 대답했다.

"데미안님, 전 라페이시스를 모시는 사제입니다. 비록 저의 미래가 죽음뿐이라고 해도 전 가지 않을 수 없습니다. 그것이 옳은 길이고, 또 사제인 제가 가야만 할 길이기 때문입니다. 수국에게는 미안하지만 그녀는 강한 여자입니다. 제가 곁에 없더라도 당당하게 살아갈 겁니다."

데미안은 너무나 기가 막혀 할 말을 잊었다. 애써 정신을 차린 데미안은 헥터를 바라보았다.

"헥터, 헥터는 어떻게 할 거야? 지금도 헥터가 돌아오기만을 기다리는 레베카 여왕이 계시잖아. 그리고 아버님도 계시고 말이야. 그런데도 불구하고 죽을지도 모르는 여행을 같이 떠나겠다는 거야?"

"데미안님, 전 평생 당신 곁에 있겠다고 타울께 맹세를 한 몸입니다. 당신 곁에서 단 한 발자국도 떨어질 수 없습니다. 레베카, 그녀에게는 미안한 말이지만… 저보다 더 뛰어난 사람을 만나 행복하게 잘 살 겁니다. 제가 앞으로 할 일은 언제까지가 될진 모르지만 당신 곁에 있는 겁니다."

데미안의 눈이 곁에 있던 데보라에게 향했다. 그러자 데보라가 어색한 미소를 지으며 입을 열었다.

"날 왜 봐? 난 데미안의 아내잖아. 만약 내가 싸울 줄 모른다면 또 모르겠지만 내 손에는 아레네스의 축복이 깃들어 있는 아로네아가 있잖아. 데미안 곁에서 아로네아로 데미안을 도울 거야. 그러니까 되니 안 되니 하는 그런 소리는 할 생각도 마."

"이미 데미안, 너는 내 실력을 뛰어넘었다. 내가 원했던 목표를 이미 달성했으니 나로서는 이 땅에 아무런 미련도 없다. 다만 네가 하고자 하는 일에 조금이라도 도움이 된다면 네 곁에 있겠다."

"이제야 말씀드리는 것이지만 차이렌님의 생명도 거의 다 되신 것 같습니다. 원래대로라면 제 영혼을 빼내 저의 몸을 차지하셨어야 했지만 그렇게 하질 않으셨기 때문에 생명의 기운이 거의 빠져 이제는 이틀에 한 번 깨어나는 것도 힘드시는 모양입니다. 그런 차이렌님께서 저에게 본인이 알고 있던 모든 지식을 전하시는 것은 아마 데미안님을 돕기 위해서일 겁니다. 저 역시 데미안님을 돕고 싶습니다. 설사 그 선택이 저를 죽음으로 안내한다 하더라도 말입니다. 게다가 지금 저도 제법 능숙하게 누바케인을 다룰 수 있으니 틀림없이 데미안님께 도움이 될 겁니다."

뮤렐의 말에 데미안은 할 말을 잃은 듯 멍한 표정을 지었다. 하지만 자신의 가슴에 끊임없이 머리를 비비고 있는 레오에게 묻지 않을 수 없었다.

"레오."

"응?"

"이제 그만 네가 살던 숲으로 돌아가고 싶지 않아?"

"돌아가고 싶다."

"내가 보내줄까?"

데미안의 그 말에 레오의 얼굴에 기뻐하는 기색이 선명하게 드러났다.

"그럼 데미안 같이 가?"

"아니야, 레오. 레오 혼자만 가야 해."

"싫다. 그럼 레오 안 간다."

"안 가면 죽을지도 몰라. 그래도 안 갈 거야?"

"안 간다. 데미안 좋다. 레오 안 간다."

"레오, 이리 와."

"언니."

데보라의 품에 안긴 레오의 눈에는 글썽글썽한 눈물이 고여 있었다. 언제부터인가 레오는 데보라를 언니라고 부르며 따르고 있었다.

데보라가 머리를 쓰다듬어 주자 그녀의 눈에 고여 있던 눈물이 기어이 흐르고 말았다.

그 모습에 데미안은 가슴이 답답했다.

왜 이들은 자신의 곁을 떠나지 않는 것일까?

죽음이 자신들을 기다린다는 것을 알면서도 왜 기어이 그 여행에 동참을 하려는 것인지 그 이유를 알 수 없었다.

사람들이 말하는 정 때문인가?

물론 그동안 수많은 사선(死線)을 함께 건너기는 했지만 단지 그런 이유만으로 마지막이 될지 모르는 여행에 동참을 하겠다는 말인가?

자신으로서는 도저히 이해가 되지 않았다.

과거 프레드릭이 자신에게 질문했던 '인간은 무엇을 위해 사는가' 하는 질문에 나름대로 해답을 얻었다고 생각해 온 데미안이었다.

그가 얻은 해답은 '자신이 소중하다고 느끼는 것을 지키기 위해 산다' 였다.

그렇다면 자신이 이들에게 목숨을 걸어야 할 정도로 소중한 존재란 말인가?

자신의 남은 인생을 모두 던져 버릴 정도로?

"여러분들의 생각은 잘 알았어. 더 이상 다른 말은 하지 않을게. 내일 출발하니까 준비를 하도록 해."

데미안은 그 말만을 남기고 조금은 휘청거리는 걸음으로 그 자리를 떠났다. 그리고 그 모습을 일행들이 지켜보고 있었다.

다음날 데미안과 일행들은 네로브와 한스, 그리고 한스의 수행기사들과 함께 히그리안 성을 떠났다.

마지막이 될지도 모르는, 아니, 마지막이 확실했기 때문일까? 데미안은 자렌토와 마리안느, 루안, 파이야, 슈벨만, 그리고 자신이 알고 있던 모든 사람의 얼굴을 모두 기억하려는 듯 하염없이 그들의 얼굴을 바라보았다.

히그리안 성에서 멀어지는 그들의 모습을 바라보고 있던 마리안느는 불안한 얼굴로 입을 열었다.

"여보, 어쩐지 저 아이의 얼굴을 다시는 보지 못할 것 같다는 생각이 들어요. 지금이라도 저 아이를 붙잡아야 하지 않을까요?"

"당신도 듣지 않았소. 지금 저 아이는 뮤란 대륙의 운명을 구하기 위해서 떠나는 거요. 그런데 어찌 저 아이를 붙잡을 수 있겠소. 저 아이를 우리에게 보내주신 선더버드께 감사를 드리며 우리는 그저 저들의 안전을 기원할 수밖에……."

자렌토는 그 말을 하고는 자신의 아내를 꼭 안아주었다. 그런 자렌토의 뇌리에는 지난 세월 데미안과 보냈던 기억이 스쳐 지나가고 있었다.

히그리안 성을 출발한 데미안 일행은 루벤트 제국과의 전쟁 때 설치했던 이동 마법진을 이용해 페인야드로 출발했다.

서너 번의 워프를 통해 그들은 금세 페인야드에 도착했다.

제국의 수도로 변한 페인야드는 과거보다 배 이상 커진 것 같았다. 게다가 유입된 인구도 적지 않은지 오히려 과거보다 더 복잡해 보였다.

워낙 튀는 얼굴을 가진 데미안, 데보라, 네로브의 출현에 사람들의 시선을 한 몸에 받은 것은 두말할 필요도 없었고, 또 그들 일행의 독특한 구성 때문에 더 더욱 사람들의 시선을 피할 길이 없었다.

자신들을 구경하기 위해 모인 사람들을 헤치며 일행들은 어렵게 성으로 향했다.

정문을 지키고 있던 중년의 기사는 혼잡스러운 군중들 때문에 눈살을 찌푸리다가 한스를 발견하고는 곧 인사를 했다.

"수문장 막스 빌리어스가 한스 맥리버 백작께 인사드립니다."

"수고 많네."

"저분들은 누구신지?"

날카로운 막스의 눈이 자신의 뒤를 향하는 것을 발견한 한스가 미소를 지으며 입을 열었다.

"자네는 저분을 모른단 말인가? 저분이 바로 우리 트레디날 제국의 영웅이신 데미안 싸일렉스 후작 각하이시네."

"데, 데미안 싸일렉스 후작 각하?"

한스의 소개에 주위엔 적막만이 감돌았다.

막스뿐만 아니라 그 자리에 모였던 모든 사람들이 멍한 표정으로 데미안을 바라보고 있었기 때문이다.

자신들을 명예스러운 트레디날 제국의 국민으로 살게 만들어준 장본인이 바로 눈앞에 있는 저 젊은 청년이라니……. 침묵은 잠시, 곧 성을 무너뜨릴 듯한 엄청난 환호성이 터져 나왔다.

"와—! 데미안 싸일렉스 만세—!"

"싸일렉스 가문에 영광 있으라—!"

"만세—!"

"사랑해요—!"

갖가지 비명 같은 환호성을 들으며 일행들은 궁 안으로 들어섰다. 성안에 있던 사람들은 갑자기 무슨 이유로 이렇게 엄청난 환호성이 터져 나온 것인지 영문을 몰라 어리둥절한 표정을 짓고 있었다.

데미안 역시 자신이 이렇게 열렬한 환호를 받을지는 상상도 못했기에 얼떨떨한 표정을 감추지 못했다.

데미안과 일행들이 황궁의 정원에 도착했을 때였다.

아름다운 여인 한 명이 두 아이와 함께 풀밭 위를 걷고 있는 모습이 보였다. 그들 역시 성 밖에서 터져 나온 엄청난 환호성에 놀란 표정을 짓고 있었다.
　말에 서 내린 데미안은 풀밭 위에 서 있는 여인의 모습이 상당히 눈에 익숙하다는 것을 발견했다. 30대 초반으로 보이는 여인의 전신에는 범접할 수 없는 기품이 마치 후광처럼 어려 있었다.
　그 여인을 발견하는 순간 데미안의 입에서는 신음처럼 한 사람의 이름이 흘러나왔다.
　"제니 누나……."

〈 10권에 계속 〉

크로네티아 왕국

몬테야

켈트산맥

바다

트렌실바

⊙싸일렉스

⊙듀레스트

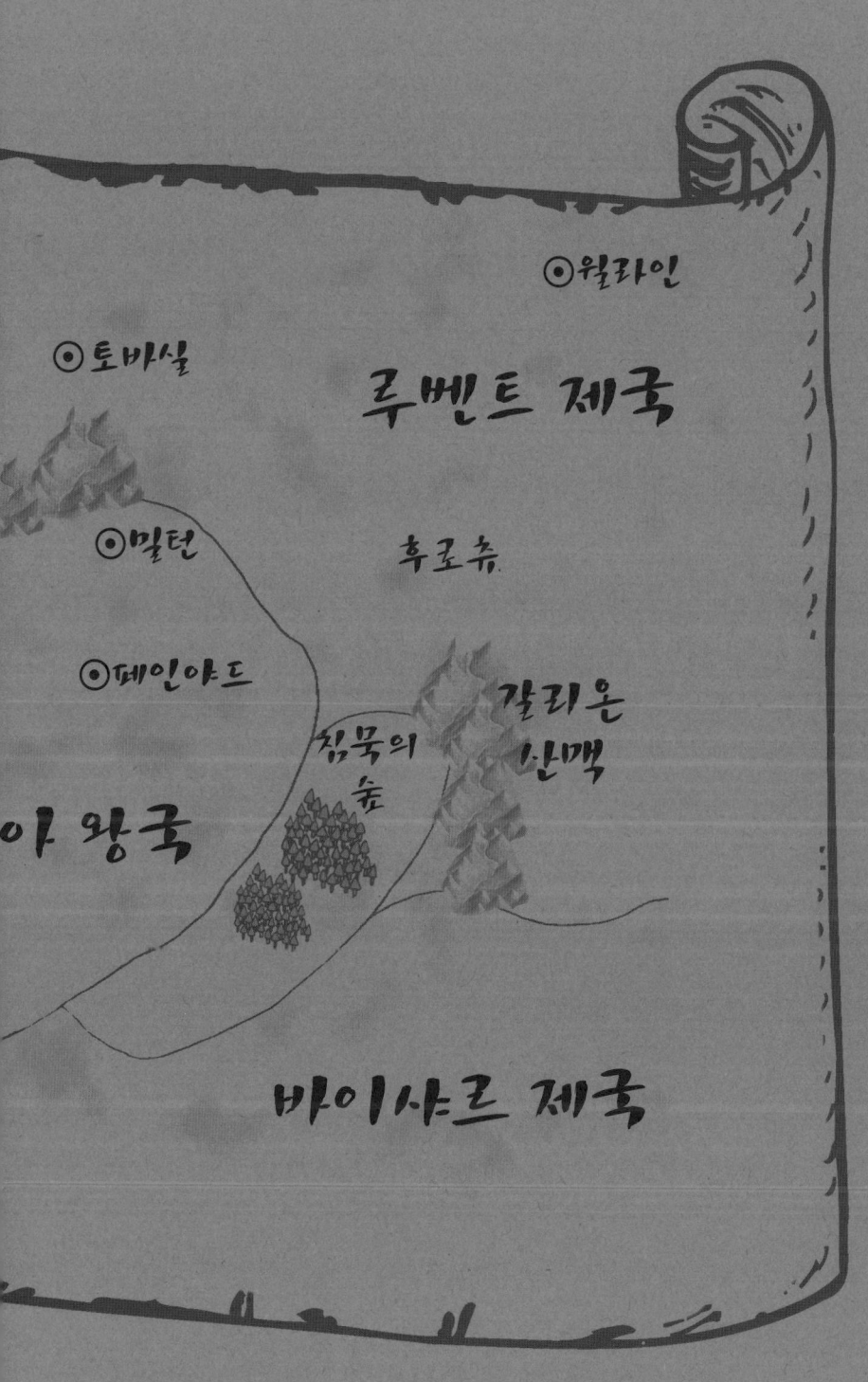